A씨에 관하여

A씨에 관하여

2015년 1월 2일 초판 1쇄 발행 | 2015년 1월 29일 초판 4쇄 발행

지은이 · 안현서

펴낸이 · 이성만
편집인 · 정해종
책임편집 · 이기웅
마케팅 · 권금숙, 김석원, 김명래, 최민화
경영지원 · 김상현, 이윤하, 김현우

펴낸곳 · 박하
출판신고 · 2006년 9월 25일 제406-2012-000063호
주소 · 경기도 파주시 회동길 174 파주출판도시
전화 · 031-960-4800 | 팩스 · 031-960-4806 | 이메일 · info@smpk.kr

ⓒ 안현서 (저작권자와 맺은 특약에 따라 검인을 생략합니다)
ISBN 978-89-6570-239-9 (03810)

• 이 책은 저작권법에 따라 보호받는 저작물이므로 무단전재와 무단복제를 금지하며, 이 책 내용의 전부 또는 일부를 이용하려면 반드시 저작권자와 박하의 서면동의를 받아야 합니다.
• 이 책의 국립중앙도서관 출판시도서목록은 서지정보유통지원시스템 홈페이지(http://seoji.nl.go.kr)와 국가자료공동목록시스템(http://www.nl.go.kr/kolisnet)에서 이용하실 수 있습니다.
(CIP제어번호 : 2014037435)
• 잘못된 책은 구입하신 서점에서 바꿔드립니다. • 책값은 뒤표지에 있습니다.

A씨에 관하여

안현서 장편소설

박하
BAKHA PUBLISHERS

—작가의 말

종이 한 장 한 장마다 배어 있는, 인물들이 풍기는 독특한 향을 느껴보셨나요. 그 향들이 모여 어느 순간 독자의 눈에서 눈물 한 방울 정도를 떨어뜨릴 수 있다면 작가로서 더 이상 바라는 게 없을 듯합니다. 책 속에서 살아가는 인물들에게 생명을 주는 것은 그 누구도 아닌 독자니까요. 독자가 책을 읽음으로써 인물들은 책 속에서만이 아닌 독자의 기억에서도 살아갈 수 있습니다. 함께 살아가는 것이죠.

누군가가 《A씨에 관하여》는 무슨 이야기야? 라고 묻는다면 사람에 관한 이야기라고 답하고 싶습니다. 사람으로 시작해 사람으로 끝나는 소설이라고도 할 수 있겠네요. 사람 이야기, 사실 그것만큼

재밌는 이야기도 없는데 말이죠.

개인적으로 책 넘기는 소릴 굉장히 좋아합니다. 특유의 사락사락 하는 소리는 빗소리보다도 매력적이라고 생각합니다. 책장이 넘어가면 넘어갈수록 그 소리에 다른 소리들이 더해지는 것을 느낄 수 있는데, 아마 이야기 속에 나오는 분위기나 인물의 대화들이 책장 넘기는 소리에 곁들여져서 그런 것 같습니다. 이 책의 엔딩을 보실 때면 아마 여러 사람의 소리가 섞여 페이지를 넘길 때 꽤나 묵직한 소리가 나지 않을까 하고 미소 지으며 생각합니다.

사람 속에 부대껴 사는 것은 싫어하는데 사람 보는 것은 끔찍하게도 좋아하는 작가는 지금도 방구석에 조용히 앉아 작가의 말을 쓰고 있습니다. 어머니와 지금으로부터 1년 전 사진만을 남겨두고 사라진 제 벗에게 말씀드리고 싶은 것이 있습니다.

어머니, 어머니의 꿈을 제가 잇게 되어 영광입니다.

입 밖으로 내면 네가 떠나지 못할까 아껴두고 아껴둔 말이었어. 벗아, 보고 싶다. 그저 보고 싶다.

또다시 한 차례 길고도 긴 사람 구경을 마치면 새 소설로 돌아오겠습니다.

9시 반. 더할 나위 없이 완벽한 날, 안현서 씀.

chapter 1

개가 있었다

개가 있었다.

노인이 있었다.

어린아이가 있었다.

철학자가 있었다.

염세적인 남자가 있었다.

살인자가 있었다.

이 세계에는 그들이 존재하고 있었다.

맴돈다. 세상이 맴돈다. 생각이 머릿속을 맴돈다. 머릿속을 헤집고 다닌 생각들 때문에 아찔해진 정신을 애써 깨워본다 .

어른거리는 눈앞의 안개가 실제인지 허상인지 분간이 가지 않을 만큼 몽환적인 새벽이었다. 서서히 떠오르는 광명으로 인해 생긴 빛의 스펙트럼이 방 안을 거대한 빛의 거울로 만들었다. 방 안이 오렌지빛으로 물들며 내 생각들 또한 모두 오렌지빛으로 물들었다.

"오늘도 어김없네."

아아, 오늘도 예외는 아니었다.

헉헉거리며 작은 갈색 머리를 두 팔 사이로 들이미는 이 순수한 생명체가 난 너무나도 혐오스러웠다. 내가 있는 곳에는 항상 '이것'들이 있었다. 상황에 따라 모습을 바꿔 다른 존재로, 다른 성격으로, 다른 언어로 나에게 말을 걸어왔다. 그들은 내게만 보이는 이상한 존재들이었다. 그들은 매일같이 내 눈앞에 나타났고 다른 사람들에게는 보이지 않았다. 나만이 그들과 대화할 수 있는 유일한 사람이었다.

'이것'들이 보이지 않는 다른 사람들은 나를 정신분열증 환자, 귀신 보는 아이, 불쌍한 아이 등으로 불렀다. '이것'들은 귀신도, 인격체도, 그 어떤 것에도 속하지 않는데. 여섯의 불가사의한 존재들…… 정체를 알 수 없는, 내게만 나타나는 출처 모르는 방랑자들…… 난 그들 사이에서 살아가고 있다.

"어째서 오늘은 이렇게 일찍 나타난 거야?"

대답을 하지 않을 것을 알고 있음에도 나는 의미 없는 질문을 던졌다.

"그래도 오랜만에 보네, 이 모습으로는……."

검은 눈동자. 흰자위 따윈 없는 새카만 눈동자가 날 뚫어져라 쳐다봤다. 여전히 내 팔 사이로 끊임없이 자신의 몸뚱어리를 들이밀었다, 애처롭게 낑낑대면서.

"너도 참 안타깝다."

아침이 밝았다. 더 이상 내일이 올 것 같지 않는 오늘이 다가왔다.

체온으로 따스하게 데워진 침대에서 천근만근 나를 짓누르는 이 무게를 이겨내고 일어서지만 여전히 가슴을 얽매는 답답함은 해소되질 않았다.

이것들의 존재를 알게 되면 내 답답증은 풀릴까. 아니 난 이들의 존재를 알 수 있긴 할까.

언제부터였을까, 이들이 내 눈앞에 보이게 된 것은…….

지금 내가 아는 사실은, 이것들이 내 주위에 존재해 있다는 것,

그리고 그들이 생겨난 지는 어언 2년이 다 되어간다는 것뿐.

"아침만큼은 제발 혼자 내버려두면 안 돼?"

개의 눈망울이 어떠한 대꾸도 없이 날 빤히 주시했다.

이 눈망울 속에는 대체 어떤 존재가 들어 있는 것일까. 알 수 없다. 그래서 더 무섭다.

아무리 생각해봐도 난 영원히 이것들을 받아들일 수는 없을 것 같다.

매일 같은 해가 뜨고 같은 일상이 반복되는 가운데 우리는 변한다.

그러나 그들은 영원히 존재한다. 변하지 않고, 사라지지 않고 늘 그 자리를 지키는 그들은 이따금씩 내게 말을 걸어온다.

원래 그랬던 것처럼, 자연스럽게, 이질감 따윈 없이.

"컹! 컹컹!"

내가 거실로 발걸음을 옮기자마자 개가 날 향해 짖어대기 시작했다. 개의 우렁찬 성대로부터 터져 나오는, 고막을 찢는 울음소리가 골을 울렸다. 머리를 뒤흔드는 소리에 티셔츠를 벗어 던지는 내 손 또한 부들부들 떨려왔다. 참으려 해도 무시하려 해도 이것들은 항상 자신들이 존재함을 내게 각인시켰다.

"제발 그만 짖어! 네가 거기 있다는 거 아니까, 제발 그만."

눈물이 차올라 눈에 비치는 사물이 일렁였다. 눈앞이 희뿌옇게 되어 마치 안개가 낀 것 같았다.

"나타나지 마, 제발……."

무의미한 발악이었다.

나타나지 말라는 말, 사라지라는 말, 이런 사무친 외침은 그들로 하여금 내 눈앞에서 잠시 모습을 감추게는 만들지만 결국 그들을 더 확실한 존재로 나타나게 만들었다.

티셔츠를 들고 있던 손에 힘이 빠지며 들려 있던 다른 옷가지들도 힘없이 축 늘어졌다.

툭툭 투둑. 빗방울 같은 눈물방울이 발등을 적셨다. 마음속에 내리는 비가 넘쳐 눈 밖으로 흘러내린다.

난 비 오는 날이 싫다.

눈물로 일부가 축축해진 옷에 머리를 쑥 들이밀었다. 잘 참고 있다가도 가끔씩은 이리도 감정이 격해져 그들에게 모진 말을 내뱉게 된다. 항상 내 곁을 맴도는 이것들이 익숙해졌을 만도 한데 어째서 아직도 난 감정을 추스르지 못하는 걸까.

눈물방울로 인해 생긴 자잘한 원들이 얼룩무늬처럼 윗옷을 장식하고 옷감의 색깔을 진하게 만들었다. 이 무늬가 눈물방울 때문에 생긴 것만 아니라면 멋진 디자인이 될 텐데.

그냥 가슴 한편이 쓰리고 아려왔다.

"빨리 가야 되는데…… 아침부터 이게 무슨 꼴이야. 오랜만에 기분도 장난 아니게 좋았는데."

눈물 자국을 스윽 닦고 가방을 챙겨 문밖을 나서보지만 우울한 기분은 나아질 기미조차 보이지 않았다. 평소 일상이랑 다를 바 없는데도 괜시리 화를 낸 자신이 부끄럽고 한심했다. 오늘 아침만은 무언가 달라질 거라 기대했던 자신이 바보 같았다. 겨울바람은 여전히 차디참에도 그 한기가 격해진 마음을 식혔다. 싸늘한 바람이 차라리 고마웠다.

바둑판같이 연결되어 있는 이 골목들은 오늘도 마찬가지로 바지런히 가게 문을 연 사람들로 부산했다.

다행히도 이 거리는 대도시와는 달리 한 동네로서의 단결력이나 인심들이 아직 남아 있었다. 서로의 얼굴을 익히 잘 알고 있을 뿐 아니라 오래된 가게들 또한 굳건히 자리를 지키고 있었다. 그 가게의 주인들은 이 거리의 시작을 눈으로 지켜본 산 증인들로서 이 거리에서 살아가고 있으니, 이 거리에서 이방인은 우연히 발길을 잘못 든

관광객 이외에는 찾아볼 수 없었다. 거리는 항상 말끔했다. 봄여름가을겨울 가게들은 아침 일찍 문을 열어 안을 청소하며 손님을 맞을 준비를 했다. 수많은 가게들 중 어느 한 가게도 10시 이후에 문을 여는 법은 없었다. 그것이 이 거리의 오래된 풍습이자 특유의 분위기였다.

"난 이곳을 떠날 수 없겠지."

내가 이 거리를 떠나면 내 병을 이해해주는 사람은 찾기도 힘들 뿐 아니라 오히려 고립당하는 상황에 놓이게 될 것이 뻔했다.

난 이곳에 묶여 있다고 생각해본 적은 없다. 하지만 떠날 수 있음에도 떠나지 않는 것과 떠날 수 없기에 못 떠나는 것은 큰 차이가 있다. 그리고 나는 명백히 후자였다.

발걸음을 서둘렀다. 차가운 공기 사이로 사람들의 웃고 떠드는 소리가 간간히 들려왔다. 원단 가게에 걸린 뭇 색깔의 옷감들이 바람을 타고 나부낀다. 옷감들 사이로 새어 나오는 햇빛이 너무나도 아름다워 나도 모르게 그 환상적인 색채에 시선을 빼앗겼다.

이 거리에 아침이 밝았다.

"아, 좋다. 이런 아침."

어제와 별반 다르지 않지만 아침의 이 오묘한 시간대를 난 사랑했다.

"이 거리가 변하지 않았으면 좋겠네."

그때, 그들 중 두 번째의 존재—노인이 내 앞에 모습을 드러냈다.

"오셨군요."
"아까는 왜 그리 서럽게 울었어? 마음 아프게."
"아무리 질문을 해도 대답을 들을 수가 없다는 걸 알지만, 개의 형상은 매번 받아들이기가 쉽지 않아요."
"개의 형상? ……넌 항상 그 개만 나타나면 그리 울어대니 나도 어찌해야 할지 모르겠다."

쭈글쭈글한 입술이 천천히 단어들을 뱉어냈다. 나이가 지긋이 들었다는 것을 증명하는 노인 특유의 말투, 굽은 허리, 자글자글한 눈주름, 그리고 온화하고 서글서글한 눈빛. 아아, 그들 중 가장 나를 이해하고 있는 인물이 나타났다. 노인. 나는 그녀를 이렇게 부른다.

"난 아침이 좋다. 시작이라는 의미가 좋고 평화로워 좋다. 그리고 이 햇빛에 물든 수채화 빛깔의 거리가 좋다. 모르겠구나. 그저 난 아침이 좋구나."

"햇살 때문에 그런 게 아닐까요."

"굳이 햇살 때문이라기보다는 난 이 묘한 분위기가 좋은 것 같구나. 저기 저 나부끼는 천 자락을 보면 마음이 마냥 울렁이는 게 죽을 때가 되어 그런 거 같긴 하다만, 나에겐 이미 지나가버린 '시작'이라는 단어가 이 아침과 어울리기 때문이 아닐까 싶구나."

"왜 지나갔다고 생각하나요? 오늘도 당신께는 시작이 아닌가요."

노인의 입가에 작은 미소가 걸렸다

"글쎄…… 이미 오랜 세월을 살아온 내게도 아침이 하나의 시작이기도 하지만, 한편 다른 이들에게 주어진 시작을 지켜보는 또 다른 순간이기도 하지."

쓸쓸한 느낌이 마음을 메웠다. 노인의 말이 외롭게 들려서도 그렇지만 이 거리의 모든 노인들이 그리 느끼고 있다는 것을 나도 내심 알고 있기 때문이리라.

"나도 나이가 들면 당신처럼 될까요? 당신과 같은 생각을 할까요?"

노인이 알 수 없는 표정을 지으며 속삭였다.

"나와 비슷한 생각을 할 수도, 안 할 수도 있다. 그건 누구도 모르는 일이지. 하지만 네가 내 나이가 되면 아마 내가 하는 말들을 모두 이해할 순 있을 게다."

"그럴까요?"

"나도 완전할 수 없는 존재이기에 확실하게 대답은 못 해준다만, 하나 확실한 것은 이 나이가 되면 살아가는 자가 아닌 그저 지켜보는 자로서 살아가게 된다는 거란다. 그리고 그 삶이 얼마나 값어치 있고 아름다운 삶인지 알게 되지."

노인이 내 손을 천천히 부여잡았다. 그녀의 향이 흘러 들어온다. 세월의 향, 고달픈 향, 하지만 그리운 향.

"오늘 하루도 잘 보내렴. 내일이란 시간에 또 만나자꾸나."

아련한 그녀의 향이 코끝에 머물러 나로 하여금 그녀와 같은 웃음을 짓게 만들었다.

온기…… 아릿한 그리운 향에 머리가 우웅 하고 울린다. 나쁘지 않은, 어질어질한 꿈속 같은 기분.

발걸음이 불규칙적으로 앞을 향해 나아간다. 카페가 멀지 않은 곳에 있음에도 왠지 영원히 걸어도 닿을 수 있을 것 같지 않다.

이게 그녀가 말한 자신의 존재 정의일까.

이따금씩, 최소 하루에 한 번씩은 나타나는 그녀는 자신들의 존재를 조금이나마 그녀만의 언어와 향과 눈빛으로 나에게 이해시키려 애쓴다. 그녀가 사라지고 난 후에 드는 이 기이한 기분도 그녀가 자신을 이해시키기 위한 방법 중 하나일 것이니, 그런 노인의 수고가 고맙기도 하고 한편으론 씁쓸하기도 하다.

'내게 그들을 계속 부정하지 말아달라고 이러시는 건가요.'

노인 같은 존재들만 내 곁에 머무르면 행복할 텐데. 개처럼 내 정신을 분산시키고 혼란을 야기하는 존재들만 없었어도…….

"그나저나 날씨 정말 좋네."

해가 뜨면서 차가운 냉기를 휘감아 올려 바람은 선선하기 그지없었다. 가을 하늘처럼 푸르디푸른 하늘 사이로 남아 있던 보랏빛 새벽의 잔해들이 서서히 흩어졌다.

머리카락을 연줄처럼 휘날리며 그 연줄 끝에 매달린 알 수 없는 인연이란 색색의 연들을 매달고 난 걸어간다.

거리에는 오늘도 수만 개의 얽히고설킨 연들이 펼쳐진 지붕 아래서 연 축제가 벌어진다.

"벌써 왔어? 더 자고 오지 그랬어."

카페 문을 열고 안으로 들어가자마자 날 반기는 한 사람.

애틋한 말투가 특징인 우리 엄마. 너무나도 고마운 사람. 그래서 더 미안한 사람이 내게 말을 걸어왔다.

"어차피 집에서 할 일도 없는데 일찍일찍 오는 게 낫지 뭐."

"오늘 아침에는 별다른 일은 없었고?"

작은 눈이 가로로 예쁘게 휘어졌다. 초승달처럼 깨끗한 눈매를 가진 이 고마운 사람은 내가 씻지 못할 죄를 지은 사람이기도 했다.

"별다른 일 없었어. 그냥 평범했어."

"그들은?"

엄마가 조심스럽게 묻는다.

"매일 똑같지 뭐. 그들 중 일부와는 사이 안 좋은 거 알잖아."

"그들 중에는 좋은 존재들도 있다고 했잖아. 굳이 네가 좋아하지 않는 존재들 때문에 모두를 미워하지는 마."

"난 그래도 그들을 좋아할 수 없어. 그들 때문에 내 생활이 망가졌잖아. 평범한 생활은 꿈도 꿀 수 없게 됐어."

"그렇다고 평생 미워할 거야? 너에게 가르침을 주는 존재들도 있다며."

일리 있는 말이다. 아까와 같이 '노인' 같은 존재는 나에게 생각의 전환점을 제공하기도 하니까.

"그래도 이런 식으로 많은 고통을 느끼면서까지 무언가를 배우고 싶진 않아."

"딸, 엄마는……."

"엄마, 난 말이지, 원망스럽기도 하지만 소소한 일상의 행복에서 위안을 얻어. 엄마 말대로 난 그들로부터 많을 걸 배우고 있긴 해. 어차피 벗어나지 못한다면 받아들여야 한다는 것도 알고야 있지. 근데 그게 참 어려워."

엄마의 입술이 파리하게 떨려온다.

미안. 미안해. 당신을 힘들게 하는 어떤 말도 해서는 안 되는데…….

"일 시작해야지. 곧 손님들이 몰려올 텐데."

미안함과 다른 복잡한 감정들이 넘실넘실 흘러넘칠까 봐, 겨우 진정시켜보지만 한번 일렁이기 시작한 마음은 좀체 가라앉지를 않는다.

"어서 오세요!"

뒤에서 느껴지는 걱정 어린 시선에 목소리에 애써 활기를 담아 인사를 했다.

크지도 작지도 않은 적당한 공간. 원두 볶는 냄새가 은은하게 배어 있는 소파. 책장에 쌓여 있는 갖가지 장르의 책들. 열다섯 개 안팎의 테이블들. 벽 한 면을 장식하고 있는 거대한 괘종시계. 그리고 따스한 분위기를 연출하는 개나리빛 전등들.

여기는 내가 어릴 때부터 존재했던 곳이다. 이 모든 가구들과 액자들은 내 어릴 적 기억의 일부를 담당하고 있었다. 추억이 담겼기에 더욱더 소중한 이곳. 그래서 때로는 마음이 더욱 아픈 이곳.

"따뜻한 카페라테 두 잔요."

"드시고 가세요?"

"저 테이블에 앉아 있을게요."

아주머니 둘이 진동 벨을 들고는 창가 쪽 좌석에 앉았다.

아침부터 찾아주는 의미 있는 사람들.

아마도 나를 생각하고, 엄마를 생각해서 일부러 찾아와주는 고마운 사람들일 것이다.

"딸! 카페라테 한 잔은 딸이 좀 만들어줄래? 지금 엄마가 좀 바빠."

에스프레소 머신 앞에서 엄마의 목소리가 들려왔다. 아무렇지 않은 척 내게 말을 거는 엄마의 목소리가 어딘가 모르게 무척 애달프게 들렸다.

"어, 내가 할 테니까 걱정 마."

일부러 내게 일 하나라도 더 시키려는 엄마의 마음을 읽은 내 손길이 빨라졌다. 향긋한 커피 내음 사이로 미련하게 담아두었던 마음 한 줄기도 함께 흩어진다. 뜨거운 커피 잔 위로 스멀스멀 올라오는 수증기가 마치 안개 같았다.

"저 엄마도 대단해. 딸이 저렇게 되었는데도 화 한 번 안 냈다잖아."

테이블 건너편에서부터 공기를 타고 퍼지는 말소리에 내 모든 행동이 정지됐다.

내가 제일 싫어하는 나에 관한 말. 말. 말.

"아니 형님도 참. 애가 저리 될 줄 자기가 알았나? 공부도 썩 잘했다며. 머리도 좋고 성격도 싹싹한 데다, 글도 잘 써서 뭐 전국대횐가 거기서 상도 받았다고 하던데."

"그럼 뭐해. 지금 정신분열증인가 뭔가 하는 병 때문에 다 무용지물인데."

들린다. 들려온다. 단어들이 하나하나 분해되어 내 귓속으로 달팽이관으로 심장 가장자리까지 침투해 정신을 어지럽혔다.

"불쌍해. 귀신 들린 듯이 혼잣말하다가 울고불고 그러다 또 아무렇지도 않게 차분해지고 그런대. 병명이 없대잖아. 저 엄마는 뭔 죄가 있길래……."

"소문 듣기로는 애한테 자꾸 이상한 존재들이 보여서 그런다고 하던데? 그 뭐냐 신 내림이라도 받아야 되는 거 아냐?"

"그렇다고 귀신 들린 건 아니라매. 병 맞지 그럼."

난 이 상황에서 대체 어떤 행동을 취해야 할까? 화를 내야 할까, 평소처럼 모른 척해야 할까. 이젠 아무래도 좋으니 그냥 다 놓아버릴까. 늘 들어 왔던 말들인데도 아직도 저런 말들이 마음에 남다니.

"커피 나왔습니다."

아무 말도 못 들은 척 커피 잔을 탁자 위에 올려놓고 빈 쟁반을 들고 다시 싱크대 쪽으로 걸어가는 자신이 어쩌면 대견하기까지 하다. 주방 옆 작은 휴게실의 의자 위에 몸을 뉘이고 멍하니 천장을 바라봤다. 추억을 담은 향 사이로 어릴 적 기억들이 새록새록 떠올랐다. 다섯 살 때부터 현재까지의 모든 기억 속에 등장하는 이 공간. 인테리어도 거의 바뀌지 않아 항상 같은 이미지로 기억되는 이곳은 내 어릴 적을 회상할 수 있게 해주는 유일한 공간이었다.

"그리워? 우리가 없던 시절이?"

나타났다. 그들 중 세 번째의 존재—작은 꼬마 아이가…….

"너는 기억 못 할지도 모르지만 우린 항상 네 곁에 존재했다니까. 우리가 없던 시절은 존재하지 않아."

억지다. 이건 억지야.

“너희가 나타나기 전에는 난 평범하게 살고 있었어. 보통 사람들과 사소한 대화에 웃고 떠들고 학교에 가서 공부하면서.”

“그럼 우리가 나타나서 넌 모든 걸 포기했다고 말하고 싶은 거야?”

“맞잖아. 너희가 자꾸 말을 걸어오니까 난 다른 사람들처럼 살아갈 수 없는 거라고. 너흰 다른 사람들 눈에는 안 보이잖아.”

꼬마 아이의 푸른 눈이 환하게 빛났다.

“다른 이들에게는 다른 모습의 우리가 보여.”

“거짓말하지 마. 그럼 저들은 어떻게 아무렇지도 않게 살아가는 건데?”

“음…… 걔네는 죽어 있거나 스며들어 있으니까.”

“그게 무슨 말이야?”

“죽어 있으니까 보이더라도 알 수가 없는 거지. 죽은 자들은 대화도 참견도 할 수 없으니까. 하지만 반대로 스며든 경우라면 사람들의 일부가 되어 살아가는 거지.”

꼬마가 나에게 한 발짝씩 사뿐사뿐 걸어왔다.

“우리는 어느 순간 모습을 드러내. 그것이 꿈속일 수도 있고 현실일 수도 있지. 그리고 말을 걸지. 너에게 항상 그래왔듯이.”

꼬마의 작고 말랑말랑한 손바닥이 내 볼을 쓰다듬었다.

“하지만 그 순간 우리들은 죽어버리기도 해. 영원히 존재의 의미가 사라지는 거지. 존재하지만 존재하지 않게 돼. 그렇기에 보이지만 볼 수가 없어.”

“이해가 안 돼.”

“하지만 너의 ‘우리’는 살아 있어. 너를 보고 있고 말을 걸기도 하지.”

“죽는 것 이외에 너희가 사라지는 경우는 없어?”

“우리라는 존재에게 도달하는 순간, 우리는 네 눈앞에서 보이지 않게 돼. 그건 우리에게 있어서 죽음은 아니야. 그저 스며들게 돼.”

꼬마가 장식장 위에 있는 화분을 바라보며 말을 이었다.

“우리는 누구에게나 존재해. 그러나 우리가 너희에게 모습을 드러낸 순간 우린 죽기도 하지. 하지만 스며들기도 한다니까. 스며들지 사라질지는 상대에 따라 달라져.”

"난 왜 이런 거야?"

꼬마의 눈이 날 꿰뚫듯이 쳐다봤다.

"넌 아직 우릴 알려고 하지 않으니까. 그런데도 사라지라고 말하면서도 놓지를 못하니까. 그래서 우린 죽지도 스며들지도 못하는 거야."

"정확히 너희는 뭐야?"

"그건 네가 언젠가 스스로 깨달아야 할 문제야. 말해줄 수 없어."

꼬마의 작은 몸뚱어리가 내 주위를 천천히 돌았다. 나와 같은 어릴 적 모습을 하고서 하늘과도 같은 푸른 눈동자를 가진 채 항상 의미심장한 말을 내뱉는 이 꼬마는 나의 어릴 적 기억을 모두 알고 있는 기묘한 인물이었다.

"기억나지? 어릴 적 네가 이곳에서 처음 보았던 아카시아 꽃. 널 닮은 향이 난다고 사람들이 그랬잖아."

"어…… 기억나. 지금은 사라진 지 오래지만."

"기억해줘. 잊히지 않게. 모든 기억들이 흩어져 날아가지 않게. 너의 과거가 온전히 남아 있도록."

꼬마의 손가락 사이로 아카시아 꽃이 피어났다. 새하얗고 보들보들한 봄기운을 가득 머금은 꽃잎이 정겨웠다. 저것은 마술일까 아니면 환상일까. 은은한 꽃향기가 정신을 몽롱하게 만들었다.

"난 딱 하나만 충고할게. 기억해. 모든 것들은 어느 순간 추억이 되고 사라져버리지. 찰나의 순간들이 모여 너를 이루어나가. 그것들을 절대 잊어버리지 마. 기억해줘."

서서히 투명해져가는 꼬마의 모습이 봄 내음 같았다. 은은하게, 하지만 강렬하게. 그녀의 손에서 피어난 아카시아 꽃잎이 바람에 날려 눈처럼 머리 위로 떨어졌다. 아아, 어릴 적 나의 청명했던 추억이 새록새록 떠오르기 시작했다.

이 작은 카페 주변에서 가로수였던 아카시아 나무를 좇아 저 멀리멀리 하염없이 걸어가던 자그마한 내 모습이, 자신의 작은 세계 속을 항상 가득 채웠던, 세상에서 단 하나밖에 없는 낯익은 동네의 구석구석이, 기억을 타고 꼭 감은 눈 속으로 거대하게 펼쳐졌다.

"넌 내 과거를 책임져주는 존재지. 알고 있어. 잊지 않을 거야."

신기하게도 가볍게 나눈 대화 몇 마디에 힘이 났다. 그들의 정체에 대해서는 여전히 알 수 없었지만 뜻밖에도 머릿속이 정리된 느낌이었다. 이건 꼬마만의 특별한 능력인 걸까. 과거를 잊지 않도록 어릴 적 형상을, 꽃과 같은 매개체와 함께 눈 속 캄캄한 공간에 수놓는 그 아이. 언제나 나를 편안케 하는 노인과 비슷한 부류. 괜히 웃음이 나고, 파도처럼 넘실거리던 기분은 또다시 잔잔해졌다. 꿈도 현실도 아닌 몽롱한 상태, 남들은 절대 이해할 수 없는 나만의 이야기.

"딸, 뭐해?"

엄마가 걱정스러운 눈빛으로 날 지그시 쳐다봤다.

"별 거 아냐. 갑자기 어릴 적 생각이 나서."
"무슨 기억이 나셨길래 그래?"
"나 일곱 살 때쯤 매일같이 아카시아 나무 사이로 막 다다다다 하고 달리곤 했잖아? 그때 기억이 갑자기 떠오르네. 그때가 그리워."

그립다는 말에 엄마가 놀란 표정을 짓더니 말을 이어갔다.

"몇 살이나 드셨다고? 누가 들으면 늙은이인 줄 알겠다."
"느, 늙은이?"
"근데 내 눈에는 넌 지금도 다를 게 없어. 딸! 예나 지금이나 넌 똑같아. 지난해에도 아카시아 꽃 필 때면 들떠서는 하루 종일 실실 웃곤 했잖아."

"어? 내가 그랬어?"

그들이 나타나기 시작한 이후로는 축 처져 있어 항상 우울해 보일 거라 생각했는데 이건 무슨 말인가.

"그 존재들 때문에 넌 스스로가 달라졌다고 주장하지만, 음…… 엄마가 보기에는 네가 그 사람들 덕에 되찾은 것도 있다고 생각해."

되찾은 거라니. 납득이 가질 않는다.

"그러니까, 그래 네가 아까 짓고 있던 표정. 어릴 때나 짓던. 뭐랄까, 그 투명한 웃음 있잖아. 애들한테서만 나오는 웃음."

"그 표정이 뭔데?"

"아이들만의 표정이 있어. 색깔 없이 말끔한 웃음. 끝없이 투명한 가을 하늘 같은 맑은 표정…… 크면서 없어진다 생각했는데 어느 순간부터 다시 짓고 있더라구."

엄마는 나의 어떤 표정을 보았길래 이렇게 행복한 표정으로 말하는 것일까.

문득 그런 생각이 들었다.

“엄마는 그런 이유 때문에 그 존재들이 싫지 않은 거야?”

“솔직히 엄마는 그 존재들이 처음엔 싫기보다는 무서웠어. 어느 날 갑자기 네가 멀쩡히 학교 잘 다녀와서는, 그 존재들 중 한 명을 보고 방 안에서 비명을 질러대며 벌벌 떨었으니까.”

엄마가 새삼 생각난다는 듯이 말했다.

“맞아, 그게 시작이었네. 갑자기 개가 나타났다고 그랬지. 그리고 차례차례 어느 순간 다른 다섯이 나타나서 너한테 자꾸 말을 시킨다 그랬지. 신 내림을 받은 것도 아니고 병원에서도 원인을 모른다 그러고. 아니 처음 네가 그 존재들이 보인다고 했을 땐 거짓말하는 줄 알았어.”

“알아. 그땐 되게 섭섭했어.”

“내가 거짓말하지 말라고 했을 때 네가 동네가 떠나가라 울었던 것도 기억나겠네? 그리고 방 안에 틀어박혀서 사흘 동안 식음을 전폐하셨지.”

“알지. 민망한 기억이니까 더 이상은 스톱.”

“딸이 그렇게 우는 건 처음인지라 엄만 많이 당황스러웠어. 그리고 느꼈던 것 같아. 혈육인 널 내가 안 믿으면 어찌 내가 엄마라고 불릴 수 있을까.”

엄마가 잠시 말을 멈추고 내 옆 의자에 털썩 앉았다.

“어쨌거나 딸, 난 그 존재들이 밉기도 하지만, 한편으론 고맙기도 해. 그 사람들로 인해서 내 기억 속의 투명했던 어렸을 적 딸의 모습을 다시 볼 수 있었거든.”

“고맙다고?”

“이크. 기분 상해하지 마. 나도 지금같이 네가 기분 좋아 보일 때만 꺼낼 수 있는 말이니까.”

“대체 왜?”

“말했잖아. 나는 그 존재들 덕에 내 눈에는 가장 눈부셨던 시절의 딸의 모습을 되찾았다고. 그리고 무엇보다도 딸 자신이 더 성숙해져가는 것 같아 보기 좋아. 그 존재들을 싫어하면서도 사실 많은 것을 깨닫기도 하니까.”

노인과 아이 그리고 내 세계관을 완전히 뒤엎어버린 한 존재가 순간 떠올랐다. 솔직히 인정해야 할 것은 인정해야 하기에 난 찝찝한 표정으로 고개를 끄덕였다.

“그렇긴 해도 아까 내가 말했잖아. 이렇게 신경질적으로 변하고,

학교도 못 다니게 되고, 그리고 엄마랑 나는 다른 사람들한테 동정의 대상이 됐는데 내가 어떻게 이 존재들을 받아들일 수 있겠어."

"엄마는 그런 거 하나도 신경 안 써."

"정말? 왜?"

"딸은, 엄마가 이렇게 딸 뒤에 든든하게 서 있는데 뭐가 걱정이야? 엄마가 딸을 믿어준다는데, 엄마가 네가 말하는 그 존재들에 대해 이해하려고 노력하는데, 걱정할 필요 뭐 있어?"

"그치만……."

말문이 턱 하고 막혀 무슨 말을 해야 할지 모르겠다.

그들이 나타난 이후 사실 엄마와 터놓고 그들에 대해 말해본 적이 없었다. 너무나 고통스러울 엄마의 마음을 생각하면 아무 말도 할 수가 없었기 때문이었다.

맞닿은 어깨가 따스했다. 서로 의자에 앉아 도란도란 대화 나눈 지 참 오래되었다는 생각이 들었다. 매일매일 마음속으로 몇 번이나, 그리고 오늘 아침에도 마음속으로 계속 되뇌었던 말들을 지금은 할 수 있을 듯 했다.

"엄마, 나 할 말이 있어."

"응?"

"그러니까…… 미안."

미안하다는 말이 왜 이렇게 가슴 저리는지 모르겠다.
눈에 잠시 눈물이 고였던가.

"후후. 딸한테 이 말을 들을 날이 올 줄이야."

엄마가 잠시 머뭇거리는 듯하더니 담담하게 말을 뱉어냈다.

"딸, 괜찮아."

엄마의 떨리는 음성이 등을 타고 심장을 저릿저릿 죄여왔다.

"그 존재들을 다른 시각으로 바라봐봐. 사실 넌 그 존재들 때문에 화내는 일도 잦아졌지만 웃는 일도 많아졌어. 넌 스스로를 불행하다고 하는데, 내가 보기엔 넌 지금이 훨씬 행복해 보여."

내가 행복하다고? 이렇게 힘든데? '개'만 해도 내 기분을 최고조에서 최저로 곤두박질치게 하거나, 물론 그 반대일 때도 있지만, 나 자신이 사고를 멈춘 개 수준 밖에 안 되는 것 같아서 미칠 것 같은데도?

"그래 그 여섯의 존재 중에서 셋은 네가 싫어하는 부류라 쳐도 나머지 셋은 네가 좋아하는 존재들이잖아. 너를 자라게 하고 너를 성숙되게 하고……."

"그래도 대가가 너무 크잖아."

"엄마가 지금 하는 말 오해하진 마, 딸. 엄마는 그 대가가 크다고 생각하지 않아. 학교에 가서 공부를 해도 네가 지금 배우고, 깨달아가는 단계, 그 어느 하나도 못 밟는 애들이 수두룩해. 엄마는 딸이 때때로 짓는 그 표정을 보기 위해서라면 네가 공부를 못해도 친구가 없어도 상관없다고 생각될 만큼…… 엄만 그래."

"……진작 말해주지 그랬어."

엄마 얼굴에는 수많은 길들이 생겼다. 엄마가 흐느낄 때, 환하게 웃을 때, 찡그릴 때마다 그 길들은 비탈길이 되어, 오르막길 내리막길이 되어, 시골 한적한 곳의 추억을 담은 그리운 길들이 되어 엄마의 얼굴 위에 수많은 흔적들을 남겼다.

"어찌되었든! 우리 결론을 내려보자."

"무슨 결론?"

"참으로 오랜만에 모녀간의 따스한 대화였잖아. 무언가 결론을 내려야 할 거 같아."

"무슨 논리야, 그건."

"그런 게 있어. 엄마들만의 말도 안 되는 논리."

"풉, 뭐야 그게."

"딸. 엄마는 그냥 네가 행복했으면 좋겠어. 아까처럼 그 존재들로 인해 웃을 수만 있다면 엄마는 바라는 거 없어."

엄마가 특유의 푸근한 웃음을 씨익 지으며 말했다.

"엄마는 생각해. 이 세상이 절대로 불공평하지 않다고 말이야. 처음 네가 그들의 존재로 인해 고통받기 시작했을 때 엄마는 종교도 없지만 이 세상의 모든 신에게 기도했다. 어찌해서 이런 고통을 주시느냐고…… 우리 딸을 얼마나 큰 인물을 만들고 싶어서 이런 시련을 주시느냐고. 만약 큰 인물을 만들기 위해 단련을 시키는 것이라면 이 시련으로 쓰러지기 전에 되돌려 놔달라고. 하느님, 부처님, 그리고 내 딸을 지금까지 인도한 운명이 있다면 그 운명의 신에게까지 기도했단다. 엄마는 생각한다. 이 세상에 손해만 나는 일은 없다고, 결코 없다고. 고통도, 이별도, 억울함도…… 지나고 보면 눈에 보이지 않는, 평가할 수 없는, 훗날이 되어야 알게 되는 큰 그 무엇을 같이 얻게 된다고 말이야. 그래서 네 병도 분해하지 않는다. 너는 꼭 치유될 것이고, 또 더 큰 사람이 될 것이라고 믿는데 왜 엄마가 속상하겠어……."

그러곤 우리는 참으로 오랜만에 한참을 웃었다. 이유도 없이, 정말 유쾌하게 웃었다.

"근데 엄마, 우리 이렇게 느긋하게 웃고 있어도 돼? 손님들은 어쩌구."

"손님들? 아! 지금 쉰다고 출입문에 걸어놨지."

"뭐? 아니 왜?"

"네가 아까 누구랑 대화하다 환하게 웃는 거 보니까, 아 오늘만큼은 딸이랑 얘기해야지, 라는 생각이 들었어. 몰라, 왜인지는. 왠지 오늘 한 시간쯤 쉬어야겠다는 생각이 아까 갑자기 들더라고. 그래서 아까 임시 휴무라 걸어놨어."

엄마가 큰맘 먹고 얘기한 거구나, 라는 걸 다시 한번 알게 된 순간 마음이 뭉클해졌다. 엄마의 말을 끝까지 들어서 다행이란 생각도 들었다.

"고마워."

"뭐가?"

"지금까지 내 짜증 다 받아줘서. 내 앞에다 대고 고함지르지 않아줘서. 남들 말에 흔들리지 않고 나 믿어줘서. 나한테 한 번도 상처 받을 말 하지 않아줘서."

"딸……."

"힘들었지? 엄마, 목까지 꾸역꾸역 올라오는 말들 다 담고 있느라 답답했지? 이제야 못난 딸이 미안하다는 소리를 하네. 미안. 근데 고맙다는 말도 꼭 하고 싶었어."

엄마의 눈동자가 흔들리다 이내 눈을 감았다. 가슴이 벅차올라 말을 잇지 못하는 엄마의 모습이 한없이 짠했다.

"한아, 엄마는 이 순간을 기다렸어. 엄마 이제 다 괜찮아. 딸이 이런 말을 해주기까지 오랜 시간이 걸렸지만 엄만 괜찮아. 정말 고마워."

"엄마 그러지 마. 내가 너무 미안해지잖아. 내가 너무 못된 애인 것 같잖아."

"아니 정말이라니까. 엄만 이제 괜찮아. 정말 행복해."

가슴이 울렁거렸다. 눈망울엔 어느새 눈물이 한가득. 울음을 꾹 참고 있지만 금방이라도 꺽꺽대는 소리가 새어나올 것 같았다. 꼬마 덕분이었을까. 아니면 어릴 적 추억을 머금은 아카시아 향 때문이었을까.

"가게 문 다시 열자."

"응? 그래, 그럴까?"

카페 문에서 임시 휴무 간판을 떼어냈다. 햇살이 따스하게 카페 유리창을 타고 깊이 내리비치며 마음속 폭풍우를 함께 걷어냈다.

오늘따라 평소보다 더욱 푸근한 날씨는 사람의 마음을 유하게 만들기에 충분했고 한결 너그러워진 내 마음속에서는 새로운 변화의 바람이 불기 시작했다.

"그래, 그 여섯 존재 중 고마운 세 존재들만이라도 이젠 다르게 봐야지."

오후가 되자 느지막이 밖으로 나선 사람들로 거리는 활기를 띄고 있었다. 오후의 풍경은 오전과는 달리 느긋하면서도 편안한 분위기가 감돌았다. 즉 나에게 있어서는 카페 일을 돕지 않고 돌아다니기에 안성맞춤인 시간인 것이었다.

"엄마. 나 잠시 나갔다 올게."
"그래. 딸 다녀와."

사실 모녀간에 가슴 절절한 대화를 하고 나면 오히려 상대방의 얼굴을 보기가 조금은 민망해지기 마련이라 나로서는 지금 당장 엄마 얼굴을 마주보고 있기가 조금은 낯간지러웠다.

말간 햇살 아래로 내가 향한 곳은 아침에 지나쳤던 수많은 색색의 천들이 휘날리고 있는 원단 가게였다. 나이 지긋한 할아버지와 할머니가 운영하는 유서 깊은 가게로, 이 거리의 명물인 이곳은 내가 시간 날 때마다 종종 들리는 나만의 은신처였다.

이 거리에는 중복되는 가게는 별로 없었다. 물론 커피숍이나 음식점 등은 어쩔 수 없었지만 그 외에는 모두 각각의 색다른 분위기 속에서 같은 물건을 팔아도 다른 물품을 사는 듯한 기분이 들게 했다. 기와를 얹은 한옥에서 이탈리아 고급 장식품을 파는 것처럼 분위기는 주로 그 가게의 주인의 성향이나 가구의 배치, 가게의 구조에 따라 달라졌다.

도로 사이사이 좁다란 골목길을 쭉 타고 올라가면 원단 가게에 다다르기 전 오르골 가게, 고서점, 부채 가게들이 있어, 이 일대는 손님들로 항상 북적였다.

평소 같으면 그냥 눈길만 날리고는 바로 원단 가게 안으로 쪼르르 달려가겠지만 오늘만큼은 새로 들어온 오르골이 궁금하여 자연스럽게 그쪽으로 발걸음을 옮겼다.

오르골 가게는 전체가 아름드리나무로 지어져 아직도 나무 향이 은은하게 남아 있는 듯한 착각을 불러일으키곤 했다. 매장 바깥에 배치된 목재 테이블 위를 새하얗게 장식한 꽃무늬 식탁보 위에는 올망졸망한 오르골들이 앙증맞게 진열되어 있었다.

바깥쪽의 두 테이블을 지나쳐 안쪽으로 들어서면 본격적으로 수많은 오르골들이 만들어내는 화음을 온몸으로 느낄 수 있었다. 비록 옆집 원단 가게 영감님은 이 소리를 '귀에다 때려 박는 새소리'라며 노상 투덜댔지만 말이다.

각각의 테이블 위에서 그 자태를 뽐내고 있는 오르골들은 어찌 보면 눈부시게 아름다우면서도 조금은 서글퍼 보였다. 각각의 몸체에 담긴 소리가 한정되어 있어 그럴지도 몰랐다. 한 소절의 노래밖에 부르지 못한다는 사실이 오르골들을 슬프게 만들고 있는 걸까. 그 슬픈 목소리들이 합쳐져서 만들어지는 소리가 사람들의 감정을 달뜨게 만든다니, 참 아이러니하지 않은가. 아니다. 어찌 생각해보면 사람들의 삶과 오르골의 목소리가 닮아서, 수많은 오르골들이 만드는 소리가 사람들이 부르짖고 웃고 우는 소리와 닮아서 사람들은 오르골을 좋아하고 아름다워하는지 모른다. 아아, 그건 모를 일이다.

'또 이런 철학적인 생각만 하면 '그 사람'이 나타날 텐데.'

순간 자신의 생각을 알아서 멈추게 하는 그 존재가 번뜩 생각이 나자 이마에 송골송골 땀이 맺히기 시작했다. 아직 원단 가게 할아버지를 뵙지 못했다. 할아버지와의 대화를 방해받지 않으려면 이런 한가한 생각은 조금 뒤로 미뤄야 했다.

오르골 가게 안에서 사람들의 어깨를 피해 동쪽으로 서쪽으로 트위스트를 추며 빠져나오자마자 누군가의 쩌렁쩌렁한 목소리가 귀청을 울렸다.

아, 설마 또…….

"원단이 처녀 살갗만큼이나 보들보들 곱구만, 왜 그리 마음에 안 찬다고 불평불만을 해대는 건가!"

"아이고 여보세요, 난 이건 영 맘에 안 든다고 했잖소."

설마했던 내 예상은, 전혀 비껴나지 않고 원단 가게 할아버지와 할머니가 티격태격하는 광경이 눈앞에서 생생하게 생중계되었다. 끝까지 품위를 손에서 놓지 않겠다는 듯 큼큼 헛기침을 하시며 계절에 맞지 않는 부채를 이 손 저 손 옮겨가며 붉어진 얼굴을 가리는 할아버지의 표정이 흡사 어린아이 같았다.

"할머니! 참으세요."

"뭘 참어! 저저 뒷방 노인네가 원단 가게 접지 못한다고 빽빽 우기면서 저 늙은 몸뚱어리를 예까지 끌고 나올 때 난 진즉에 알아봤어. 하, 원단 보는 눈이라곤 쥐뿔도 없으면서 끝까지 이 색깔을 간판으로 내놓자고 우겨대잖아! 내가 복장이 터져 안 터져?"

열 받으실 대로 받으신 모양이다. 어쩐다.

내가 머리를 싸맴과 동시에 뒷방 늙은이란 말에 이마에 핏줄이 잔뜩 선 할아버지가 똑같이 고함을 지르기 시작했다.

"뭐? 이 할망구야? 누가 뒷방 늙은이야 뒷방 늙은이는! 한아, 내 이리 힘들게 산다. 하이고 천지신명님께선 어찌 날 이런 괴팍한 여자랑 짝을 맺어주셨을까."

"하아 저 영감을……."

그 말을 끝으로 할머니는 그대로 뒷목을 잡고 나가버리셨다. 남겨진 할아버지는 가게 안으로 나를 확 잡아당기시며 할머니 성토에 열을 올리셨다.

"아이고 아이고, 원통할 사람은 난데 어째서 저 여편네가 저리 역정을 내면서 나가는 것일까."

"두 분, 하루도 빠짐없이 다투시는 것 같아요."

"모든 문제는 저 여편네 때문이지 나 때문이 아닌 거다, 알았냐."

"네네, 할아버님."

할아버지의 짜글짜글한 눈이 반달 모양으로 휘어졌다.

"그런데 이 시각에 웬일이여? 엄마 도와주지 않아도 돼?"

"네, 괜찮아요. 잠시 생각할 시간이 필요해서요."

할아버지가 나를 지그시 바라보며 말문을 열었다.

"한아, 세상을 살아간다는 것은 그 어떤 말로도 표현할 수가 없다. 그 어떤 문장도 그 어떤 음악도 그림도 우리가 사는 인생은 표현하지를 못한다. 사람들은 누구나 늘 불안에 떤단다. 그 누구도 삶을 알 수 없으니까…… 그래서 더욱 부질없는 것에 매달리지. 나약해서 그런가 보다 하면 꼭 그런 것도 아닌데 무엇이 그리 불안한 건지 난 모르겠구나. 이리 나이를 먹을 대로 먹어 나이를 책임져야 하는 나도 아직은 인생이 정확히 어떤 것인지는 잘 모르겠다. 그래서 내가 아직 할멈이랑 싸우는 건지도 모르겠어."

그들이 내게 나타나기 시작한 이후로 제일 먼저 자처하여 나의 말동무가 되어준 할아버지는 이 거리에서 내가 가장 의지하는 사람이었다.

"한아, 넌 참으로 어른스럽다. 그들이 나타나고 더 성숙해진 것 같기도 하고 말이야. 이런 말, 혹시 듣기 싫으냐?"

할아버지께서 내 표정을 살피며 조심스레 물었다.

"아뇨, 맞는 말씀이세요. 그 존재들 중 할아버님이랑 비슷한 연세인 분이 있다고 했잖아요, 그분이 할아버님이랑 비슷한 말씀을 자주 해주셔서 많이 깨달아가고 있어요. 그렇지만 개를 포함한 나머지 두 존재는 무섭고 도저히 이해가 안 되는 어두운 존재들이라 꺼려져요. 솔직히 그것들만 아니면 전 제가 겪는 이 현상을 싫어하기는커녕 좋아했을 수도 있지 않나 싶어요."

"오늘은 몇 명이나 나타났는데?"

"평소에는 개를 빼고 다섯이 매일매일 나타났는데 오늘은 개가 아침부터 나타나서 울적했다가, 그 뒤에 노인과 아이가 나타났어요."

"다음은 누구 차례인가?"

"차례라고 하기엔 그렇고 가끔 나오는 순서가 바뀌기도 하더라고요. 그래서 정확히는 모르겠지만 아마 평소대로라면 철학자가 다음 순서예요."

"아, 그 친구는 네가 제일 좋아하는 존재 아닌가?"

"에이 꼭 그건 아니에요. 또 들을라, 쉿."

내가 검지를 입술 위에 올려놓으며 말하자 할아버지는 다시 한 번 껄껄 웃으며 말을 이었다.

"한아, 그러고 보니 아까 네가 여기 오기 전에 A씨가 잠깐 들렀었다."

"네? 진짜요? 아, 빨리 올걸."

"A씨 이야기는 말하면 말할수록 더욱 신비로워진다는 소문 알지? 너도 퍼트리고 다녀라."

A씨. 영겁의 세월을 살아가는 어떤 존재. 영원한 시간을 갖고 이 거리에서 아주 옛날부터 사람들을 조용히 도와주는 신기한 사람. 비밀을 털어놓지 않아도 그 비밀을 알고 해결해준다는 인물로, 이 거리에서는 전설로 통했다. 물론 나는 그 이야기를 아주 살짝 믿는다. 나처럼 귀신도 아니고 사람도 아닌 것들을 보는 인간도 있는데, 영원히 죽지 않는 존재가 없으란 법도 없으니까…….

"그런데 A씨는 어째서 너를 도와주지 않는 걸까?"

할아버지가 무언가를 안다는 듯 의미심장한 표정을 지으며 말했다.

"할아버지. 아무리 A씨라고 해도 저를 치유해주진 못할 거예요."

"그럴까? 그런데 한아, 이것 좀 봐보거라. 어서."

할아버지의 손가락이 가게 밖에 걸린 옷감들을 가리켰다. 아침에 본 것과는 다른 색깔들의 옷감들이 바람이 부는 방향에 따라 이리저리 서로의 몸을 부대끼며 춤추고 있었다. 노랗고 푸르고 붉고 검고 새하얀 천들이 서로 엉키며 새로운 색깔들을 창조해낸다. 천들의 춤사위는 사람의 마음을 뭉클하게 만들 만큼 아름답고도 한편으론 아련했다. 나부끼는 천들이 하늘을 뒤덮으며 계곡물처럼 수많은 물결들을 자신의 몸 속에 품었다 풀어놓았다. 내 작은 세상이 이 천들에 의해 완벽하게 덮일 때면 난 알 수 없는 전율에 몸을 떨곤 했다. 주황빛 붉은빛 생각들이 머릿속에서 흘러 다녔고 새파란 빛과 은은한 보랏빛 생각들은 나로 하여금 몽롱한 표정을 짓게 했다.

"예쁘다……."

"천은 내 인생이었다. 그래서 난 아직도 이 천 장사를 손에서 놓을 수가 없구나."

할아버지의 눈이 깊게 패였다.

"이리 아름다운 색감을 못 볼 순간이 난 두렵구나. 난 이 광경을 60년 넘게 봐왔음에도 불구하고 어째서 미련을 버리지 못하는 건지…… 각각의 천이 간직하고 있는 색깔들이 사람의 감정과도 같아서 난 그 어떤 색의 천이든 모두 아름답다고 생각한단다. 그걸 이해하지 못하는 사람을 바보 같다 여겼고. 그래서 난 고집쟁이라 불렸지."

"그런 고집쟁이는 멋있는 고집쟁이에요."

"그래 봤자 이젠 힘없는 노인일 뿐이다. 아무것도 못하는……."

"지금이야말로 시작이라 생각해요. 모든 것을 배웠으니 이제는 그 배움을 써야 할 시기라 느껴져요."

아이쿠, 너무 당돌한 말을 해버렸다. 그들과의 대화에 익숙해진 바람에 순간적으로 아무것도 의식하지 않고 말을 툭 내뱉어버렸다.

"한아, 참 맞는 말이로구나. 어린 친구한테도 뜻밖에 이런 것을 배운다니까. 나도 한참 멀었구만 그래."

할아버지가 의자를 끌어오며 말했다.

"나와 살아온 시간들이 내게 해준 것은 너무나도 많지만 지금 이 순간 나에게 무언가를 시작할 용기는 줄 수 없는 것 같다."

"그런 용기가 없이도 다들 잘 살잖아요."

"용기가 없으면 일을 시작하고 밀어붙일 힘이 없어, 결국 자신의 마음에 꼭 드는 결과를 낼 수가 없단다. 그래서 용기가 중요한 게야."

"저는 용기 있는 사람이 될 수 있을까요?"

내심 걱정스러운 얼굴로 내가 할아버지를 주시하자 할아버지가 따스하게 미소 지으며 말했다.

"너는 참말로 용기 있는 사람이다. 당당하게, 네가 처해 있는 어려움에 맞서서 잘 살고 있지 않느냐. 그 사소한 용기가 결국 큰 물결이 되어 너의 인생을 네가 원하는 방향으로 잘 이끌어줄 것이야."

할아버지가 천들 중 가장 빛깔이 아름다운 것을 하나 골라 잡아당기며 말을 이었다.

"한아, 이 천은 수많은 잔물결 중 한 물결이란다. 이 물결 그대로도 눈부시게 아름답지만 이 물결들이 빚어내는 거대한 물결은 더욱 장관이지. 각각의 색깔이 조화를 이루어 큰 그림을 그려내니깐. 난 그렇게 생각한다. 이 물결 하나가 너의 한 갈래 생각이라 치자면 다른 조금은 칙칙하고 평범한 물결 또한 거대한 그림을 그리기 위해 빼놓을 수 없는 요소란다. 그러니 평범한 요소들도 함부로 없애려 하지 말라고 말이다. 난 그렇게 말하고 싶구나."

오늘따라 왜 그런지 유난히 할 말이 많아 보이던 할아버지가 갑자기 말을 끊으며 일어났다.

"자자 오늘은 이만 가보시게나. 난 이제 집 나간 저 할망구 좀 불러와야겠으니.”

“할머니 많이 화나신 것 같은데요.”

“괜찮아, 괜찮아. 할멈은 내 말 한마디면 사르르 녹아버리니까. 그 뭐냐 애들 좋아하는 아이스크림? 그것처럼 말이여.”

할아버지가 천천히 일어났다.

“한아, 그럼 나중에 또 대화하자. 오늘 미련을 좀 남겨둬야 내일이 더욱 기대되는 법이야. 그렇지?”

할아버지가 걸어간다. 오후의 나른한 햇살 속으로…… 마치 뒷모습이 갓난아기의 걸음마처럼 무언가 애틋한 느낌을 불러일으켰다. 사람이 나이가 들면 어려진다는 말이 실감이 나 마음이 찡했다. 아무 생각 없이 손을 뻗어 할아버지의 뒷모습을 손 안에 감싸보았다. 이분이 사라지지 않았으면 했다. 그냥 영원히, 그 A씨라는 사람처럼 이 거리에 존재했으면 좋겠다고 생각했다.

“그래도 사람은 언젠가는 죽기 마련이야.”

잔잔한 중저음의 목소리가 날 휘감았다. 연극 무대에서 막이 열리고 주인공이 무대 위로 등장하는 것처럼, 그는 강렬하게, 한순간 모든 것을 압도하며 모습을 드러냈다.

그의 이름은 철학자, 그들 중 네 번째 타자—내가 가장 좋아하는 존재가 나타났다.

"사람은 늙어가며 자연과 가장 친밀한 존재가 되어간다는 말 들어봤지? 자연과 가장 비슷한 존재가 저 노인과 비슷한 자들이야. 열정을 가지고는 있으나 조용히 자신 속에 품어두고 세상이 순환하는 것을 지켜보지. 그리고 어느 순간 자신의 존재를 침묵 속에 감추고 그 발자취를 남은 이들에게 넘겨주고 사라지거든."

철학자가 내 눈 위에 자신의 손을 올렸다. 눈앞이 캄캄해졌다.

"자연과도 같아. 절대로 세계의 순환을 변화시키지 않지. 하지만 변화시킬 계기들은 항상 남겨두고 지켜봐. 아름다운 삶이야. 자연과 같은 삶."

"아무리 그렇다 해도 사라진다는 건 참 슬픈 일이야."

"우리는 그 사람 자체를 그리워하는 것이 아니다. 그 사람과 공유했던 추억, 그 사람의 육신 그리고 그 사람의 목소리를 그리워하는 것이지."

"그 사람 자체를 그리워하는 게 아니라고?"

"너만 하더라도 저 노인이 누굴 사랑했고 무엇에 슬퍼했는지 아는 게 하나라도 있긴 한가? 그렇지 않지. 너는 그 사람의 단편적인, 너와 함께했던 '시간'들만 알 뿐이지. 그리고 노인이 사라진 순간 너는 그 사람과 공유했던 모든 기억들이 거짓이 되지 않을까 두려워하는 거다. 그리고 그 사실과 함께 이제는 그 시간들을 주제로 감정을 나눌 상대가 사라졌다는 것이 너무나도 고통스럽게 너에게 다가오는 것이지."

철학자가 잔잔하게 말을 이었다.

"캄캄하지? 네가 잠을 잘 때 이렇게 세상이 캄캄하다. 그런데 왜 사람은 잠과 비슷한 죽음은 두려워할까?"

"못 깨어나니까 그렇지. 당연한 걸 물어."

"못 깨어나니까. 그래. 근데 당사자는 과연 자신이 꿈속에서 깨어야 한다는 것을 인지할까? 깨어나고 싶어 할까? 아니 꿈을 꾸는 당사자는 아무것도 몰라. 자신이 꿈속에서 그냥 있고 싶은지, 현실로 돌아가고 싶은지."

"뭐야. 그럼 왜 우린 죽음을 무서워하는 건데?"

"그 당사자는 평화롭지만 그를 지켜보는 자들이 초조하기 때문이야. 더 이상 자신들과 기억을 공유할 수 없으니까. 자신들이 알 수 없는 공간에서 휴식하고 있으니까 불안한 거지. 결론적으로는 인간은 이기적이기 때문에 남의 죽음에 슬퍼하고, 깨어날 수 없다는 그 작은 사실 하나에 죽음의 더 큰 장점을 보지 못하고 자신의 죽음까지 두려워하는 것이다."

철학자가 내 눈 위에 올려놓은 손을 서서히 내려놨다.

"실제로는 자신이 죽음과 맞닿게 되면 그 누구보다도 편히 꿈꿀 것이면서. 아아, 무지하다 무지해."

철학자의 심장 고동소리가 등 뒤로 느껴졌다. 그가 위에서 날 내려다보고 있었다. 다 안다는 듯한 눈빛, 꿰뚫어보고 있다는 눈빛, 괜시리 기분 나쁘면서도 무언가 경외심을 불러일으키는 눈빛이었다.

"오늘 했던 생각들…… 생각보다 괜찮아서 놀랐어."

"무슨 생각?"

"아침에 그랬잖아. 인연이 연과 같다고. 그리고 오르골 소리. 생각하는 감이 좀 생긴 듯해. 나로부터 이 느낌이라는 것을 배워서 써먹는 걸 보니까 좀 뿌듯하던데? 물론 근원은 따로 있지만."

"내 생각 다 읽고 다니는 거 티 내지마. 찜찜하니까."

철학자가 날 빤히 쳐다보며 속삭였다.

"난 너의 생각을 읽은 적 없어. 네가 항상 전해주는 것뿐이지. 네가 생각하는 것이 바로 내가 생각하는 것이라는 거 잊었나 봐?"

"꼬마랑 똑같이 알쏭달쏭한 소리만 늘어놓지 마. 확실하게 말해 달라구."

"내가 마술사가 아니고 철학자인 이상 이렇게 머리 복잡한 소리를 할 권리가 있어."

철학자의 미소가 마음을 사로잡았다. 투명한 웃음이 마음을 동하게 만들었다. 노인이나 아이 그리고 나머지 세 존재도 모두 독특한 분위기를 풍기며 비현실적인 느낌을 조성하지만 철학자는 그 느낌이 달랐다. 그의 이야기는 현실적이면서도 때로 동화 같아서 환상적인 분위기를 풍겼다.

철학자는 20대 남자의 모습을 하고 있었다. 어디선가 본 듯하면서도 한 번도 본 적 없는 색다른 외모, 깊고 그윽한 눈동자, 항상 달고 다니는 애매한, 그래서 더 매혹적인 웃음.

철학이 실체로 형상화되면 딱 이런 느낌일거야 하는, 그런 분위기를 그는 풍기고 있었다.

"한, 오늘 특별히 해주고 싶은 말들이 있어."

"오늘의 메뉴는 뭔데요, 셰프?"

"꽃전, 날씨, 밤안개 그리고 점."

"무슨 엉뚱한 소리야? 그것들이 뭔가 연관되기는 해?"

"모든 일이 그렇듯이 항상 연관 있으면서도 전혀 연관 없는 것들이야."

철학자가 내 주위를 뱅글뱅글 돌았다. 늘 그래왔듯이 한쪽 입꼬리를 위로 추켜올린 채 자신만은 여유롭다는 저 표정. 남겨둔 디저트를 음미하듯, 때로는 나를 약 올리려는 것처럼 살짝살짝 눈도 감으면서 그는 이야기를 시작했다.

"이 거리를 자세히 살피다 보면 이미 눈치챘겠지만, 이 거리 한편에 동백나무가 있어. 아직은 좀 있어야 필 거야. 근데 사실 여기는 동백꽃이 필 수 있는 곳이 아니야. 근데 동백꽃이 피잖아. 알고 보면 이해할 수 없는 일도 너무 많은 게 인생이야. 아직 너는 이해하기 힘들겠지만……."

철학자가 내 눈앞에 자신의 손을 불쑥 들이밀었다. 긴 손가락 끝에서 새빨간 동백꽃이 몸을 뒤틀며 피어났다. 철학자가 내 얼굴을 한 손으로 부여잡으며 말했다.

"정말 아름답지? 자 여기서 끝이 아니니 고개 돌리지 말고 계속 주시해봐."

철학자의 말을 끝으로 환하게 만개한 동백꽃이 서서히 바스라지기 시작했다. 마치 오랜 시간이 지나 자연스럽게 땅에 떨어져 말라비틀어지는 것처럼.

"내가 이래서 당신이 처음에 마술사인 줄 알았다니까."

말라비틀어진 동백꽃이 마치 책 사이에 오래 꽂아두고 말린 것처럼 납작해졌다.

"이게 바로 내가 꽃전이라 말한 거야."

"엥?"

"꽃이 스러져 땅에 떨어진 후 수많은 발들에 밟히고 뭉개져도 꽃은 그 향기를 잃지 않지. 이리저리 말라비틀어진 모양새 속에 남아 있는 잔향이 은은하기 때문에 더욱 향의 진가를 높이지. 강한 향보다는 그 존재를 잠시 드러냈다가 다시 사라지는 잔향이 더 아름다운 법이야. 그래서 이 죽은 꽃은 꽃전과도 같아."

"와아…… 꽃 하나로 이런 철학적인 생각이 가능하다니, 대단하다."

"내가 하나 더 알려주지. 꽃은 죽어도 꽃이야. 사람 또한 마찬가지고."

철학자가 내 볼을 꼬집으며 히죽 웃었다. 얄미워 죽겠는데 뭔지 모를 그의 분위기에 차마 싫은 티를 낼 수가 없었다.

"자, 꽃에서 넘어가서 날씨 얘기도 해볼까?"

"꽃전 얘기하다가 왜 뜬금없이 날씨야?"

"아까 말했잖아. 모든 것은 연관이 있으면서도 연관이 없다고. 잠자코 일단 들어봐."

철학자가 또다시 내 눈을 부드럽게 쓸어내렸다. 그가 내 눈을 감기는 동시에 새로운 이미지가 눈앞에 서서히 흘러 들어왔다.

"이게 뭐야?"

"이거 그 '꼬마'한테 걸리면 큰일 나는데, 쯧. 내 관할이 아닌 파트를 건들면 안 되지만 오늘은 어쩔 수 없지."

바람이 미친 듯이 불고 있었다. 내가 서 있는 곳도 집 근처 아카시아 나무가 가득했던 거리로 바뀌었다. 나는 교복을 입고 있었고 책가방을 멘 채 앞을 주시하고 있었다. 이 기억은 3년쯤 전 내가 중학교를 다니고 있었을 때의 기억이었다.

"뭐야 이 기억은 어떻게?"

"그러니까 말했잖아. 들키면 안 돼. 그 꼬마가 찡얼거릴 거라구."

아아. 기억을 책임지는 그 꼬마를 말하는 건가.

철학자가 난감하다는 듯이 한 손으로 자신의 머리를 긁적이며 나를 바라봤다.

"어찌됐든 이 공간에 데려온 이상 하려던 말은 다 해야겠어."

세찬 바람에 철학자의 머리가 이리저리 날렸다.

그래. 이 날씨. 기억한다. 햇살은 내리비치는데 바람은 대지를 흔든다. 둥근 구름은 제자리를 지키고 있고 바람이 온몸을 감싼다. 바람 소리. 바람 소리 이외에는 아무것도 존재하지 않는다. 앞으로 걸어가기도 힘겨운 바람.

그리고 그것에 대조되는 따스한 햇빛. 이 이상한 날씨. 이 미친 날씨를 난 사랑했다.

"정말 오랜만이다, 이 기분."

심장이 쿵쿵 온몸의 장기를 흔들어댔다. 온몸이 감전된 듯 짜릿했고 온 신경이 울부짖으며 그 흥분을 토해냈다. 몸이 이 바람을 기억하고 있었다. 그때의 전율을, 그때의 해방감을 기억하고 있었다.

"데려오길 잘했나 보네. 이리 좋아하는 걸 보면."

철학자가 바람을 맞으며 소리쳤다. 본인도 이 미친 날씨에 홀린 듯 적잖이 기분 좋아 보였다. 한쪽 입꼬리가 올라가 있는 것을 보면 더더욱.

"한! 그거 알아? 구름은 배야. 그냥 영원히 순항하는 배. 인간은 바다와 하늘이 비슷하다 생각했지. 절대 만날 수 없는 두 존재를 신성하게 여기기도 했어. 그래 실제로 비슷해. 광활하고 끝이 없는 푸른색의 향연. 멋지지 않나? 그런데 하늘과 바다가 다른 점이 있다면 무엇일 거 같아?"

"글쎄…… 위치?"

"아직 감이 덜 잡혔네. 나 혼자 신나면 안 되지만 오늘은 가르쳐 주지."

철학자의 입꼬리가 한층 올라갔다.

"바로 구름의 유무다."

"구름?'

내 눈이 동그랗게 떠졌다. 이번엔 또 무슨 말로 사람을 놀라게 하려는 걸까. 알 수 없는 기대감에 가슴이 부풀어 올랐다. 나도 모르게 미소가 배어나왔다.

"그래 구름! 하늘에는 구름이라는 배가 있거든. 그 모양새도 모두 다르지. 그 무게도 심지어 그 배가 싣고 있는 화물도 제각각이거든. 얼마나 매력적이야."

"와! 하…… 듣고 보니 정말 그렇네."

"사람은 그 배를 질투하여 결국 바다에 자신들만의 배를 만들어냈지. 그게 지금 우리가 아는 그 배일 테고. 하지만 그래 봤자 이 하늘의 배를 따라가진 못해."

철학자가 바람 한 줄기를 손에 휘감았다. 그의 미소가 왠지 모를 동경심을 일으켰다.

"여기서 끝나면 섭섭하지."

철학자가 나를 보며 싱긋 웃더니 또다시 내 눈을 자신의 길쭉한 손으로 감쌌다.

"이번에는 더 근사한 곳이야. 마음속으로 10초만 세고 있어."

귓가에 바람소리가 들렸다. 쏴아아 하고 몇 가닥의 바람이 얼굴을 스쳐 지나갔다. 감은 눈 사이로 비어져 들어오던 햇빛 알갱이들이 서서히 그 모습을 감춤과 동시에 귀를 간질이던 바람이 잦아들었다.

"눈 떠봐. 이번엔 어디로 왔는지 한번 살펴보라고."

이유 없는 오기가 발동했다. 철학자의 말을 똑똑히 들었는데도 난 꽉 감은 눈을 뜨지 않았다. 지금 철학자는 곤란해하고 있을까? 모든 것을 우위에 서서 바라보는 사람인 만큼 가끔씩은 골려주고 싶은 마음도 생기는 법이다.

"안 뜨면 너 혼자 두고 갈 테니 그리 알아."

능글능글한 말투가 얄밉다. 잊을 뻔했지만 이 공간은 철학자가 만든 공간. 나 혼자 버텨봤자 그는 나를 두고 가버리면 그만이었다.

"이 기억은 내 기억이 아닌데?"
"당연하지. 이 광경은 내 기억에 기반해 있는 광경이니까. 설령 너의 기억이라 하더라도 지금쯤은 네 머릿속에서 사라진 기억일 테니 모르겠지."

철학자가 숨은 크게 들이쉬고는 내게 질문을 던져왔다.

"자, 이 공간에서 네가 무얼 발견했는지 말해봐."

철학자의 말에 고개를 돌려 주위를 돌아봤다. 캄캄한 절벽 속 간간히 보이는 논밭과 도시에서는 맡을 수 없는 시골 특유의 산 내음. 그리고 뭉게뭉게 피어난 안개와 그 안개를 타고 흘러가는 수많은 자연의 향들.

"이곳에는 안개랑 논밭, 그리고 당신이 항상 강조하는 후각과 촉각의 법칙에 따라 느껴지는 수분이랑 여러 가지가 복합적으로 섞인 특이한 향들이 존재해. 음, 그리고 거기다 플러스알파로 어두운 곳에서 자리를 지키는 저 미미한 빛들의 결정체가 보이네."

철학자가 대견하다는 듯한 눈길을 주고는 내 머리에 손을 턱 하고 올려놓더니 자신의 말을 시작했다.

"밤안개는 평소의 안개와는 달라. 살아 있어. 주위를 봐. 안개는 멈춰 있지 않아. 흘러가지. 강처럼 유유히 흐르지만 그 누구도 눈치채지 못하게 침묵을 지키며."

철학자가 안개 속으로 걸어갔다. 그의 모습이 점점 시야에서 사라지면서 그의 목소리만이 그가 내 주변에 아직 존재함을 알려주었다.

"강은 살아 있어도 살아 있는 것이 아니야. 강은 주변의 눈을 너무 의식하거든. 누구나 강의 존재를 알아차리고 항상 지켜보지. 그리고 멋대로 의미를 부여하고 이름을 지어줘. 강은 이미 너무 많은 이름과 의미를 가져버렸어. 강은 그 자체가 살아 있다고 말할 수 없어."

"밤안개의 다른 점은 뭔데?"

"밤안개는 강처럼 흘러가지만 생물을 몸에 품지 않아. 그런 면에서 오히려 안개 그 자체가 살아 있다 말할 수 있어. 그 누구도 이 밤안개의 시작과 끝을 본 적이 없지. 한마디로 알 수 없는 존재인 거야. 그래서 안개는 그 어떤 이름 아래 구속되지 않고 의미를 부여받지 않아. 그저 떠돌 뿐이야. 자신이 원하는 곳으로 이동하지, 모두의 눈이 사라진 밤을 틈타서 말이지."

철학자의 손이 안개 속에서 불쑥 튀어나와 내 손을 콱 잡았다.

그의 얼굴은 환희에 들떠 있었고 여전히 한쪽 입꼬리는 올라가 있었다. 그가 기분이 좋다는 증거였다.

살며시 철학자의 손을 떼며 나 또한 반문하기 시작했다.

"그럼 시작이 어디라는 거야?"

"그건 네가 풀어야 할 문제야. 말해줄 수 없어. 그게 룰이야."

"또 꼬마랑 똑같은 말! 난 당신이 해주는 말들이 정말 다 마음에 드는데 이럴 때면 당신이 철학자가 맞는지 의심스럽다니까."

철학자가 왼쪽 이마를 짚으며 하아 하고 한숨을 내뱉었다.

"어쩔 수 없어. 하루에도 힌트가 이렇게도 우수수 떨어지는데 아직 네가 눈치를 못 채니 어떡하겠어."

"나도 좀 알고 싶어. 난 오늘부로 당신들을 받아들이기로 마음먹었지만 그래도 당신들의 존재는 아직도 아리송해. 당신들이 하는 말들은 모두 너무나도 멋진 말들이고 마음을 움직이는 문장들이야. 하지만 정작 내가 당신들에 대해 알지 못하면서 그런 말들을 넋 놓고 듣고 있다니 이렇게 우스꽝스러운 일이 어디 있어?"

"넌 굳이 우리 존재가 무엇인지 알아야지만 우리가 하는 말들을 이해할 수 있어?"

"꼭 그런 건 아니지만, 그러니까……."

"한, 우리의 존재를 찾는 것도 중요해. 하지만 그 전에 우리가 하는 말들, 전해주는 이야기를 곰곰이 생각해봐. 그러고 나면 언젠가는 우리라는 존재에 도달해 있을 테니까."

"그게 쉽냐구."

"하아…… 그래, 어차피 말해주려던 내용이니 지금 당겨서 말해주지. 잘 들어."

철학자가 내 눈 밑에 위치한 점을 꾸욱 눌렀다. 무표정한 모습의 그가 낯설었다.

"이건 점이다."

"뭐, 뭐 하는 짓이야?"

"이건 달이다."

철학자가 점을 가리키던 손을 들어 안개 사이로 푸르스름한 빛 알갱이를 쏟아내는 보름달을 가리켰다.

"이건 우주다."

철학자가 양팔을 쭉 뻗더니 나를 지그시 바라봤다. 밤안개에 둘러싸여 주위 풍경이 흐릿한데도 불구하고 그의 모습만큼은 너무나도 또렷하게 보여 기분이 이상했다. 마치 나와 철학자만이 안개 속에 둘러싸인 듯 주변의 소리가 서서히 귀로부터 멀어졌다.

"이건 너다."

철학자가 나를 보며 다시 싱긋 웃었다. 여전히 한쪽 입꼬리는 올라간 채로 조금은 거만하게, 그의 손가락이 어느새 다시 날 향해 있었다.

"결국 모든 건 너로 시작해서 너로 끝나. 점은 너의 몸을 이루는 가장 작은 부분이지. 그리고 저 달을 봐. 점과 같이 둥그런 원 모양이다. 이 세계도 둥글지. 그리고 이 둥근 세상을 품는 우주도 둥글다. 모든 것은 작은 점 하나로부터 시작한다. 그리고 그 가장 작은 '부분'은 네게 속해 있지."

"그게 무슨……."

"모든 건 너로부터 시작되어, 너로 끝난다. 그게 이 세계가 돌아가는 법이다. 그 각자의 작은 개인이 전체를 이루지. 그리고 그 전체는 결국 개인이다."

철학자가 내 눈으로부터 시선을 거두지 않고 말을 이어갔다. 그의 갈색 머리카락이 밤바람에 살짝살짝 흔들리며 흘러내리는 달빛에 그 색깔을 반사시켰다.

“쓸데없는 생각 하지 말고 내가 말한 것만 확실하게 기억해. 그러면 언젠가는 네가 우리, 그리고 나에 대해 깨닫는 날이 올 거야.”

내가 그를 아리송하다는 듯 쳐다보자 그가 알 수 없는 표정을 지으며 말했다. 그때 철학자의 표정은 결코 동정, 슬픔, 아쉬움과 같은 간단한 감정들이 아니었다. 그는 지금까지 그가 봐왔던 모든 사람들에 대한 모든 감정들을 섞어놓은 듯한 그런 복잡한 표정을 짓고 있었다. 왜인지는 모르겠다. 밤안개 사이로 흩어지던 달빛 아래서 그는 나에게 그만의 표정을 보여주었다.

“그럴게. 명심할게.”

내 말이 끝을 맺자마자 철학자가 뒤에서 내 눈을 그의 소매로 감쌌다.

“오늘의 수업은 여기서 끝. 이제 돌아갈 시간이야.”

눈앞이 캄캄해짐과 동시에 갑자기 아까 그가 지었던 표정의 의미를 어렴풋이 알 것 같았으나 난 그 의미를 철학자 앞에서 말하지 않았다. 그 이유는 간단했다. 그의 표정에 담긴 수많은 감정들 중 하나가 기대감이었기 때문이었다. 언젠간 자신이 누군지 알아봐줄 거라는 기대.

하지만 그는 철학자였다. 그에게는 항상 자신의 진리를 내게 알려줘야 할 의무감이 내포되어 있었고 그렇기에 항상 한없이 먼 곳에 있는 존재란 분위기를 풍겼다. 그리고 그에게는 그만의 진리에 대한 자부심이 있었다.

난 철학자의 이야기가 좋았다. 철학자의 철학이 좋았고 그의 인생이 궁금했다.

그의 입을 봉하지 않기 위해 난 그날 내가 보았던 철학자의 감정 중 하나를 그에게 고하지 않았다.

허나 오늘 그에게서 기대감이라는 인간다운 감정을 본 순간 난 이 또한 확신했다. 그는 그렇게 멀리 있는 존재가 아닐 수도 있다는 것을.

"으아…… 밝다."

나도 모르게 눈을 번쩍 떴다

나는 할아버지 원단 가게 의자에 앉아 있었고 시간을 보아하니 거의 한 시간도 넘게 기절한 듯이 앉아 철학자와 대화를 나누고 있었던 것이 분명했다.

"참 오래도 얘기했네."

그래도 시간이 아깝다는 생각은 전혀 들지도 않을 만큼 의미 깊은 시간이었다. 항상 저 멀리서 나에게 여러 가지를 가르치고 전해주던 그와 처음으로 가까이서 대화한 것 같았으니까.

"이제 카페로 돌아가야지."

카페를 향해 발걸음을 옮기며 뒤를 흘깃 돌아봤다.

철학자의 다음 타자는 염세적인 남자다. 이제부터는 단 한순간도 긴장을 풀고 있을 수가 없다. 그의 말에 설득당하는 순간 내가 위험해진다.

개와 염세적인 남자 그리고 오늘 밤에 나타날 가장 위험할 인물 또 하나. 그 세 존재는 나를 항상 공포에 질리게 만든다.

물론 그 둘에 비하면 개는 그저 내 기분을 잡고 흔드는 정도다. 허나 염세적인 남자와 '그 사람'은 차원이 다르다. 그들의 말은 날 죽음으로 몰아가고, 나 스스로를 잃어버리게 만들 수도 있다.

노인, 꼬마 아이와 철학자가 없었더라면 난 이미 죽고 없을지도 모른다. 그들이 있기에 그나마 지금 생명을 유지하고 있는 것이다.

"제발 지금 나타나지 마. 나중에 나타나라고."

초조한 마음에 발걸음이 빨라졌다. 손이 조금씩 떨려왔고 심장 박동이 빨라지며 눈의 초점이 계속 흔들렸다. 난 지금 그가 나타날까 봐 무서웠다.

'다른 생각을 해. 다음 차례가 그 남자라는 것을 기억해냈다는 사실을 잊어버려. 그럼 조금이라도 시간을 늦출 수 있을 거야.'

다른 생각을 해보려 멈춰 서서 머리를 쥐어뜯었다. 뜨거운 열기가 지면에서 스멀스멀 올라오는 듯한 착각이 일었다.

어째야 하지? 난 어찌해야 하는 거지? 그때 고서점이 내 눈에 들어왔다.

'고서점으로 가서 주인아저씨한테 말을 걸자. 그 수밖에 없어.'

어두침침한 고서점의 실내가 바깥보다 더 서늘했다.

책을 보존하기 위해서라는 명분 아래 고서점은 365일 하루도 빠짐없이 이 춥고도 으스스한 온도를 유지했다. 머리를 감싸고 있는 손이 덜덜 떨려오며 불안정한 마음이 이제는 폭발 직전처럼 소용돌이쳤다.

"엄마, 엄마, 나 무서워. 엄마, 나 어떡해."

그가 나타나기 '시작'했다. 스멀스멀 어두침침한 고서점 안에 독한 담배향이 흘러 들어온다. '그'의 것이다. '그'를 나타내는 냄새다. 이젠 피하려 해도 이미 너무 늦어버렸다.

"왜, 내가 무서워?"

소름 끼칠 만큼 낮고도 잔잔한 목소리. 차디찬 남자의 손가락이 내 볼을 천천히 쓸었다. 덜덜 떠는 내 손과는 정반대로 한없이 차분해 보이는 손가락이 내 입술을 조용히 쓸어 올렸다.

그들 중 다섯 번째—염세적인 남자가 나타난 것이다.

"넌 대체 날 왜 두려워할까? 내가 널 해치는 것도 아닌데?"

남자의 손톱이 내 입술에 파고들었다. 입술 세포 하나하나가 고통에 비명을 질렀다. 눈물이 후두둑 떨어졌다. 비명이 나오지 않는다. 아니 비명을 지를 수가 없었다.

"다른 사람과 말할 때는 상대의 얼굴을 보고 말해야지."

남자가 내 입술을 쥐어뜯는 것을 멈추고 날 돌려세웠다. 기괴하게 생긴 피에로 가면이 내 눈앞에서 피를 뱉어냈다.

"끼아아악! 엄마!"

남자의 억센 손이 입을 틀어막았다.

"조용히 해."

피에로 가면이 서서히 남자의 얼굴로부터 벗겨졌다. 남자의 턱이 드러나고 코가 드러나고 마지막으로 조금은 나른한 광기에 찬 눈이 드러났다.

난 이 얼굴만큼은 보기가 싫다. 죽도록.

"같은 얼굴에 다른 알맹이를 가진 사람을 보는 기분은 어때?"

그는 철학자의 얼굴을 하고 있었다. 그의 얼굴도 키도 머리 색깔도 모두 철학자와 일치했다. 한쪽 입꼬리가 기괴하게 올라간 채 그는 고개를 꺾으며 내게 말했다.

"제발, 제발 그만둬. 오늘 하루만 나 좀 내버려둬."

남자의 손이 내 목을 졸랐다. 그의 눈은 여전히 나른하다. 허나 역시나 여전히 미쳐 있다.

"철학자 놈이 말하는 건 좋아하면서 내가 말하는 건 그리 꺼려한다? 하, 나 참 어이가 없어서."

남자의 손이 나를 바닥으로 내동댕이쳤다. 몸뚱이가 바닥에 부딪치면서 시커먼 먼지가 주위에 일었다. 등 근육이 아픔에 몸부림쳤다. 비명을 지르고 싶다. 도움을 청하고 싶다. 지옥이 시작되었다.

"살고 싶어? 넌 진짜로 살고 싶긴 한 거야?"
"죽고 싶지 않아."
"죽고 싶지 않아서 산다고? 멍청한 것."

남자가 허리를 구부려 위에서 나를 내려다봤다.

"넌 주변 사람들 때문에 산다 그랬지. 나라면 그 주변인들 때문에 오히려 살기 싫을 것 같은데?"
"뭐?"

“네 주변인들은 다 처음에 널 미친년 취급했잖아. 알잖아. 널 피해 다니고는 뒤에서 별별 소리를 다 해놓고 앞에서는 동정하는 척, 이해하는 척했지.”

“안 그런 사람도 있어.”

“왜 모른 척해? 너의 그 잘난 부모님이 몇몇 가게 사람들에게 돈을 쥐어주면서까지 너 잘 봐달라 했던 거, 몰라?”

“돈 안 받고 내게 잘해주는 사람도 있었어!”

“네가 어떻게 알지? 장담할 수 있어? 그 사람이 돈을 받았는지 안 받았는지? 아무도 모르는 거야. 앞에서는 다른 사람들과는 다른 척하지만 뒤에서는 호박씨 깔지 누가 아는데?”

남자가 실소를 터뜨렸다. 히히히히히히. 소름 끼치는 웃음이 등골을 오싹하게 만들었다.

“인간사는 더러워. 솔직히 너도 인정하잖아. 다들 그렇지. 가해자는 항상 이유가 있는 척 굴며, 잘못을 해도 다 명분이 있고, 그 행동은 정당하다고 부르짖지. 살인을 해도 안 들키면 그만이야. 네 주위 사람 중에 살인마가 없다고 장담할 수 있어?”

남자가 내 머리카락 몇 올을 집어 들었다.

"여자들은 돈이 없으면 어때? 살아갈 수 있는 방법이 남자보다 더 많지 않을까? 더러운 방법으로 돈을 벌어서는 흥청망청 써버려. 근데 웃기는 건 성실하게 일하는 사람들에 비해 그런 부류들이 더 풍족하고 편하게 산다는 거지. 그리고 현실적으로 성공하려면 누군가의 뒷받침이 절대적으로 필요해. 근데 네게 그런 지지대가 있긴 해?"

엎어져서 흐느끼는 내게 남자가 말을 퍼부었다.

남자는 내게 내가 보기 싫어하는 세상을 보여준다. 나로 하여금 살아갈 원동력을 잃게 만든다. 그에게 '세상은 그렇지가 않아. 선을 추구하는 사람들이 그래도 절대적으로 많아. 네가 생각하는 것처럼 절망적이지 않아'라는 말은 아무런 의미가 없다는 걸 알기에 그가 무슨 말을 해도 나는 벙어리가 될 뿐이었다.

"너, 학교에서 자퇴할 때 반 애들에게서 받았던 시선들 벌써 다 잊었나? 기억 안 나? 네가 떠난다고 했을 때 앞에서만 걱정하는 것들, 아예 대놓고 왜 저러냐고 이상한 물건 쳐다보듯 눈빛을 날리던 것들. 너를 이해하는 척 굴며 네 이야기를 주제로 자신의 위신을 높이는 것들. 안 역겨웠어? 그리고 정작 네가 떠났을 때 연락 온 애들이 있긴 했어?"

"그런 친구들은 없어도 상관없어."

“사회에는 그런 것들밖에 없어. 네 주위 사람들은 다를 거라 착각하나? 적당히는 친해지겠지. 하지만 더 이상 다가오려 하면 선을 긋거나 뒤에서 네 욕을 하지. 아니 개중에는 네가 마음을 열 때쯤 또 다른 이유로 너를 배척하려들걸?”

남자의 입꼬리가 더더욱 올라갔다. 그는 미친 듯이 웃고 있었다.

“넌 혼자야. 옆에 아무도 없어.”

쿵 하고 커다란 돌덩이가 내 온몸을 짓누르는 것 같았다. 마음이 아팠다. 심장을 칼로 갈가리 찢는 것 같다. 차라리 피라도 흘러내렸으면 좋겠다. 출혈이 심해져서 그냥 죽어버리면 내 눈앞에 있는 저 사람을 안 봐도 되겠지?

하지만 난 겁쟁이였다

죽기엔 너무 두렵다.

“내겐 부모님이 계셔. 오늘 마침내 알았어. 엄마는 나한테 아무것도 바라지 않아. 그냥 나 자신을 봐준다고. 내 위치 내 성적 그런 거 신경 안 써. 그런 사람이 내 곁에 있어.”

“그 사람이 죽으면 어쩔 건데?”

죽는다. 엄마가 죽는다? 말도 안 돼…… 엄마가 죽는다니. 상상하기도 싫은 상황을 기어코 이 남자는 나로 하여금 생각하게 만들었다.

"그럼 넌 어쩔 거야? 공부도 제대로 마치지 못한 주제에 카페 하나 가지고 살아갈 수나 있겠어? 그리고 그 사람이 죽은 후에 널 다른 사람들의 질타로부터 보호해줄 사람은 있어? 네가 정신병원에 갇히지 않고 살 수 있을까?"

부모님이 사라지면 난 정신병원에 넘겨질 것이다. 카페의 단골손님에 의해서든 친척 어른들에 의해서든 그 선택권은 내게 있지 않을 테니, 결국 그렇게 될 것이다. 사람에 의해. 사람을 통해.

"인간은 징그러워. 인생도 징그럽지."

남자의 입에서 미소가 사라졌다. 퇴폐적인 표정이 어딘가 낯익었다.

왜일까. 왜 낯이 익을까. 골똘히 생각을 하고 있는 나를 그가 일으켰다.

"난 너에게 사실만을 말해준다. 철학자 놈이 지껄이는 환상이 아

넌 진실만을 보여줘. 누구의 말이 맞다 생각해? 네가 죽고 싶다면 난 도와줄 수 있어. 그리고 너를 자신들의 위선에 팔아먹은 것들을 찢어 죽이고 싶어 하면 그조차도 난 널 도와줄 수 있어."

"그, 그딴 나쁜, 무서운 행동을 내가 할 것 같아?"

"난 네가 스스로에게 솔직해지는 것을 도와줄 수 있어."

남자가 내 턱을 자신의 얼굴 앞으로 끌어당겼다.

그 순간 철학자의 말이 떠올랐다.

'너 자신을 직시해.'

솔직해지라고? 나 자신을 직시하라고? 그래. 난 남자가 말한 것들을 내심 생각하고 있었는지도 모른다. 애써 부정했고 애써 잊은 것뿐이지. 난 오늘 거대한 위험을 감수하고 이 말을 결국 뱉어냈다.

"솔직해지면 뭐가 좋은데?"

내 말에 그가 평소답지 않게 조용히 날 주시했다. 그를 휘감고 있던 위압감과 분노가 사그라졌다.

남자가 내 이마 위에 자신의 이마를 갖다 댔다. 강한 담배 향이 날 뒤덮었다.

평소 같으면 잔기침을 하며 질색할 터인데 이상하게도 그 퇴폐적인 향과 분위기에 홀려 난 그를 피하지 않고 그대로 서 있었다.

"넌 나를 이해할 수 있어. 그렇지?"

남자가 두 손으로 내 볼을 감쌌다. 아까 날 밀치고 쥐어뜯은 손인데도 밉지가 않았다. 두려울 뿐 화는 나지 않았다.

"어떤 면은."
"이해했으면 됐어. 네가 힘들 때 필요한 건 나야. 말뿐인 철학자 놈이 아니라. 알겠어?"

남자가 칭얼거리듯 말했다. 마치 어린아이 같았다. 자기만의 것을 다른 사람에게 뺏기는 것이 겁나, 화내고 울부짖다가 그것을 되찾았다는 안도감에 또다시 차분해지는 철없는 아이.
정작 내 질문에는 답하지 않으면서 자신이 하고 싶은 말만 하는 그가 조금은 안쓰러웠다. 단 한 번도 그의 말에 수긍한 적이 없었다. 무조건 반박했고 그럴 때마다 그는 점점 더 사나워졌다. 난 그런 그를 두려워했었다. 아…… 철학자의 말이 옳았다. 나 자신을 직시하여 염세적인 남자의 말에 수긍했더니 예전과는 완전히 다른 결과가 나왔다.

남자는 마치 길들여진 동물과도 같이 온순해졌다. 아까의 모습은 상상도 못할 정도로.

"알겠냐구?"
"응. 알겠어."

내 대답에 남자가 얼굴을 들어 날 지그시 쳐다봤다. 광기 어린 눈빛이 사라지고 그저 안도감만이 가득한 따뜻한 눈길이 나를 보고 있었다.

"철학자 놈 말만 듣지 마. 내 말을 들어."

확신을 얻고 싶은지 남자가 내 볼을 꽉 눌렀다.

"그럴게."

그의 눈을 바라보며 내가 대답했다. 그가 내 머리를 헝클어뜨리더니 속삭였다.

"내일 봐. 오늘처럼만 내 말을 네가 이해해줬으면 좋겠어."

남자가 자신의 손을 내게서 거두며 천천히 고서점 밖으로 걸어갔다. 그가 책장 코너를 돌아가자마자 난 그 자리에 그대로 풀썩 주저앉았다.

'와…… 이런 날도 있구나."

그를 대면한 이후로 이렇게까지 고요하게 끝난 적은 처음이었다.

항상 그에 의해 온몸이 만신창이가 되고 마음은 갈가리 찢겨 눈물을 한 바가지 쏟아내야 그의 존재가 눈앞에서 사라졌는데, 오늘은 정말 기적 중의 기적이었다.

탈진하여 말도 못 꺼낼 만큼 날 몰아붙이던 남자와, 그런 남자에게 끝까지 단 한 켠의 마음도 내주지 않았던 자신.

어찌 보면 조금은 닮은 것 같기도 했다.

몸을 고서점 책장에 기대며 아까 쥐어뜯겨 피가 철철 흘렀던 입술을 가만히 만져보았다. 상처는커녕 자국조차 남아 있지 않았다.

항상 그랬듯이 그들로 인해 생긴 상처들은 그들이 사라지고 나면 눈 깜짝할 새 없어져버렸다. 물론 그 감각은 여전히 살아 있지만.

"사람을 대하는 법……."

난 도대체 왜 그 남자에게 단 한순간도 긍정의 표시를 보여준 적이 없었을까? 지금까지 난 그의 공격적인 말투와 행동에 겁먹어 더 다치지 않으려고 무조건 회피하고 부정했었다. 그리고 그 결과는 항상 끔찍했었다.

"좀 알 거 같아. 저 사람이 나한테 바라는 거."

그냥 잠자코 들어주는 것. 무시하지 않고 그를 인정해주는 것. 그것이 그가 내게 바라는 것이었다.

먼지투성이인 몸을 툭툭 털고는 밖으로 나왔다. 거리는 여전히 북적북적했고 어두컴컴한 고서점 실내와는 다르게 밖은 믿기 어려울 만큼 밝았다.

카페로 돌아가야 할 시간이었다.

구불구불한 골목 사이사이를 지나 도착한 카페 앞에는 한 남자가 누군가를 기다리고 있었다.

누구지 하는 마음에 발걸음을 서둘러 가까이 가보니, 내 시야에 들어온 사람은 평소 성격과는 달리 언제나 독특한 패션 감각으로 내 눈길을 사로잡는 우리 카페의 오래된 단골 박현 씨였다.

"어, 형 씨. 오랜만이에요."

"형 씨가 아니라 현! 아니 그냥 오빠라 부르라니까. 나 아직 서른네 살 밖에 안 됐어."

형 씨란 말에 현 씨가 미간을 찌푸리며 불평했다. 툴툴거리는 모습조차 자신의 소탈한 성격을 그대로 담고 있어 매번 웃음을 불러일으켰다.

"네가 올 때까지 기다리고 있었어. 카페 문 얼른 열어줘. 오늘도 여기서 내내 죽치고 있을 예정이니깐."

"문은 열려 있는데 왜 그래요? 그리고 왜 맨날 우리 카페에만 와요? 와서는 누굴 만나는 것도 아니고 가만히 앉아서 먼 산만 보고 있잖아요. 무슨 사정이라도 있는 거예요?"

"그냥 사람 구경하는 게 재밌어서 그래."

현 씨가 헤실헤실 웃으면서 한 손으로 내 머리를 헝클어뜨렸다.

'이상한 사람.'

헝클어진 머리로 내가 카페 문을 밀자 현 씨가 또다시 툴툴거렸다.

"에이, 여자가 이래서 쓰나."

"또 뭐요! 잠기지도 않은 문을 열어주기를 기다리는 바보 아저씨가……."

"머리 정돈해줄 테니까 기다려봐."

현 씨가 엉킨 내 머리를 조심스레 손으로 빗어주었다. 이상하게도 그에게서는 철학자나 염세적인 남자와 같은 긴장감이 전혀 느껴지지 않았다.

"현 씨, 제가 물어볼 말이 있는데요……."
"뭔데?"

장난기 가득한 얼굴로 현 씨가 날 지그시 쳐다봤다. 아냐, 아직은 이 사람에게 말하긴 일러.

"아니에요, 들어가세요."
"뭐야, 사람 궁금하게 만들어놓고 이러기야?"
"네, 이러기예요."

현 씨 입이 오리주둥이처럼 삐죽 튀어나왔다. 단단히 삐쳤다는 것을 강조하기라도 하듯이 그가 내 머리를 콩 하고 가볍게 치고 들어갔다.
어떤 이유인지 현 씨는 나를 마치 친여동생처럼 대했다. 가끔은 정말 가족같이 위화감이 들지 않아서 깜짝깜짝 놀랄 때도 있었다.

내 주위에서 보기 드문 사람이었다.

"엄마, 현 씨랑 나 왔어."

"어? 현 씨랑 같이 왔어?"

"아뇨, 한이는 이 카페 앞에서 만났어요. 아메리카노 한 잔 찐하게 주세요."

현 씨가 카페 구석에 위치한 의자에 자신의 가방을 툭 던져놓고는 찬찬히 카운터로 걸어 나왔다.

"이 카페 생기기 전에는 여기 만물상이었는데."

"그거 아는 사람 별로 없는데, 현 씨는 어떻게 알았어?"

엄마가 놀란 얼굴로 현 씨를 쳐다봤다.

"하하, 주변 어르신들이 하시는 말씀을 들었어요."

"어르신들 중에서도 기억하는 분이 몇 안 될 텐데. 참, 신기하네."

엄마의 말에 현 씨가 소리 없이 웃으며 화제를 돌렸다. 그에게는 이질감이나 어색함 따위는 존재하지 않았다. 항상 자연스럽게 상황을 넘겼고, 흘러가는 물처럼 이야기를 풀어나갔다.

"그나저나 저쪽에 있는 의자 색상이 바뀌었네요. 저 색상 괜찮다는 거 아는 사람 별로 없는데. 눈썰미가 보통이 아니신데요?"

그가 가끔씩 섞는 익살스런 웃음과 과장스런 제스처는 대화를 더욱 윤택하게 만들었고, 심지어 어느 순간 나와 엄마 둘 다 이야기하던 주제를 잊어버리기까지 했다.

"아메리카노 나왔어. 시럽도 좀 타먹지. 속 안 쓰려?"
"항상 밥 먹고 와서 괜찮아요. 그럼 전 저기에 앉아 있을게요."
"그래, 그럼. 이따가 필요한 거 있으면 말해."

엄마의 말을 끝으로 현 씨가 몸을 돌려 테이블로 걸음을 옮겼다. 사뿐사뿐 걷는 모양이 보통의 남자들 같지가 않았다.

'왜 이런 느낌이 들까? 혹시 게이인가?'

현씨는 여자들 마음을 항상 꿰뚫고 있을 뿐 아니라 거리에서 일어나는 자질구레한 일들조차 다 알고 있었다. 그뿐이랴. 남자든 여자든 만인에게 가끔씩은 지나칠 정도로 상냥했고, 특히 여자를 대하는 행동은 과할 정도로 친절하고 과감했으나 그 행동에서 특별한 감정이 묻어나진 않았다.

"현 씨의 행동에서는 이상하게도 경계심이 안 느껴져."

"그런 것 같지? 아마도 현씨는 현실의 사람이 아닌 것처럼, 뭔가 큰일을 하려고 일상의 남녀 일에는 관심을 두지 않는 것 같네. 어쩌면 게이일까?"

어느새 엄마가 옆으로 살그머니 다가와 내게 속삭였다.

"그러게. 엄마도 그런 생각을 해? 근데 현 씨는 이 거리에 사는 건 확실한데, 하는 일이 뭔지 도통 모르겠단 말이야. 매일같이 이 시간대에 와서 가마니처럼 꼼짝 않고 앉아 있다가 때가 되면 휑하니 사라지니까."

"대체 뭐하는 사람일까?"

우리는 동시에 현씨에 대해 구체적으로 아는 것이 너무 없다 생각하며 의아한 표정으로 마주보았다.

그때 카페에 새로운 일행이 들어왔다.

"뭐 드릴까요?"

"카페모카 둘이랑 초코머핀 하나요."

손님의 주문에 따라 계산기를 톡톡 두드렸다. 그 순간 어딘가로부터 따가운 시선이 느껴졌다.

"뭐지?"

고개를 홱 돌려 주위를 살폈다. 눈동자의 움직임에 따라 카페 안 사물들이 시야에 들어왔다. 아직 그들 중 마지막 타자가 등장할 시간은 되지 않았는데…… 무언가 이상했다.

누구의 시선일까.

"저기 빨리 좀 해주실래요?"

손님의 독촉에 정신이 번쩍 들었다. 다급하게 진동기를 꺼내며 손님에게 전하는 내 손이 살짝 떨리고 있었다.

아까의 기이한 시선이 더 이상 느껴지지 않았다. 그런데 그 이질적인 느낌은 어디서 비롯된 것일까.

다시 한번 주위를 둘러봤다. 카페 안엔 현 씨와 방금 온 여자 손님 일행, 그리고 나와 엄마가 전부였다. 현 씨는 자신의 세계 속에 빠져든 지 오래였고 여자 손님은 내게 이질적인 감각을 느끼게 할 대상이 아니었다. 그럼 대체 누구지? 찬찬히 주위를 살피는 내 시야에 누군가의 형체가 들어왔다.

"거기 누구예요?"

엄마에게 준비를 부탁하고 카운터를 박차고 나가 카페 문을 열어젖혔다. 새카만 무언가가 나를 향해 달려들었다.

"엄마야!"

반사적으로 얼굴을 손으로 가리며 비명을 질렀다. 날카로운 발톱이 손등을 긁었다. 잠깐, 발톱?

"어?"

눈을 번쩍 떴다. 계속하여 나를 응시하고 있었던 것은 다름 아닌 조그만 길 고양이였다.

"정말, 놀랐잖아. 난 대체 뭐라고 생각한 거야."

화끈해진 얼굴을 감싸며 고양이를 저 멀리 쫓아냈다. 놀란 심장이 아직도 튀어나올 듯이 쿵쿵거렸다. 아까 그 이상한 시선은 이

고양이였단 말인가?

지금으로서는 다른 대답을 찾을 길이 없었다.

"한아, 무슨 일이야."

현 씨가 걱정스러운 얼굴로 어느새 나와 있었다.

"아까 누가 쳐다보는 거 같아서."

"누가? 아까 그 고양이?"

"네. 사람인 줄 알고 얼마나 놀랐는지."

현 씨가 안도하는 한숨을 내뱉으며 가슴을 쓸어내렸다.

"나야말로 놀랐잖아. 큰일 난 줄 알고. 어서 들어가자."

"네. 같이 들어가요."

내가 현 씨의 소매를 잡으며 카페 안으로 들어갔다. 현 씨는 자신의 테이블에 다시 앉았고 나를 향해 오케이 사인을 보내왔다.

순간 온몸에 소름이 끼쳤다.

'현 씨 방향에서 내 모습이 보이지 않을 텐데, 고양이라는 걸 어

떻게 알았지?'

눈동자가 미친 듯이 주위를 두리번거렸다. 현 씨 각도에서는 절대 보이지 않을 카페 문밖의 상황. 그는 어떻게 안 것일까. 비명을 지르고 고양이를 풀어준 타이밍은 거의 일치하기에 그가 비명소리를 듣고 달려왔어도 고양이의 모습은 보지 못했을 것이었다.

'아. 고양이 울음소리가 들렸겠구나.'

울음소리. 고양이의 날카로운 울음소리라면 납득이 갔다. 휴우. 깊은 안도의 한숨이 가슴 깊은 곳으로부터 새어나왔다. 하지만 아무리 납득이 가도 께름칙한 기분이 영 가시질 않았다. 울음소리로 고양이라는 것을 알았다는 게 이상한 일도 아닌데.

'그 사람이 벌써 나왔나?'

마지막 순서인 그들 중 한 명이라면 숨어서 날 지켜보는 것도 이상할 일은 아니었기에 그럴 수 있지만, 오늘의 그 느낌은 무언가 달랐다. 현 씨와 손님, 엄마와 나 이외에 다른 존재가 여기 있나?

아니면 '그들' 중 또 다른 한 명이 나타난 걸까.

이런저런 생각이 머릿속을 어지럽혔다. 차라리 지금 당장 마지막 타자가 나타나서 내 질문에 대답해주면 좋으련만. 찝찝한 마음을 지울 수가 없었다.

궁금증을 풀지 못한 나는 결국 엄마에게 물어보았다.

"엄마, 주방에서 현 씨 앉아 있는 거 보이지?"

"어. 근데 왜?"

"현 씨 계속 저기 앉아 있었어?"

"어. 계속 저기서 꼼짝 않고 있었는데?"

그렇다면 현 씨는 날 지켜보고 있던 사람이 아니라는 건 증명됐다. 날 계속 주시하던 사람이라면 내가 밖으로 나간 순간에도 날 지켜보고 있었을 것이니까…… 온몸에 들어가 있던 힘이 풀리며 맥이 빠지는 느낌이었다 .

"하아, 엄마 지금 몇 시야?"

"5시 넘었어. 왜?"

"아니야, 그냥."

그간의 경험에 따르면 마지막 순번의 인물이 나타날 때는 최소 오후 6시가 되어야 했고, 해가 떨어져야 했다. 그는 어둠을 틈타 조용히 내게 접근하는 존재였으므로 지금은 그의 활동 시간일 리 없었다.

'이젠 뭐가 뭔지 하나도 모르겠다.'

머리를 짚으며 골똘히 생각하던 것을 멈추고 천천히 바닥에 떨어져 있던 펜을 집어 들었다.

'개, 노인, 꼬마, 엄마, 할아버지, 철학자, 염세적인 남자, 그리고 현 씨.'

내가 머릿속으로 생각한 것들을 손에 쥐고 있던 주문서에 적어 나갔다. 펜이 마지막 이름을 적고는 다시 바닥으로 떨어졌다.

'A씨.'

영생을 사는 기묘한 인물. 이 거리를 살아가는 '시간을 걸어가는' 존재.

아까의 시선이 A씨의 것이라면 조금은 이야기가 설득력 있지 않을까. A씨라면. 그 A씨라면.

A씨란 글자에 동그라미를 크게 쳤다. 이 인물은 나를 알고 있을 것이었다. 이 사람은 거리의 모든 소리를 다 듣는다고 했으니까. 그러면 나는 단 한 번일지라도 그 사람의 얼굴을 본 적 있지 않을까? 어쩌면

지나치면서 한 번쯤 마주쳤을 수는 있을 것이다. 하지만 내가 그 인물을 A씨다! 하며 알아채지 못하는 한 의미가 없는 일이니…….

"흠……."

펜을 약지로 빙빙 돌려가며 A씨에 대해 골몰해 있을 즈음 현 씨가 나를 불렀다.

"왜요?" 시무룩하게 대답하는 나를 향해 "응. 그냥 심심해서"라며 현 씨가 생뚱맞은 얼굴로 나를 바라보았다.

"중요한 생각을 하고 있었는데 왜 그래요!"

"무슨 중요한 생각? 내 생각?"

현 씨가 얼굴을 내 앞으로 바짝 들이밀었다.

"얼굴 좀 치워요! A씨 말이에요, A씨!"

"A씨? 그 안 죽는다는 사람?"

"어? 알고 있어요?"

"당연하지. 이 거리 사람인데 모르면 간첩이게. 완전 천사가 따로 없다며? 영생을 사는데다가 개개인의 비밀을 다 꿰고 있는 인물. 그뿐이냐? 해결할 수 없는 문제를 조용히 해결해준다잖아."

현 씨가 두 눈을 반짝이며 A씨에 대한 말을 늘어놓았다. 현 씨 아니랄까 봐 어느새 A씨에 대한 모든 소문들을 줄줄이 사탕처럼 늘어놓았다.

"근데 진짜 있을까? 옛날에 존재했지만 지금 사라진 걸 두고 그냥 계속 있다고 사람들이 지어낸 거 아냐?"
"아니에요. 진짜 있을 수도 있죠. 전 A씨가 진짜로 있다고 믿는데요?"
"본 적 있어?"
"아뇨, 한 번도요."
"내 생각엔 아예 늙었거나 아예 젊을 것 같아."

현 씨가 먼 산을 바라보며 중얼거렸다.

"현 씨보다 젊을까요?"
"글쎄. 어떨까?"
"본 적 있어요?"
"안다고 해야 하나?"

현 씨는 A씨를 알고 있는 것 같았다.

"아까 이 근처에 A씨가 온 적 있었어요?"

"이 근처라고만 할 수는 없어. 그 사람은 어디에나 있거든."

"무슨 소리예요, 그게?"

"어디에나 있어. 그래서 난 A씨를 알고 있지만 모르기도 해."

"말 빙빙 돌리지 말고 확실하게 말 좀 해줘 봐요."

"몰라, 나도."

현 씨가 자신의 머리를 이리저리 헝클어뜨리며 대답했다. 그리곤 이내 푸우 하고 한숨을 내쉬면서 내게 질문해왔다.

"너는 네게 나타나는 존재들 얘기를 나한텐 한 번도 안 해주면서 그 원단 가게 할아버지한텐 잘만 말하더라? 섭섭해. 내가 여기 단골된 지 얼마나 오래됐는데 말이야."

"아니, 현 씨에 대해서 내가 아는 게 없잖아요? 뭘 믿고 털어놓겠어요."

"원단 가게 할아버지에 관해서는 잘 알아?"

"할아버지는 나한테 본인 이야기를 많이 해줘요. 할아버지의 인생을 내가 지켜본 건 아니지만 그런 이야기들로 할아버지의 삶이 어느 정도 그려져요. 어떻게 살아왔고 어떻게 살아가는지. 그런 식으로 대화를 나누다가 자연스럽게 내 이야기가 나오는 것뿐이에요."

"박현. 서른네 살. 이 거리에서 산 지 최소 3년 이상 됐음. 여친 없음. 외모 훈훈함. 됐지?"

"그런 거 말구요. 있잖아요? 자신만의 이야기…… 프로필 말구요."

현 씨가 손가락을 꼼지락거리며 나를 쳐다봤다.

"꼬맹이가 별걸 다 안다. 너 나중에 큰 인물 되면 나한테 꼭 연락해라. 인터뷰쯤은 해줄게."

"이래서 안 된다는 거예요. 솔직히 현 씨도 살짝 알고 있듯이, 난 그 사람들이 보여서 정상적인 생활 못해요. 난 사람들에 의해 상처를 너무 많이 받았어요. 난 내 스스로 확신이 들지 못하면 나에 대한 이야기는 쉽게 꺼내지 못해요."

"타인을 보는 눈은 그렇게 정확하면서. 그 반대의 눈도 좀 키우면 얼마나 좋았을까."

현 씨가 또다시 혼잣말처럼 웅얼거렸다. 뭐? 반대의 눈? 역시 이 사람 뭔가 미심쩍었다. A씨를 알면서 실체를 말해주지도 않으면서 뭔가 의미심장한 듯한 말만 계속 해대고.

"현 씨, 좀 진지해져봐요."

"한아, 그런데 그거 알아? 오히려 조금은 붕 뜬 것처럼 가볍고 편안한 사람이 사람에게 다가가기 가장 좋은 사람이라는 것을."

"그건 또 무슨 말이에요?"

"그냥 나 같은 사람이 최고라는 뜻이야."

"또또! 좀 진지해져보라니까."

내 다그침에 현 씨가 움찔하더니 다시 장난기 가득한 웃음을 지으며 자신의 테이블로 쫄랑쫄랑 걸어갔다.

"난 몰라, 그런 거."

"아 정말!"

모든 사람들이 그렇듯 행복보다 고통이 눈앞에 먼저 들어오고 결국 스스로를 불행하다 느낀다. 그리고 나도 그런 보통의 '사람'들 중 한 명일뿐이다. 아무리 그들 중 절반이 나를 행복하게 만들어도 나머지 셋의 존재가 나를 괴롭게 만들면 나는 그 괴로움만 생각하다 결국 절망한다.

'이런 생각들을 현 씨한테 말하라고? 말도 안 돼.'

커피 잔들을 정리하며 고개를 푸욱 숙였다. 믿을 수 있다는 것과 그 믿음을 넘어 나의 솔직한 이야기를 할 수 있다는 것에는 엄연한 차이가 존재했다.

"한아, 카페라테 세 잔 부탁해. 하나는 아이스로."

카운터에서 엄마의 목소리가 들렸다.

"알았어. 다른 건 없고?"
"다른 건 내가 하면 되니까 넌 그것만."
"알았어요."

한가했던 손이 점점 분주해졌다. 치이익 소리를 내며 머신으로부터 한껏 뿜어져 나오는 수증기가 주방 안을 잠시 채웠다. 고소한 원두 냄새와 살짝 비릿한 우유 냄새가 서로 섞이고 엮이며 내 잡생각들을 모두 끄집어내면서 내 안의 모든 것들을 편안히 잠재웠다.

'난 역시 이 일이 천성인가 봐.'

커피를 만들 때면 복잡한 생각들이 모두 잊혔다. 향에 매료되고 증기에 생각을 뺏기어 머리가 단순해지면서 왠지 모르게 행복해졌다.

기초적인 욕구를 채웠을 때 느껴지는 단순한 행복감. 그것을 난 커피를 만들 때 느꼈다.

"음, 때깔 좋고."

예쁘게 만들어진 나의 작품, 나뭇잎 하트 모양 라테를 카운터에 내놓으며 나는 엄마의 옆구리를 콕 찔렀다. 보들보들하고 조금은 푹신푹신한 살집이 손가락을 통해 느껴졌다.

"엄마, 어떡해?"
"왜?"
"엄마 살쪘어."

엄마의 눈에 불이 켜졌다. 엄마가 다급히 자신의 옆구리를 사수하며 나한테 쏘아붙였다.

"야, 너 정말!"

아까 현 씨가 킬킬 웃었던 것처럼 내가 실실 웃으면서 카운터를 지나쳐 밖을 내다보았다. 거리에는 어느새 해가 지고 어둠이 오고 있었다.

온 색깔들이 각각의 경계선을 허물고 융합되어 하나의 거대한 그림을 그려냈다. 아름다운 광경이었다. 하지만 이 광경은 나에게는 그저 아름답기만 한 상황은 아니었다. 일몰은 나에게 있어서 곧 그들 중 마지막 순번인 '살인자'가 나타날 시간이 도래했음을 알리는 신호탄이기도 했다. 아름다움과 공포에 온몸에 전율이 일었다.

"하. 매일 있는 일인데도 이 시간만 되면 이렇게 몸이 떨린다니까."

그들 중 내가 가장 두려워하고 무서워하는 인물, 살인자. 그가 나타나는 순간부터 난 쫓고 쫓기는 추격전을 시작해야 했다. 엄마가 날 볼 수 없는 곳으로 난 달리고 달려야 했다.

그렇지 않으면 엄만 내가 울고 비명 지르는 모습을 고스란히 보게 될 것이었다. 그건 죽기보다 싫었다. 특히 오늘만큼은 절대로 살인자와 내가 대면하는 모습을 보이고 싶지 않았다.

"엄마, 나 산책 좀 하다가 집에 들어갈게."

"어? 벌써?"

"지금 겨울이어서 해가 빨리 지잖아. 그 전에 잠깐 걸으려고."

"알았어."

엄마의 대답을 듣자마자 카페 문을 조용히 닫고 집을 향해 걷기 시작했다. 골목길 사이로 붐비던 사람들이 저녁 시간이 되니 확연히 줄어 있었다.

'차라리 사람들이 없는 게 나아.'

큰 도로를 지나 좁은 골목길 안으로 들어섰다. 서너 사람 정도밖에 나란히 걸을 수 없는 좁은 골목. 다른 사람들의 시선을 끌 걱정은 안 해도 될 공간이었다.

점점 주위가 어두워지고 있었다. 어스름한 달빛이 그 모습을 드러냈다. 밤이 다가오고 있었다. 그의 시간이 시작되었다.

고개를 들어 끝없이 펼쳐진 하늘을 올려다봤다. 달빛 사이로 별들이 총총 떠오르기 시작했다. 방금 전 색들의 향연은 다 어디로 갔는지 짙은 남색과 새카만 어둠만이 그 자리를 차지하고 있었다.

"예쁘다."

입에서 하얀 입김이 새어 나왔다. 새하얀 연기가 스멀스멀 올라와 공기 사이로 흩어졌다. '살인자'가 나타나면 더 이상 이런 여유는 부릴 수 없기에 그가 나타나기 전에 난 최대한 많이, 최대한 오래 이 느낌을, 풍경을 눈 안에 간직하고 싶었다.

"빨리 여름이 왔으면 좋겠네."

해가 길어졌으면 좋겠다. 아니 해가 지기 전 석양과 밤 사이의 시간대가 길어졌으면 좋겠다. 그러면 그를 마주하는 순간이 어둠 때문에 이렇게까지 떨리지는 않을 테니까.

골목길 안쪽에 위치한 계단을 천천히 걸어 올라갔다. 가로등들이 하나둘 켜지기 시작했다. 깜빡깜빡 대는 전등 빛 하나가 곧 스러질 것 같아 애잔한 마음이 들었다.

계단을 오르다 말고 난 그 자리에 우뚝 멈춰 섰다. 미동도 하지 않고 그저 앞만 주시한 채로 눈을 감았다.

눈. 눈이 내리기 시작했다.

눈이 내리는 소리는 어떤 소리일까?.

아마도 우리 귀엔 들리지 않지만 무척 아름다운 소리일 거야.

혼자 상상하는 아름다운 눈 소리 사이로 터벅터벅 묵직한 발소리가 들려왔다.

"왔구나."

염세적인 남자를 대면할 때와는 전혀 다른 떨림이 온몸을 사시나무 떨듯이 뒤흔들었다. 염세적인 남자는 내가 피하고 저항할 수는 있는 상대였다. 하지만 살인자는 그렇지 않았다. 그는 일종의 자연재해 같았다. 피한다고 피할 수 있는 것이 아닌, 그저 그대로 받아들여야 하는 공포. 그렇기에 난 그들 중 살인자를 가장 두려워했고 가장 피하고 싶어 했다.

"오늘도 같은 질문을 하겠다."

기계음처럼 일정한 간격을 둔 채로 살인자가 내게 말을 걸어왔다. 끔찍하게도 낮은 목소리가 온몸의 털을 모두 곤두서게 만들었다. 내 머리가 삐거덕거리는 녹슨 나사처럼 뒤를 향해 돌아갔다. 동공은 미칠 듯이 흔들리기 시작했고 내 몸을 유지하던 모든 근육들이 뻣뻣하게 굳어갔다.

"누굴 죽여줄까? 개? 노인? 아이? 철학자? 남자?"

살인자의 눈이 어둠 속에서 섬뜩하게 빛났다. 그의 입은 찢어질 듯이 웃고 있었고 그의 손은 시뻘건 피가 떨어지는 단도를 잡은 채 미친 듯이 떨고 있었다. 무슨 연유인지 그는 골목 안으로 들어와 제대로 모습을 드러내지 않고 벽에 기대어 나를 향해 자신의 얼굴과 칼을 잡은 손만 드러내고 있었다.

"죽일 필요 없어요. 죽이지 마요."
"오늘도 같은 질문을 하겠다."

"죽이지 마요. 제발 부탁이니까 손에 든 칼 좀 내려놔요."

내 말이 끝나자마자 살인자의 손이 더 거세게 떨리기 시작했다. 그의 눈은 튀어나올 것처럼 커졌고 초점 없이 이리저리 흔들렸다.

"누굴 죽여줄까? 개? 노인? 아이? 철학자? 남자?"

살인자가 멀리서 나를 소름 끼치도록 빤히 쳐다봤다. 그의 입술이 비틀어지며 천천히 마지막 말을 내뱉었다.

"아니면 너?"

소름 끼치다 못해 머리가 울렸다. 움직이려 해도 몸이 말을 듣지 않았다. 온몸이 가위에 눌린 듯 꼼짝할 수 없었다.

'피가 뚝뚝 떨어지는 저 칼을 든 살인마에게서 도망칠 수 있을까? 지금까진 잘 도망쳐 왔잖아. 뛰어. 뛰라고. 말 좀 들으라고. 제발!'

덜덜 떨려오는 다리를 움직였다. 눈물이 주르륵 흐르며 땅에 떨어졌다. 다행히 다리가 움직인다. 됐다. 이제 도망치는 거야. 몸을 짓누르는 공포감을 겨우 억누른 채 난 뒤돌아서 살인자를 등지고 눈이 쌓여가는 계단을 오르기 시작했다.

'빨리 빨리 빨리 제발 빨리 움직여라.'

다리 근육이 찢어질 듯이 아파왔다. 잔 근육 하나하나가 살아 숨쉬며 비명을 지르는 것 같았다. 숨은 가빠지고 입 안에서 비릿한 피비린내가 났다. 심장이 터질 것 같았다.

"누굴 죽여줄까? 개? 노인? 아이? 철학자? 남자?"

뒤에서 살인자가 날 향해 외쳤다. 어떠한 고저도 없는 목소리에 등골이 오싹했다. 나지막이 말하는 목소리가 금방이라도 목을 죄어올 것 같았다. 극대화된 공포감에 내가 머리를 홱 돌려 살인자를 돌아봤다.

"아니면 너?"

피가 뚝뚝 떨어지는 단도를 입에 물고 살인자가 내 머리채를 향해 손을 뻗었다. 쉬익 하는 소리와 함께 경련을 일으키는 손가락이 눈 옆으로 뻗는다. 살인자가 입이 찢어져라 광기 어린 웃음을 터뜨렸다.

"죽여 죽여 죽여 죽여!"

살인자의 손이 다시 내 머리채를 잡으려고 방향을 틀며 빠르게 내 눈을 향해 손을 뻗었다.

"흐악! 엄마!"

살인자를 쳐다보지도 못한 채 고개를 숙이며 쥐며느리처럼 몸을 구부렸다. 그때였다. 하늘에서 내리는 눈…… 나는 눈의 존재를 잊고 있었다. 순간 왼쪽 발이 미끄덩하더니 그대로 내 오른 다리를 걸고 넘어졌다. 중심이 순간 오른쪽으로 쏠리면서 몸이 붕 떴다.

"으아아아악!"

그와 함께 내 머리채를 휘어잡은 살인자의 몸뚱이가 내가 떨어지는 방향으로 쏠리며 나보다도 더욱 빠른 속도로 계단 밑으로 굴러가기 시작했다.

계단 모서리 하나하나가 온 근육을 강타했다. 아프다. 아프다, 라는 느낌만이 강렬하게 내 신경을 자극했다. 멈춰야 했다. 그렇지 않으면 정말 죽을지도 몰랐다.

"닿아라!"

한 손을 뻗어 계단 난간을 가까스로 낚아챘다. 굴러가던 몸뚱이가 팽 하고 멈추면서 모든 무게가 난간을 붙든 손에 실렸다. 손의 힘줄이 끊어질 듯이 아려오며 진동기처럼 부들부들 떨렸다.

"아으. 아퍼."

"난 살인자다. 난 살인을 할 거야. 난 너를 괴롭히는 사람들을 죽일 수 있다. 난 죽이지 않으면 살아가지 못한다. 죽이고 싶다. 살인을 하고 싶다."

살인자의 목소리가 저 밑에서부터 들려왔다. 아까와 똑같은 목소리 톤으로, 머뭇거림이나 주저하는 기색조차 없이 완벽하게 차분한 목소리로 그는 내게 말을 하고 있었다.

"어디 있는 거지?"

쑤시는 몸을 일으켜 계단 밑을 향해 고개를 돌렸다. 살인자의 몸이 무언가 이상했다. 목이 꺾여 덜렁거리고 왼팔은 괴기스럽게 꺾인 채로 땅을 짚고 있었다.

"누굴 죽여줄까? 개? 노인? 아이? 철학자? 남자?"

마치 녹음된 라디오 같았다. 살인자의 입에서 흘러나오는 말들은 항상 한정되어 있었지만 오늘따라 유난히 같은 말만 반복했다.

"빨리 집으로 가야……."

집은 살인자가 들어오지 못하는 공간이었다. 살인자가 나타날 시간이 되기 직전 내가 항상 카페를 떠나는 것도 그런 연유에서였다.

"난 살인자다. 난 살인을 하고 싶다. 난 너를 괴롭히는 사람들을 죽일 수 있다. 난 죽이지 않으면 살아가지 못한다."

살인자의 뒤틀어진 몸뚱이가 괴상한 소리를 내며 일어섰다. 콰드드득. 관절이 뒤틀리는 소리가 귀에 생생하게 전달됐다. 살인자의 덜렁거리는 목에서 또다시 소름 끼치는 웃음이 퍼졌다. 피 묻은 단도는 살인자의 한 손에 쥐어져 있었다.

살인자의 다리가 서서히 움직였다. 추격전의 재개였다.

"헉헉, 일어나지 좀 말라고."

조금씩 쌓인 눈에 미끌거리는 계단을 빠르게 디디며 올라갔다. 찢겨서 피가 줄줄 흐르는 오른팔을 감싸 쥔 채 눈물을 흘리며 난 미친 듯이 달렸다. 달리고 달리고 달렸다. 계단을 오르고 구불구불한 골목길을 지나 가로등조차 켜지지 않은 침묵뿐인 길을 달렸다.

"왜 하필 불이 꺼져 있는 거야?"

반쯤 넋이 나간 상태로 어두운 길을 뛰다 보니 오금이 저려왔다.

멈추지 않은 채로 힐끗 뒤를 돌아봤다. 주위가 조용했다. 어떠한 발자국 소리도 목소리도 들리지 않았다. 살인자가 사라졌다.

"이럴 리가 없는데? 집까지는 죽자 살자 쫓아와야 하는데……."

뛰는 속도를 늦추며 다시 한번 둘러봤다. 평소 인기척이 없는 골목길이라 해도 오늘처럼 조용한 날은 없었는데.

'가로등이 꺼져 있어서 이쪽으로는 안 오는 건가? 아니 근데 오늘따라 왜 이리 사람이 없지?'

사람이 없으면 없을수록 나에게는 감사한 일이었지만 이렇게까지 으스스한 분위기는 사양하고 싶었다.

"집까지는 이제 100미터밖에 안 남았는데. 그사이 또 나타나진 않겠지."

거친 숨을 몰아쉬며 서서히 걷던 것을 멈추고는 풀썩 그 자리에 주저앉았다. 안쓰러울 정도로 온몸이 달달달 떨렸다. 살인자가 들고 있던 피 묻은 단도가 눈앞에서 어른거렸다.

지금까지는 휘두르는 단도를 어쨌든 간에 피해서 도망쳐왔지만 살인자의 행동 패턴이 오늘처럼 예상 불가능하게 바뀐 이상 더 이상 똑같이 행동해서는 안됐다. 그에게 찔리는 순간, 그게 환상이든 아니든 난 정말 죽을지도 몰랐다.

"미쳤어. 이렇게 주저앉아 있으면 나 여기 있으니 죽여주세요 하는 꼴이랑 다를 게 뭔데."

후들거리는 다리를 일으켜 중심을 잡았다. 아직 진정되지 않아 쾅쾅쾅 뛰고 있는 심장 쪽을 부여잡은 채 뜀박질을 시작했다.

그 순간이었다.

"아깝다."

꺼진 가로등 뒤로 번쩍이는 단도가 눈에 들어왔다. 살인자가 여전히 입가에 웃음을 띠고 날 노려보고 있었다. 목이 180도 이상 꺾인 채 한 손가락으로 날 가리키며 그의 입술이 천천히 움직였다.

"네"

"가"

"날"

"죽"

"여"

살인자가 숨어 있던 가로등을 한 손으로 긁어내리고는 나를 향해 터벅터벅 걸어오기 시작했다. 혼란스러웠다. 자신을 죽이라니? 왜? 도대체 왜?

"오지 마! 오지 마. 그냥 거기에 있어 제발."

얼어붙은 다리를 가까스로 움직여 다시 도망치기 시작했다. 집까지만 도착하면 이 악몽도 끝나. 어차피 내일 또 마주치겠지만 그 사이 시간을 벌 수 있어. 도망쳐 도망쳐 도망쳐.

눈 내리는 거리에 나와 살인자 둘만의 쫓고 쫓기는 추격전이 펼쳐졌다. 새하얗게 덮인 길바닥 위로 단도에서 흘러내리는 선혈이 떨어지며 붉은 길을 만들었다. 실타래와도 같이 그가 나를 따라오는 족족 새빨간 선들이 길에 흩뿌려졌다. 붉은 실은 질긴 인연을 상징했다. 그리고 그와 나의 존재해서는 안 되는 인연 또한 실타래가 되어 아직까지도 이어지고 있었다.

아파트 단지가 눈앞에 들어왔다. 조금만 있으면, 지금부터 약 10초만!

목숨을 건 달리기가 익숙해진다는 사실이 마음을 쓰리게 만들었다. 남들은 상상조차 하지 못할 생지옥, 그 생지옥에 적응해버린 자신이 기가 막혔다.

"됐어. 해냈어. 됐다고."

안전지대에 들어서자마자 숨을 몰아쉬며 그 자리에 그대로 우뚝 서서 또다시 뒤를 돌아봤다.

분명 아까까지만 해도 소름 끼치는 미소를 짓고 있던 살인자의 모습이 보이지 않았다. 어딘가 또 숨어 있는 건가? 그가 서 있던 자리에는 피 묻은 단도만이 덩그러니 놓여 있었고 거리는 또 아무 일도 없었다는 듯이 침묵을 지키고 있었다.

요즘 '그들'의 행동이 이상해지고 있었다. 특히 철학자와 염세적인 남자, 그리고 살인자의 말들이 가면 갈수록 의미심장해졌고 어딘가 모르게 다급해 보였다. 무언가를 안다는 듯한 말투와 행동들, 무언가를 준비하는 것 같은 눈빛들. 이상했다.

"벌써 아물었네."

아까 피투성이가 됐던 오른팔이 어느새 상처 하나 없이 깨끗해져 있었다. 기분 나쁜 이질감에 손을 다시 한번 쥐었다 폈다 하며 손을 부르르 떨었다.

"들어가야지. 아, 힘 빠져."

터벅터벅 아파트 놀이터 쪽으로 발을 옮겼다. 다른 사람들은 정말 상상이나 할 수 있을까? 매일매일 목숨을 걸고 살인자에게 도망치는 삶. 그래, 말 그대로 끔찍한 삶이다. 그런데 난 묘하게도 이 삶을 포기하고 싶지는 않다. 물론 순간순간의 감정에 휩쓸려 스스로 목숨을 끊겠다는 충동이 들 때도 있었지만, 그때뿐이었다.

"왜일까? 주변사람들 때문인가?"

엄마와 할아버지. 이 두 사람 때문에 내가 끝까지 모든 것을 내려놓지 못하는 것은 아닐까, 라는 생각이 잠시 들었다.

그러나 어쩌면 내가 느끼지 못하는 본질적인 그 무언가가, 마음 속에서 이는 본질적인 어떠한 감정이 '그들'로 인해 고통받는 상황들을 무마시키는 건지도 모르겠다.

"그때 꼬마가 그러지 않았나? 내가 그들을 포기하지 못해서 사라질 수 없는 거라고."

내가 '그들'을 포기할 수 없는 이유…… 노인, 꼬마 그리고 철학자. 그들이 바로 내가 그들이 사라지지 않았으면 하는 이유라면 이유일거야. 내가 그들의 존재를 밝히는 순간 자신들은 스며든다고 했었지. 그런데 난 그들이 어떤 존재인지 알 방도가 없잖아.

아아…… 그런데 왠지 영화의 마지막 장면을 남겨둔 것 같은 이 비장한 심정은?

무언가 끝이 다가오는 것 같은 이 느낌은 뭐지?

"아 몰라. 오늘 하루 넘겼으면 된 거지."

나는 머리를 헝클어뜨리며 아파트 현관으로 걸어갔다. 엄마가 도착하기 전까지 충분히 들어갈 수 있는 시간대였다.

엄마는 내가 살인자에게 쫓긴다는 것을 알고 있었다. 그럼에도 내가 살인자의 시간대가 되면 슬그머니 빠져나가는 것을 막지 않는 이유는 엄마 스스로가 내가 그로부터 도망치는 데 걸림돌이 된다는 것 또한 알고 있기 때문이리라.

'이젠 이런 숨바꼭질도 그만했으면 좋겠다.'

나는 밝은 달을 향해 하아 하고 입김을 내뿜었다. 급격하게 내려간 기온에 의해 금방이라도 얼어버릴 것 같은 연기 무리가 구름처럼 달을 감싸며 공기 중으로 사라졌다.

'그럼 선택권은 없나? 죽을 때까지 곁에 함께 있어야 한다면 개, 염세적인 남자 그리고 살인자만 내 눈앞에서 사라지고 나머지 세 존재는 계속 남아 있다면. 그러면 굳이 그들이 사라져야 한다고 생각하지 않아도 되는데.'

행복한 상상에 실없는 웃음이 입가에 지어졌다. 만약에 '그들'이 사라진다면 어떨까. 난 다시 고등학교를 다니고 친구들도 만들고 대학도 갈 수 있겠지? 엄마한테 미안한 표정을 더 이상 짓지 않아도 될 거고. 아! 맘대로 이 거리를 떠나, 나다닐 수도 있구나. 대박!

"에이, 2년 동안 단 하루도 사라진 적 없는데 어느 날 뿅 하고 사라지겠어?"

도어카드를 꺼내 센서에 갖다 대자 삐룽 하는 소리와 함께 1층 도어록이 열렸다. 엘리베이터에 올라타서는 안에 있는 거울을 슬쩍 쳐다보며 난 다시 중얼거렸다.

"사라지면 정말 어떤 기분일까."

거울 속에 자신 외에 다른 여섯의 존재가 나를 등진 채 숨어 있는 것 같았다. 각자의 생각을 강하게 두 손에 쥔 채로 각자의 표정을 지은 채 그렇게 돌아서 있는 것 같았다.

엘리베이터에서 내려 현관문 앞으로 걸어갔다. 삑삑삑 비밀번호를 누르자 현관문이 삐리릭 소리를 내며 찰칵 하고 열렸다. 집 안은 쥐 죽은 듯이 고요했다. 드디어 길고도 긴 하루가 끝났다는 것을 그제야 실감할 수 있었다.

"하아. 씻고 좀 쉬어야겠어."

오늘은 이상하게도 정말 운이 좋은 날이었다. 너무나도 운이 좋아서 모든 게 실감이 나지 않았다.

그리고 내가 기억하건대 그날로부터 모든 것이 변화하기 시작했다.

"따르르르르르릉!"

머리맡에 놓여 있던 알람시계의 비명이 몽롱한 정신을 뒤흔들었다. 잠에 취해 눈앞이 희뿌연데도 불구하고 또 다시 떠오르는 주황빛 광명이 선명하게 머릿속에 각인됐다.

왜인지 어제와는 다른 하루가 시작되는 것 같은 착각이 들었다.

그들이 변하고 있었다.

고개를 휘휘 저으며 기지개를 활짝 폈다.

"행차하셨네."

내가 주황빛에 한참 물들어 있을 즈음 다시 개의 포근한 털 뭉치가 내 팔을 비벼댔다.

"오늘은 어제처럼 기분을 최악으로 만들지 말고 기분 좋게 만들어봐. 어제 아침에는 가뜩이나 안 좋은 기분을 더 다운시켜서 정말 괴로웠다고."

어제와는 달리 혐오감이 사라진 개의 맑은 눈이 부드럽게 움직였다.

그래, 이러기만 하면 얼마나 예뻐. 개의 형상은 내 기분에 따라서 즉각 변해가기에 그날 내 기분에 따라 개의 모습이 아름다울 수도 끔찍할 수도 있었다. 개는 내 기분을 극적으로 만드는 존재. 즉 적당히 기분이 좋을 때는 그 행복감을 최고치로 올리고 심기가 불편할 때는 그 불편한 심기를 최악으로 끌고 가는 존재였다.

"오늘은 기분을 좋게 만들려고 하는구나? 괜찮은걸?"

개의 머리를 쓰다듬으며 반쯤 닫혀 있던 커튼을 열어젖혔다. 더 많은 빛 알갱이들이 방 안으로 쏟아지며 통통 방 안을 붉게 물들였다. 달빛은 은은하여 아름답다면 햇빛은 강렬하여 아름다웠다. 시작을 알리는 신호탄처럼 화려하고 거대했다. 수려한 달빛이 정열적인 햇빛과 비교 대상이 될 수는 없지만, 굳이 달빛과 햇빛 중 어느 하나를 골라야 한다면 난 햇빛을 고를 것이었다. 요즘은 왠지 그랬다. 밝은 것이 끌렸다. 내가 밝게 변하고 있어서인지 모르겠다.

"헥헥헥헥헥."

개의 꼬불꼬불한 갈색 털이 내 손에 말렸다. 개는 작았다. 내 품 안에 쏙 들어올 정도로 작고 약했다. 어제와는 분명 차이가 있었다.

"어젠 그렇게도 몸집을 키워서 날 겁주더니만."

개를 마지막으로 쓰다듬고는 옷을 갈아입었다. 원단 할아버지가 좋아하는 청색 오버코트를 걸치고 꾹꾹 신발을 눌러 신은 후 허리를 쭉 펴서 위를 올려다봤다. 온몸이 가벼웠다. 이유 없는 웃음이 실실 새어 나왔고 두 손은 자꾸만 꼼지락 꼼지락거려 주체할 수 없었다.

"고마워. 그래도 오늘 아침을 이렇게 기분 좋게 시작할 수 있게 해줘서."

현관문을 열며 개에게 손을 흔들었다. 쨍 하고 아침 햇살이 개에게로 환하게 떨어졌다. 커다랗고 말간 두 눈이 나를 하염없이 바라봤다.

"그만 쳐다봐. 뚫어지겠어."

현관문을 조심스레 닫으며 살갑게 개를 향해 웃음을 건넸다. 개의 흔들거리는 꼬리를 마지막으로 현관문이 철컥 하고 닫혔다.

'어제부터 이상하게 운이 좋네. 개랑 싸우지 않은 것도 거의 한 달 만인데. '그들' 이 변하는 이유가 뭐지?'

엘리베이터를 타고 내려가며 생각을 해보았지만 도저히 알 수가 없었다. 난 여전히 그들의 존재도, 그들이 변하는 이유도 모르겠는걸.

'카페 먼저 갔다가 다시 할아버지한테 가야겠다. 어제 할머니랑 잘 푸셨는지 여쭤봐야지.'

아파트 단지를 나와 길 건너 좁은 골목길 안으로 발걸음을 옮겼다. 이른 아침에 이 골목을 걷고 있는 사람들이 이유 없이 정겨웠다. 말하지 않아도 마음속으로 공유할 수 있는 아침의 분위기가 그냥 좋았다. 모두의 입에서 뿜어져 나오는 하얀 입김이 뭉게뭉게 모여 공기 중으로 또 다시 돌아가는 사이 나긋나긋한 말투의 노인이 내게 말을 걸어왔다.

그들 중 한 존재…….

"오늘은 기분이 좋아 보이는구나."

"오늘은 개랑 싸우지 않았거든요."

"그것 참 다행이네."

"그래서 지금 굉장히 기분이 좋아요."

"늙은이들은 말하지. 매사에 일희일비하지 말라고. 그런데 나는 의견이 좀 다르다. 매사가 때론 힘들고 때론 기뻐야 그 맛이 깊어지는 게 아니겠냐. 음식도 맛있어지려면 조금은 매운 맛도 필요하고 단맛도 필요한 법이다. 한 가지 감정만을 가지고는 세상살이가 즐거웠다고 말할 수 없다."

"당신의 인생은 맛있었나요?"

"다시 어릴 적으로 돌아갈 거냐 하는 질문에 아니오, 라고 말할 만큼 현재에 만족한다면 괜찮은 인생이었을까?"

노인이 흡족한 표정을 지으며 대꾸했다. 그녀의 표정이 편안해 보였다. 가끔 원단 가게 할아버지에게서도 보이는 여유로운 표정. 나도 나이가 들면 지을 수 있을까 하고 의문을 가졌던 그 표정. 그 표정을 지금 노인이 짓고 있었다.

"당신과 같은 나이가 되면 사물에 대한 생각이 깊어지겠죠?"

"너무 깊어져서 애착이 생겨 문제지. 그냥 세상 모든 것에 애착이 간다. 이제 늙어 죽을 때가 되었는데도 미련을 버리지 못하고 그저 다시 한번 보고 싶어서 안달복달하지. 겉으로는 전혀 안 그래 보여도 마음속은 그렇단다."

노인이 내 곁에서 계속 걸으며 말을 이었다. 그녀의 가느다란 손이 내 어깨를 조심스레 쥐었다.

"모든 것이 변화할 때 항상 자리를 지키고 있는 것은 더욱 아름답다. 그 익숙함을 잊지 말아라."

"그럴게요."

"나와 같은 노인이 되면 갖게 되는 이런 애착을 너도 알게 될 것이다. 훗날 네가 내 나이가 되었을 때 기억날 거야. 내가 했던 모든 말들이."

노인이 아이처럼 웃었다. 깊게 패인 주름살들이 덩달아 활짝 웃었다. 그녀의 얼굴이 웃고 있었다.

"내가 자연으로 돌아가 그대로 스러지게 된다 하더라도 내 널 잊지 않으마. 네가 내게 했던 모든 말들을. 네가 날 기억할 때 난 어딘가에서 웃고 있을 터이니 그리 알고 가끔씩 함께 했던 대화들을 추억해다오."

노인의 말이 의미심장했다. 마치 먼 길을 떠나려는 사람과도 같이 그의 눈빛이 아련했다.

"왜 그런 말씀을 하세요. 안 돌아오실 것처럼."

"노인네들이 그렇지 뭐. 미래란 늘 모르는 법이기에 늦기 전에 이런 말들을 해두는 게 습관이 되어버렸단다. 그저 흘려들어. 흘려

들었다가 어느 순간 내가 정말로 눈앞에서 사라졌을 때 다시 기억해다오."

이상했다. 평소에는 이런 말을 한 적이 없었는데, 갑자기 이별을 고하는 것처럼…… '그들' 중 하나이기에 그들의 행동변화에 노인도 영향을 받는 건가 하는 생각이 문득 뇌리를 스쳤다.

"떠나지 마세요. 이러시고 다시 안 나타나시면 정말 섭섭할 거예요."

"참 많이 변했네. 처음엔 사라져달라고 그리 역정을 내놓고서는. 걱정 붙들어 매거라. 쉽게 사라지진 않을 터이니. 2년 동안의 길고도 긴 시간들을 내가 뒤에 내버려두고 그대로 사라질 수 있겠니."

"알겠습니다."

"볼 수 있을 때 눈 안에 많이 담아두거라. 그 기억 또한 어느 순간 생활의 익숙함 속에서 나타나 너를 행복하게 할 것이니."

노인이 빨갛게 떠오르는 태양을 바라보며 말했다. 그녀의 은색 머리칼이 유난히 빛나며 이리저리 휘날렸다.

"난 늙었다. 허나 마음은 자유롭다. 노인들은 그렇단다. 자유로워. 모든 것으로부터. 죽음을 눈앞에 둔 사람들은 누구보다 용감하단다. 그러니 그렇게 측은하게 보지 않아도 된다."

노인의 눈동자엔 힘이 담겨 있었다. 그녀가 아니면 가질 수 없는 강인함이.

"그럼 나중에 또 만나자."

노인만의 뭐라 설명하기 힘든 그리운 향이 온몸을 화악 휘감았다. 익숙함. 그녀로부터 이 단어의 아름다움을 실감하는 순간이었다.

"저분이 사라지면 눈물 날 거 같아. 할아버지도 그렇고 노인도 그렇고 그냥 사라지지 않았으면 좋겠다."

아까까지만 해도 함께 걷고 있었던 노인의 빈자리를 손으로 훅 하고 훑었다. 그녀의 말처럼 난 매일매일 커지고 있었다. 마음이, 생각이.

사람들이 스쳐 지나갔다. 각각 다른 표정을 짓고 다른 옷을 입고 다른 생각을 가지고…… 각자의 사정. 난 그들의 사정은 모른다. 하지만 난 어렴풋이 그들을 알 것 같았다.

"사람은 어느 부분에선 비슷하니까."

저벅저벅 터벅터벅 타박타박 발소리들이 귀를 울렸다. 발들이 부지런히 움직이며 각자의 목소리를 내보냈다.

"엄마, 나 왔어."
"어? 왔어? 왔구나."

카페 문을 열어젖히는 나를 바라보는 엄마의 눈빛이 이상하게 어두웠다. 무슨 일이라도 생긴 걸까. 엄마가 이내 벽을 향해 고개를 홱 돌려버렸다.

"엄마? 왜 그래?"
"아냐, 아무것도."

엄마를 향해 다가가 묻자 엄마가 고개를 흔들면서 주방 옆 휴게실로 들어갔다. 무슨 일일까. 무슨 일이길래 엄마가 저럴까. 엄마의 어깨가 아래위로 들썩거렸다. 엄마는 울고 있었다.
침묵만이 가득한 카페 안에는 시계의 초침 소리만 째깍째깍 울리고 있었다. 조용한 카페 안이 낯설었다.

"엄마, 진짜 왜 그래? 말 좀 해봐. 응?"

엄마를 흔드는 손이 함께 떨렸다. 대체 무슨 일이길래 이러는 것일까. 엄마의 어깨가 떨림을 멈추지 못한 채 안쓰럽게 흐느낌을 흘려보내고 있었다.

"딸, 진짜 이따가 말해줄 테니까 조금만 기다려줄래?"
"엄마아. 그래도."
"어서. 엄마 말 좀 들어줘. 제발. 이렇게 간곡히 부탁하잖아."

엄마가 여전히 날 보지 않은 채로 한 손을 꼬옥 잡더니 가봐야 할 데가 있다며 카페 좀 부탁해, 라고는 휭 하니 밖으로 나가버렸다.

"햄베이컨샌드위치 하나랑, 음 딸기셰이크 하나 그리고 에스프레소 하나요. 아, 포장이요."
"조금 시간이 걸리는데 괜찮으시겠어요?"
"네. 괜찮아요."

손님의 말이 한 귀로 들어와 다른 한 귀로 다시 새어 나가는 느낌이었다.
치이익 하고 구름덩어리 같은 수증기가 커피 머신으로부터 뭉게뭉게 피어올랐다. 그 연기 사이에 자신을 숨기고 은은한 커피 향을 맡으며 가슴을 진정시켜보려 했지만 엄마의 축 처진 어깨가 머릿속에서 떠나가질 않았다.

"네. 주문하신 샌드위치랑 딸기셰이크, 에스프레소 나왔습니다."

손님에게 영수증을 따로 건네며 웃어주었다.

"맘 졸이지 말고 나랑 대화하는 건 어때?"
"어?"

아이가 밑에서 바라보며 내게 말을 걸었다. 나타났다. 그들 중 세 번째 타자, 기억들을 망각하지 않게 일깨워주는 고마운 존재가. 꼬마 아이가 내 손을 잡아끌며 서글서글하게 웃었다. 엄마가 말한 투명한 웃음이란 게 진짜로 존재한다면 딱 이 꼬마가 짓는 표정일 것 같았다.

"어제 철학자가 내 영역을 침투하는 바람에 어찌나 샘이 나던지. 너의 기억을 담당하는 건 난데 말이야."

꼬마가 날 휴게실 방으로 이끌었다. 아이인데도 불구하고 잡아끄는 힘이 거의 나만큼이나 강해 깜짝 놀라곤 한다. 꼬마가 내게 다시 말했다.

“자 여기 앉아봐. 오늘은 말로만 끝내지 않고 어떤 기억 속으로 널 데려다줄 테니까.”

“무슨 기억?”

“네가 태어나서 지금까지 살아온 시간들 중 네가 가장 사랑했던 시간으로, 그때의 기억으로.”

“그런 기억을 네가 어떻게 알아?”

“너도 대충 이유를 알잖아, 이젠…… 어제부터 네가 어렴풋이 우릴 안다는 느낌을 받았는걸?”

“아니 그니까 언제?”

“지금은 그게 중요한 게 아니야. 일단 눈 감아.”

다섯 살 남짓해 보이는 꼬마의 작디작은 두 손이 내 눈을 살포시 덮었다. 나의 어릴 적 모습과 판박이인 그녀. 그러나 눈만은 나와 정반대인 신비로운 푸른색을 띤 아이.

“눈 떠봐, 이제.”

시원한 바람이 살랑살랑 불어오며 온몸을 시원하게 쓸어내렸다. 어디지 여긴?

"여기는……."

"맞아. 네가 생각하는 그때 그 장소 맞아."

난 이날의 일들을 마치 비디오를 찍은 듯이 생생하게 기억하고 있다. 비가 부슬부슬 내리던, 그러나 햇빛이 빗줄기 사이로 쨍하고 비치던 산수화 속 광경과 같은 날씨에 아버지는 약주 한잔에 세상을 다 얻은 이처럼 행복해하셨고, 엄마는 원두막 위에서 벌레가 떨어질까 내내 걱정하면서, 우리는 포도를 송이째 냠냠 쩝쩝 먹었지. 싱그러운 향에 부모님을 쳐다보던 나는 똑같은 표정을 짓고 계신 두 분의 모습에 깜짝 놀랐었다.

왠지 어디선가 개구리 울음소리가 들리는 듯 했다. 개골개골개골.

그때 포도를 모두 해치우고 두 분이 손을 꼭 잡은 채로 원두막에서 차가 있는 도로로 걸어가는 모습을 뒤에서 지켜봤었다. 그 짧은 몇 분간의 기억이 내 길지 않은 생의 가장 아름다운 추억 중 하나가 되었어.

그때 두 분의 모습은 마치 영화 속 한 장면 같았다. 애틋하고 아름다웠다. 서로를 향해 깔깔 웃는 모습이 아이처럼 순수해 눈에서 눈물이 왈칵하고 차올랐어. 순수는 그 누구의 것도 아니었다. 순수는 어린 내가 아니라 오히려 나이든 엄마 아빠의 그 웃음 속에 있었다.

내가 그들의 세계에 속해 있다는 것이 어찌나 감사하던지. 난 그날의 날씨를, 풍경을, 포도의 향내를, 그들의 웃음과 목소리를 영원히 잊지 못할 것이다.

그 모든 것들이 한 편의 잔잔한 단편영화처럼 내 머릿속에서 상영되었다.

그때, 10년도 더 지난, 개구리 소리 속 그 시간이 다시 한번 내게 찾아온 것에 감사했다.

"이 기억 잠시 잊고 있었는데."

"잊지 마. 이런 기억들은 너를 이루고 있는 것들이야. 잊으면 안 돼."

꼬마 아이가 아직도 포도 향이 배어 있는 듯한 원두막 아래에 쭈그려 앉더니 나를 향해 손짓했다.

"이리 와봐. 해줄 말이 있어."

"뭔데 그래?"

"이런 추억들이 네가 훗날에도 사는 일이 힘겨울 때 너를 지켜주는 원동력이 될 거야. 잊지 마."

"알아. 네가 맨날 하는 말이잖아."

꼬마가 활짝 웃었다. 풋사과 내음이 훅 풍기는 듯 했다.

"모든 건 어느 순간 과거가 되는 것이야. 너무 현재에 괴로워하지 말고 행복했던 날들을 기억해내면 조금은 위안이 될 거야."

"알겠어."

"그럼 나중에 봐."

꼬마 아이가 나를 의자에 앉혀둔 채로 밖으로 나갔다. 내가 벌떡 일어나 꼬마에게 뛰어 갔으나 꼬마는 이미 사라진 뒤였다.

그 순간이었다.

"한아!"

쾅 하는 소리와 함께 누군가가 문을 박차고 카페 안으로 뛰어 들어왔다. 커다란 손이 내 왼손을 세게 잡았다. 갑작스런 상황에 내 두 눈이 동그랗게 떠졌다.

"왜 그래요, 현 씨?"

"한아, 한아 어쩌지, 한아."

날 바라보는 새빨갛게 충혈된 현 씨의 두 눈이 눈물로 그렁그렁했고 손은 안쓰럽게 떨리고 있었다. 그가 울고 있었다. 현 씨가 울고 있었다. 현 씨가 날 확 끌어안으며 흐느꼈다.

"어쩌지. 한아, 이걸 어떻게 말하지?"

"무슨 일인데 그래요?"

현 씨의 입술에서 피가 줄줄 흐르고 있었다. 너무 세게 앙다물어서 거칠어진 입술의 상처가 터진 탓이었다. 현 씨답지 않게 감정을 드러내며 눈물을 뚝뚝 흘렸다.

"한아, 잘 들어. 원단 가게 할아버지가……."

"무슨 일인데요!"

"오늘 새벽에 돌아가셨어."

현 씨가 내 눈을 피하며 체념한 듯이 중얼거렸다. 현 씨의 두 눈에서 다시금 눈물이 줄줄 흘렀다. 거짓말. 거짓말. 또 다들 날 놀라게 하려는 모양이구나.

"에이, 헛소리하지 마요."

"진짜야. 오늘 새벽에 원단 가게 안에서 돌아가셨어. 한아, 거짓말 아니야."

거대한 벽돌로 뒤통수를 맞은 것처럼 머리가 아팠다. 원단 가게 할아버지가 돌아가실 리가 없는데. 어제만 해도 나랑 얼마나 많은 얘길 나누었는데. 벌써 가실 리가 없는데.

"원단 가게 할아버지 안 죽었어요."
"한아, 제발."
"안 죽었다고요."

뜨거운 액체가 볼을 타고 뚝뚝 땅으로 떨어졌다. 어라? 눈물이 나올 리가 없는데? 원단 가게 할아버지는 죽지 않았다니까? 왜 난 울고 있는 거지?

"왜, 왜, 왜, 왜?"
"한아, 진정해. 한아!"

이렇게 운 좋은 날 이런 일이 일어날 리 없어. 어제부터 계속 좋은 일만 있었잖아?

"한아…… 오늘 아침에 아주머니가 말씀 안 해주셨어? 아주머니도 아실 텐데?"

엄마가 계속 흐느끼던 이유…… 아아. 그랬구나. 모든 상황이 이해가 가기 시작했다. 가볼 데가 있다고 한 곳이 원단 가게였구나.

계속 흐느끼는 나를 현 씨의 따뜻한 손이 감쌌다.

"가보자. 일단 가보고 나서 생각해."

"어딜요?"

"장례식."

"나 못 가요. 나 못 가요. 나 안 갈래요."

너무 당황스러우면 상황 판단이 불가능하다는 말이 사실이었나 보다. 머리가 돌아가지 않았다. 그저, 그저 세상이 한순간에 멈춰 버린 것 같았다.

죽음이란 단어가 머릿속을 맴돌았다. 들어만 봤지, 가까이 있는 사람이, 그것도 부모같이 의지하던 분이 돌아가셨다니. 뱃속에서 무언가 부글부글 끓으며 심장을 녹이는 것 같았다. 눈물이 홍수처럼 쏟아져 내렸다.

"한아, 가자."

현 씨가 카페 밖으로 나서며 손짓했다.

"어디로요?"

"원단 가게에서 마지막을 장식하고 병원 장례식장으로 간대. 가게로 가면 돼."

현 씨의 옷소매를 놓지 못한 채 내가 물었다.

"나, 너무 마음이 아파요. 나 너무 힘들어요."

"알아. 알아. 울어도 돼. 억지로 참으려 하지 마."

현 씨가 내 등을 토닥토닥 두드렸다. 꾹꾹 눌러 담은 슬픔의 비명이 입에서 새어 나왔다. 눈을 감고 현 씨의 소매를 더욱 세게 부여잡았다. 눈을 뜨면 더 많이 울 거 같아서 차마 앞을 볼 수가 없었다. 마치 어린아이가 부모 손을 놓치면 불안해서 엉엉 바닥에 널브러져 우는 것처럼 나 또한 현 씨를 놓지 않은 채 앞을 향해 걸어갔다.

"다 왔어요?"

"조금만 더 가면 돼."

"현 씨, 고마워요."

"뭐가?"

"난 현 씨한테 숨기는 것도 많은데 이렇게 챙겨줘서."

"너한테 정말로 소중한 분이잖아. 이 소식을 내가 아니면 누가 알려주겠어. 그리고 그만 울어."

"왜요?"

"이따가 실컷 본인 앞에서 울어야지. 그래야 우리가 얼마나 슬픈지 돌아가신 분도 알 거 아냐."

현 씨가 고개를 숙이고 있는 나를 부축하며 간신히 원단 가게에 도착했다.

데친 시금치처럼 축 처진 몸이 무거웠다. 눈꺼풀을 서서히 올리며 앞을 응시하자 화려한 원단들이 눈 안에 들어왔다. 주황색, 붉은색, 청색, 초록색의 천들이 몸을 움직일수록 내 몸을 둘둘 휘감았다.

"이, 이건 뭐지?"

천들을 이리저리 걷어내자 사람들이 보였다. 수많은 사람들이 보였다. 원단 가게 안은 사람들로 북적북적했다. 그들은 모두 울고 있었다. 모두 할아버지에 관한 이야기를 하고 있었고 모두 검은 옷을 입고 국화꽃을 한 손에 하나씩 들고 있었다. 원단 가게에 있던 천들은 하나하나 모두 펼쳐져 그 일대를 천막처럼 드리우고 있었다. 울음소리가 귀를 타고 흘러 들어왔다

그리고 내 눈에도 어느 샌가 비가 내렸다.

몸부림치느라 흘러내린 천들을 나는 정돈하기 시작했다.

현 씨는 아무 말 없이 옆에서 날 묵묵히 도왔다. 우린 아무 말도 하지 않았다. 그저 조용히 흐느낄 뿐, 어떤 말도 하지 않았다.

"한아. 우리 할아버지한테 작별 인사해야지."

현 씨가 날 걱정스럽다는 듯 보다가 한숨을 포옥 내쉬며 나를 데리고 원단 가게 안으로 들어갔다.

"좋은 양반이었어."
"저기 딸들이 효녀구만. 아무리 자식이라지만 어찌 저렇게 서럽게 우는지. 아버지랑 그렇게 사이가 좋았다지."
"참 사람 좋은 분이었어."
"건강하셨는데 이유도 없이 돌아가셨어."
"부인은 이제 어쩌나. 매일 알콩달콩 싸우다 한 사람이 없으면 더 허전하다는데……."

웅성거리는 가운데 사람들의 대화가 내 귀에 또렷하게 들어왔다. 그들은 할아버지의 생전에 대해 말하고 있었다.

'난 참 할아버지를 몰랐구나.'

향불을 피며 할아버지의 영정사진을 들여다보았다. 할아버지는 활짝 웃고 있었다. 송곳니 한 개가 빠진 채로 눈엔 자글자글한 주름을 한껏 지으며 그렇게 사진 속에서 웃고 있었다. 향을 꽂으며 국화꽃 하나를 꺼내 들어 얼굴에 그 향기를 묻었다.

'우리는 그 사람 자체를 그리워하는 것이 아니다. 그 사람과 공유했던 추억, 그 사람의 육신 그리고 그 사람의 목소리를 그리워하는 것이지.'

갑자기 철학자가 내게 했던 말이 퍼뜩 떠올랐다. 시간들. 그 돌이키지 못할, 돌아가지 못할 시간들을 그리워하기에 난 이렇게 슬퍼하는 것인가.

"철학자, 당신은 틀렸어. 난 할아버지와 나눈 추억들, 기억들을 더 이상 할아버지와 나누지 못해서 슬퍼하는 거야. 난 그저 그 사람을 그리워하는 거야. 난 앞으로 그 사람과 말할 수 없다는 사실이 슬픈 거야. 직접 겪어보니 알겠어. 그 사람과의 인연이 내 일부였기 때문에 이렇게 아픈 거야."

국화꽃에서 얼굴을 떼어내며 할아버지의 영정사진을 다시 한번 쳐다보았다. 할아버지의 물건들이 사진 찍히듯 머릿속에 각인되었다.

"울지 않을게요. 당신이 펼치지 못한 꿈을 새로운 세상에서 마저 펼칠 수 있도록 조용히 응원할게요. 왠지 그래야 할 거 같아요."

다시금 뱃속이 뜨거워졌다. 불덩이를 삼킨 듯 목이 메어왔다.

"한아, 이리와."

엄마의 목소리가 뒤에서 들려왔다. 머릿속은 백지장이 되어 그저 새하얀 데다 눈물은 어느새 말라붙어 얼굴이 끈끈했다. 엄마에게 다가가 품에 꼭 안기며 난 말했다.

"엄마가 오늘 아침에 운 이유가 이거였구나?"
"미안. 바로 말 못해줘서."
"배려해준 거 알아. 내가 너무 슬퍼할까 봐 그런 거잖아?"
"그래."
"걱정 안 해도 돼. 봐봐. 지금은 뚝 그쳤잖아."

엄마 옷에 얼굴을 이리저리 비벼댔다. 마치 어린 날로 돌아간 것만 같았다.

해가 비스듬히 빛을 쏘아댔고 바람은 천막처럼 걸려 있던 천들을 나풀나풀 흔들어댔다. 수많은 천들이 각각의 색깔을 나부끼며 그 빛깔을 땅에 그대로 반사시켰다. 아름다운 광경이었다.

"엄마, 근데 이 천들을 왜 원단 가게 앞이랑 이 일대에 이렇게 걸어둔 거야? 천막처럼."

"유언이었거든. 미리 와서 이거 거는 걸 돕고 있었어. 할아버지가 쓰신 유언장에 이렇게 적혀 있었대. 천들을 하늘 높이 걸어달라고. 할아버지가 써놓은 색깔 순서대로 맞춰서 걸어두면 햇빛이 반사될 때 당신이 평생에 걸쳐서 그리고 싶었던 것들을 볼 수 있을 것이라고. 당신이 이곳을 떠날 때 마지막으로 보고 싶은 광경이니 꼭 해달라고 하셨대. 그래서 할머니가 색깔 순서를 내게도 적어주셨어."

머리에서 뎅 하고 종이 울리는 것 같았다. 얼른 고개를 숙여 밑을 바라봤다. 각각의 천들이 햇빛을 통과시켜 땅바닥에 수만 가지의 색깔들을 드리우고 있었다.

"엄마, 잠깐만!"

"어디 가?"

엄마의 손을 뿌리치고 난 이 동네에서 가장 높은 곳인 전망대를 향해 달려갔다. 숨이 턱까지 차올랐지만 그런 건 개의치 않았다. 할아버지가 그랬었다. 자신은 거대한 그림을 그리고 있다고. 그게 언제 완성될지 자신도 모른다고. 그거였다. 할아버지는 천을 사랑했고 그림을 그리고 싶어 했다.

"역시."

하도 뛰어서 입에서 단내가 났다. 다리가 부들부들 떨렸고 침이 줄줄 흘렀다. 그러고는 발견했다. 할아버지가 떠나면서 완성한 거대한 그림을.

"말씀하신 게 이거였을 줄이야."

마을에서 가장 높은 전망대로 달려온 나를 반긴 건 거대한 강줄기였다. 원단 가게 앞에는 거대한 강이 흐르고 있었다. 바람에 나부끼는 청색 천들이 마치 흐르는 강물처럼 휘날리고 있었다. 그리고 그 밑으로 비치는 땅의 색깔은 마치 강이 햇빛에 반사되는 것처럼 천들과 함께 흘러가고 있었다. 사이사이로 튀어나오는 청색과 대조되는 붉은 계열의 천들은 물고기를 의미했다. 마을은 어느새 거대한 강이 되어 있었다.

"그림을 결국 완성시키고 가셨네요. 당신이 말하던 세계의 의미 …… 이제야 그 참뜻을 알 것 같습니다."

가슴이 벅차올랐다. 이제야 할아버지가 내게 한 말들이 전부 이해가 갔다. 눈물이 또다시 주체할 수 없이 차올라 눈앞을 흐렸다. 눈을 깜빡이자 눈물이 후둑 밑으로 떨어지며 다시 그 아름다운 장관을 눈 안에 담았다.

"내려가서 할머니께 알려드려야겠다. 더 이상 슬퍼하시지 않게."

눈물을 쓰윽 닦고 올라왔던 계단을 총총총 내려갔다. 발걸음이 가벼웠다. 할아버지가 미련이나 아쉬움 없이 자신이 돌아가실 것을 알고 마지막을 장식했다는 사실을, 더 자유로운 세상을 향해 가셨다는 것을 알고 나니 더 이상 슬프지 않았다. 난 원단 가게로 돌아가자마자 할머니를 찾기 시작했다.

"한아!"

"아, 엄마. 미안, 갑자기 사라져서. 근데 나 유언의 의미를 알아냈어."

"뭐?"

"이 사실을 가장 먼저 전해줘야 할 사람이 있어. 엄마, 나 할머니

만나고 올게."

"어? 비다. 이렇게 맑은 날씨에 웬 비지?"

"어라, 정말이네. 비가 오네."

사람들이 웅성거렸다. 후두둑 빗방울이 떨어지기 시작했다. 차가운 물방울이 발갛게 상기된 두 볼을 식혀갔다. 서서히 내리기 시작하던 비는 금새 거세져서 온 대지를 적셨다. 내 위를 든든히 지켜주던 천들이 빗방울의 무게에 서서히 기울어져 갔다. 천을 적신 빗방울들이 천의 색깔을 그 몸에 입고 색색의 물감들을 땅으로 흘려보냈다. 사람들이 우왕좌왕하며 우산을 펼치며 화려한 색채의 물줄기 위를 뛰어다닐 무렵 할머니가 먼저 내게 말을 걸었다.

"와줘서 고마워."

"아니에요. 당연히 와야 하는 걸요."

"비가 오는구만. 겨울비. 그래, 겨울비네."

할머님이 뻥 뚫린 듯 비를 쏟아붓고 있는 하늘을 말갛게 쳐다봤다. 할머님이 말을 이었다.

"그 양반은 지금 무슨 생각을 하고 있을까? 내 이야기를 기억하고 있을까? 난 그 사람의 이야기를 아직 다 듣지도 못했는데 말이지. 하고 싶은 말이 있었는데. 듣고 싶은 이야기가 있었는데."

"......."

"이렇게 스러져버리면 난 어찌해야 할까?"

할머님이 나를 우산 안으로 이끌며 나를 폭 껴안았다.

나는 상상할 수 없을 정도로 깊은 슬픔이라는 것을 순간적으로 느낄 수가 있었다. 아, 난 비교도 안 될 정도로 이 사람은 슬퍼하는구나. 정작 울 사람은 이 사람이었구나.

할머님이 나를 껴안으신 채 계속 흐느꼈다. 어린아이처럼 작아진 몸집이 안쓰러웠다. 주황빛 우산 아래서 할머님은 울고 또 울었다. 눈물이 주름 사이사이를 타고 흘러내렸다. 몸의 떨림에 맞춰 눈물방울들이 톡톡 땅 위로 떨어졌다. 할머님이 내 손을 꼬옥 잡으며 날 바라봤다.

"한아, 이 우산에 구멍이 났나 보다. 자꾸 비가 새네."

내가 고개를 들어 우산을 쳐다봤다. 어떠한 구멍도 나 있지 않은 튼튼한 우산. 그리고 그 아래서 눈물 흘리는 가여운 노인. 노인은 비가 샌다 했다. 새어 나오는 비가 얼굴 위로 흐른다 했다. 그렇다면 저건 빗방울이다. 눈물이 아니었다.

"그러게요. 우산에 구멍이 나 있네요."

"바꿔야겠다, 그지?"

천들이 쓸려 내려가고 있었다. 천의 색깔이 배어 알록달록해진 물줄기들이 땅 위로 흘러갔다. 그리고 그 물줄기 위로는 수많은 슬픔이 흘러내려가고 있었다.

"이제 되었다. 난 인사는 모두 했으니 이제 마무리를 해야지."

할머님이 내게 싱긋 웃어 보였다. 눈가가 발갰다.

"고맙다. 우리 할아범이 떠난 걸 이렇게 슬퍼해줘서. 덕분에 외롭지 않았다."

"아, 저기. 할머니, 유언 말인데요."

"유언의 의미 말이냐? 아까 눈치챘단다. 자신은 자연으로 돌아가니 아무 걱정 말라는 의미 아니겠니? 천으로 강을 만든 것을 보면 말이야."

"알고 계셨어요?"

할머님이 허리를 펴더니 손가락으로 원단 가게 안을 가리켰다. 수많은 사람들 사이로 슬쩍슬쩍 보이는 원단 가게의 등불이 밝게 빛나고 있었다.

“저 안에 남겨둔 게 있더라고. 참, 너에 관한 이야기가 적혀 있더구나.”
“제 이야기요?”

빗소리를 들으며 빗방울을 맞으며 땅 위로 흘러가는 색채 사이로 들리는 할머니의 웃음소리는 너무나도 편안하게 들려 순간 내 귀를 의심하게 만들 정도였다. 할머님이 내 머리를 쓰다듬더니 펄렁거리는 천들을 걷기 시작했다.

“이것들은 우리 영감이 제일로 좋아했던 천들이니 몇 개는 가져가거라. 장식으로 걸어둬도 좋겠구만.”
“소중히 간직할게요.”

천들을 차곡차곡 정리하는 나를 바라보며 할머니가 웃었다. 비는 그치고 있었다. 수많은 빛줄기 사이로 다시 태양이 솟아올랐다. 그리고 아무 일도 없었던 것처럼 세상이 다시 고요해졌다. 사람들은 우산을 접으며 화창해진 하늘을 올려다 보았고 나 역시 어느새 활짝 갠 하늘을 하염없이 바라보고 있었다. 그 순간이었다.

"한아!"

현 씨의 목소리가 귓가에 들렸다. 현 씨가 멀리서 손을 흔들며 다가오고 있었다.

"나, 네게 할 말이 있어."
"뭔데요?"

현 씨가 조용히 웃더니 내 손을 잡아끌었다. 원단 가게를 벗어나 날 카페로 끌고 갔다.

"카페를 지금 왜 가요?"
"할 말이 있다니까."
"여기서 말해주면 안 돼요?"
"원단 가게 할아버님에 관한 이야기야."

현 씨의 말에 입을 다물었다. 현 씨가 말이 없어진 나를 흘낏 쳐다보며 말했다.

"꼭 할아버지에 관한 이야기만은 아니야."
"네?"

"너에 관한 이야기기도 해."

"저에 관한 이야기요?"

"좀 차분한 곳에서 말할 테니까 지금은 잠시 궁금해하고만 있어."

현 씨가 내 손을 더욱 강하게 감싸며 속삭였다. 겨울이어도 내리비치는 햇살이 강렬하여 현 씨를 쳐다보는 내 눈이 떠지지 않았다.

"치사해요."

"뭐가?"

"현 씬 참 이상해요. 아니 원단 가게 할아버지도 그렇고. 어떻게 이 거리에서 일어나는 일들을 그렇게 잘 알고 있어요?"

"네가 아직 어려서 그래."

"이래서 현 씨보고 치사하다고 하는 거예요."

내가 현 씨의 손을 툭 뿌리치고는 카페를 향해 달려가자 현 씨는 어쩔 수 없다는 듯 천천히 따라왔다. 카페에 먼저 도착하여 문을 잠가버려야지 하고 생각하며 전속력으로 달렸는데도 현 씨의 다리가 나보다 한참 길어서 눈 깜짝할 새 추월당했다.

"내가 너보단 빠르지."

정말 옆에 있으니 내가 마치 달팽이가 된 것 같았다. 분명 출발은 내가 먼저 했는데도 어떻게 현 씨가 나보다 빨리 도착해서 여유를 부리고 있는 걸까. 이래서 신은 공평하지 않다는 것이다.

"자, 앉아봐."

내가 헉헉거리며 카페 구석 자리에 앉자 현 씨가 종이와 펜을 꺼내 들었다.

"이게 뭐예요?"
"내가 설명할 도구랄까?"
"아니 그게 아니라 이걸로 뭘 하시게요?"
"들어봐."

현 씨가 종이 정중앙에 내 이름을 크게 적었다. '김한' 그러고선 내 주위로 여섯 개의 다른 동그라미들을 그려나갔다. 그리고 끝에다가 원단 가게 할아버지의 이름을 적었다.

"네가 보인다는 여섯 존재 말이야."

현 씨가 말을 끝내기도 전에 내가 날카롭게 쏘아붙였다.

"그걸 어떻게 알았어요, 현 씨가? 난 현 씨한테 말해준 적 없어요. 제가 이런 증상이 있다는 건 알아도 정확히 그들의 존재가 무엇인지 다들 모르는데?"

"원단 가게 할아버님이 말씀해주셨어."

"네?"

"원단 가게 할아버님이 사실 끝내셔야 할 일이었는데 돌아가셨기 때문에 내가 그 역할을 대신 하는 거야."

"끝내셔야 할 일이 뭔데요?"

"네 주변에 나타나는 여섯 존재를 밝히는 역할."

내 표정이 점점 굳어갔다. 원단 가게 할아버지에게는 거의 모든 이야기들을 털어놨었다. 엄마한테도 말하지 못했던 것들을 할아버지에게 2년 동안 말해왔으니까. 그렇다고 어떻게 그 여섯 존재의 정체를 알 수 있는 거지? 내가 말한 것만 가지고? 그리고 왜 그걸 현 씨에게 말한 거지?

"할아버지가 그 일을 왜 현 씨에게 말한 거예요?"

"돌아가실 것을 조금은 예상하고 있었거든."

"그렇더라도 다른 사람이 아닌 왜 현 씨한테?"

"그나마 내가 제3자로서 너를 가장 잘 안다고 생각하셨나 봐."

현 씨가 차분하게 날 바라봤다. 굳은 의지가 담긴 눈망울이 날 똑바로 직시했다. 그가 펜을 다시 들어 빈 여섯 개의 동그라미에 하나하나 이름을 채워나갔다. 개, 노인, 어린아이, 철학자, 염세적인 남자, 그리고 살인자.

"이 여섯은 네가 알아내긴 힘든 존재들이야."

"아니, 나 지금 너무 혼란스러워서 안 되겠어요. 일단 납득부터 시켜줘요."

"뭘 납득시키라는 거야?"

"현 씨는 원단 가게 할아버지랑 무슨 관계예요? 그리고 할아버지는 어떻게 내 말만 가지고 이 사람들의 정체를 알 수 있다는 거예요?"

"나랑 원단 가게 할아버님은 아무 관계도 아니야. 아들도 아니고 친척도 아니지. 그치만 이곳에서 오래 살아오면서 우연히 서로를 아주 잘 알게 되었어."

현 씨가 펜을 손가락으로 빙빙 돌리며 나를 곁눈질로 흘끔 쳐다봤다. 무표정한 얼굴 사이로 눈만은 날카롭게 날 꿰뚫듯 바라봤다.

"그리고 원단 가게 할아버님은 그 '여섯 명'의 정체를 다름 아닌 너의 말만으로 누군지 알아냈고…… 이제 됐어?"
"아직 좀 헷갈리지만, 네."
"그럼 이제 말해도 돼?"

현 씨가 다시 웃으며 종이를 팡 하고 손으로 펼쳤다. 아까의 진지한 표정은 어디로 갔는지 특유의 편안한 웃음이 얼굴에 서려 있었다.

"자 다시 설명할게. 이 여섯 존재는 너에게 거의 매일 나타났어. 하지만 나타나는 시간대는 그때그때 조금씩 달라지기도 했지. 그리고 각자의 특성에 따라 네게 행하는 행동이나 전해주는 말들도 굉장히 다르지. 지금까지 맞지?"
"정확해요."
"계속 말할게. 개는 너의 감정선을 담당해. 기분이 좋을 때는 그 기분을 극대화시켜 행복감에 취하게 만들고 기분이 나쁠 때는 그 또한 극대화시켜 너를 깊은 슬픔의 나락으로 떨어뜨려버리지."

현 씨가 펜을 들어 노인의 동그라미에 밑줄을 좌악 그었다. 그가 나를 똑바로 쳐다보며 말을 이었다.

"이 사람은 좀 헷갈렸는데, 이 사람은 노인들이 느끼는 모든 생각을 네게 전달해주는 것 같더라고. 같은 나이대의 사람이다 보니 원단 가게 할아버님이 오히려 헷갈려 했었어. 그래도 이 사람은 보통 노인들과는 좀 다른 색다른 생각들을 많이 했더라. 너와 생각하는 점이 많이 닮았어."

"나랑요?"

"네가 미래에 딱 이 사람처럼 늙을 거 같아."

"엥?"

"일단 나머지 네 명부터 해치우고 질문을 받을게. 다음은 어린아이. 이 아이는 너의 기억을 담당하는 존재. 맞지?"

현 씨가 어린아이가 적혀있는 동그라미를 강조했다. 그의 미간에 주름이 잡혔다.

"얘가 너를 과거로 끌고 가기도 한다지?"

"네. 그리고 여러 가지를 보여줘요. 옛날 기억들. 까먹지 말라고 그러고. 기억을 굉장히 중시해요."

"그걸 보는 동안에 다른 사람들이 보기에 너는 뭘 하고 있대?"

"잠든 거 같대요. 가만히 눈감고 있다고 하던데."

"잠든 거 맞네."

현 씨가 펜 뚜껑을 잘근잘근 씹으며 어린아이 이름에 표시를 했다. 그러고는 그 옆에 있는 철학자 이름을 빼내어 따로 이름을 표시했다.

“얘가 좀 중요해. 철학자라고? 너에게 자신만의 철학들을 알려준다 했지. 정말 괜찮은 말들을 많이 했더라. 남들은 상상할 수 없는 그런 말들. 잘했어.”

“네? 뭐가요?”

“아냐, 아냐. 근데 궁금한 게 한 가지 있는데, 넌 이 여섯의 존재 중 누가 제일 맘에 들어?”

“저는, 개인적으로 철학자요.”

“왜?”

“일단 그가 하는 말들을 좋아하고요. 저를 행복하게 만들어줘요. 살아 있단 느낌이 들게 만들어주고 살아가면서 마주치는 사소한 것들로부터 중요한 사실들을 알려줘요. 또 사람이 재치가 있어요. 매력도 있고 솔직히 멋있고 곁에 있으면 안정이 돼요. 어딘가가 꽉 채워진 느낌이라 해야 될까. 하여튼 그래요.”

“겉모습도 잘생긴 남자라며? 이상형이야?”

“그걸 왜 물어요?”

“알아야 할 이유가 있어.”

“질투해요?”

내 말에 현 씨의 눈이 붕어처럼 뻘록 튀어나왔다. 뭐야 하는 소리가 귀에서 들리는 듯 했다. 아, 잘못 짚었구나.

"장난이에요, 장난. 솔직히 이상형에 가깝죠. 근데 그렇다고 정말 이성으로서 좋다 이런 느낌은 들지 않아요. 굉장히 묘해요."

현 씨가 따로 빼낸 철학자의 칸 옆에 염세적인 남자의 이름을 적었다. 현 씨의 미간이 점점 좁혀지고 있었다.

"자, 이 사람은 어때? 철학자와 모습이 똑같다며?"

"네, 복사해놓은 것처럼 똑같이 생겼어요. 그런데 이 사람은 철학자와는 정반대예요."

"맨날 너보고 죽고 싶으면 죽어라 그러고 현실에서 널 괴롭히는 사람들을 다 처리해줄 수 있다고 그랬다지? 그리고 철학자를 그리 싫어한다고 들었는데."

"굉장히 싫어해요. 어제 알게 된 건데 제가 철학자에게만 기대는 걸 질투하고 있었더라고요. 지금까지는 이 남자가 휘두르는 폭력에 겁먹어서 항상 피해 다니거나 입을 꽉 다물고 있었는데 어제 처음으로 그 사람 말에 수긍을 해봤어요."

"어떻게 됐어?"

"너무 얌전해지더라고요. 순한 양같이 갑자기 저한테 막 기대고 아이처럼 칭얼거리고. 철학자 놈 말 듣지 말라고 몇 번이나 말하더라고요."

현 씨가 철학자와 염세적인 남자의 이름을 서로 연결시켰다. 고민하는 그의 표정이 사뭇 진지했다.

"염세적인 남자의 정확한 특성이 뭔 거 같아?"

"일단 세상 모든 일에 모두 부정적이에요. 얼마나 괴롭고 고통스럽고 살기 힘든 곳인지 계속 강조하고, 타인에 대해서도 모두 왜곡된 시각으로 봐요. 저를 둘러싸고 있는 갈등이 절대로 사라지지 않을 것이고 고통받을 거라고 해요."

"철학자는 이상적인 사람이고 이 남자는 많이 현실적인 거 같네."

"네! 진짜 그래요. 철학자는 제 고충들을 자신만의 이상이나 논리로 쉽게 풀어내요. 그리고 자신의 논리들로 용기도 주고 살아갈 원동력도 줘요. 그의 이상 세계는 현실에서는 적용이 안 되지만 절 행복하게 만들어요. 언제나 절 즐겁게 만들고 성숙하게 만드는 거 같아요."

"그에 반해서."

"염세적인 남자는 현실 문제를 자신의 이상으로 해결하려는 철학자를 못마땅해 하죠. 현실을 직시하게 만들고 만만치 않다는 것을 강조해요. 그리고 그렇게 만만치 않은 세상을 살아가기 위해서는 자신이 도움이 된다 말하죠."

현 씨의 입꼬리가 나선을 그리며 휘익 하고 올라갔다. 그의 눈동자가 반짝반짝 빛나고 있었다. 굉장히 흥미로운 것을 발견했다는 듯이 그의 입에 물린 펜 뚜껑이 웨이브댄스를 췄다.

"한아, 원단 가게 할아버님이 말해준 것을 뛰어넘어 내가 지금 굉장히 흥미로운 것들을 발견하고 있거든? 그니까 내가 묻는 말에 숨기는 거 없이 다 말해줘야 해. 알았지?"

"숨길 게 뭐가 있어요. 이미 원단 가게 할아버지한테 다 들은 것 같은데."

"잘 아네. 자 그럼 다음으로 넘어가서, 이 사람은."

현 씨가 살인자의 이름에 동그라미를 둘둘 치며 다른 손가락으로는 책상을 톡톡 쳤다. 생각할 것이 많다는 듯 현 씨가 입술을 잘근잘근 깨물며 내게 물었다.

"궁금한 게, 살인자가 한 번이라도 다른 사람을 죽이는 것을 목격한 적이 있어?"

"아뇨. 이 여섯은 저 이외에 다른 사람들에게는 영향을 끼치질 못하기 때문에 타인을 죽이는 것 자체가 불가능해요. 살인자도 본인 입으로 살인자라고 해서 알게 된 거거든요."

"특이사항은?"

"같은 말을 강박적으로 반복해요. 자신을 제외한 다섯을 죽여줄 테니 이름만 대라 그러다가, 제가 계속 싫다 그러면 너를 죽여줄까? 그래요."

"다른 대화는 안 통해?"

"네. 그 말만 반복하거든요. 아, 그리고 항상 피 묻은 단도를 들고 다녀요. 누구 피인지는 잘 모르겠지만."

"널 다치게 한 적은 없어?"

"제가 워낙 잘 뛰어서 그런지 한 번도 잡혀서 칼에 찔려본 적은 없어요. 그리고 아파트 단지 안에 들어가면 더는 안 쫓아와서 항상 거기까지 2년 동안 추격전을 벌이면서 살아왔어요."

"안전지대가 있는 거야 그럼?"

"그렇죠. 일종의 안전지대라고 봐야겠네요."

"흠."

현 씨가 펜으로 여섯 개의 동그라미에다 모두 엑스표를 치며 나를 가만히 주시했다. 무언가 눈치챈 듯 묘한 표정을 지으며 천천히 입을 열었다.

"난 완전 감이 왔는데. 넌 어때?"

"무슨 감이요?"

"여섯의 정체가 무엇인지."
"솔직히 전 뭔가 알듯 말듯하면서 확실하게 느낌이 오질 않아요."

현 씨가 벌떡 일어나서 내 얼굴에 자신의 얼굴을 가까이 대며 내 얼굴을 감싸쥐었다. 현 씨의 맑은 눈동자가 불과 10센티미터 정도 거리에서 날 이리저리 살폈다.

"사실 오늘 전부 말하려 했는데 안 되겠어."
"뭐가요?"

현 씨의 두 손에 짜부라진 채 웅얼거리는 나를 향해 현 씨가 조용히 속삭였다.

"원단 가게 할아버님이 말씀하신 여섯의 실체, 지금은 말할 수 없어."
"네?"
"너한테 하루를 줄게. 네가 알아차려야지 의미가 있을 거 같아. 그래야 병이 나을 수 있을 거야."
"네?"

현 씨의 손을 뿌리치며 내가 소리치자, 현 씨가 자신의 머리를 헝클어뜨리며 말을 이었다.

“네가 그들의 실체를 대충은 눈치채고는 있는 거 같아. 무의식중이라 인정 안 할 뿐이지. 힌트를 줄게. 힌트를 곱씹으면서 나머지 사람들을 오늘 만나봐. 그래도 모르겠다면 내일 다시 얘길 하자고.”

“힌트요?”

“이건 뭐 정답이나 다름없긴 한데.”

“뭔데요?”

“네가 생각하는 것들은 결국 그들이 생각하는 것들이야. 그들이 생각하는 것들 또한 네가 생각하는 것들이고.”

“이해 가게 설명해줘요.”

“이보다 더 자세하게 설명할 순 없어. 나머지는 네 몫이야.”

현 씨가 자리에서 일어나 걸어가다가 나를 뒤돌아봤다. 그의 눈에는 확신이 담겨 있었다. 그가 입을 열었다.

“넌 이미 정답을 알고 있어. 단지 인정을 안 할 뿐이지.”

“내가 정답을 알고 있는데 인정을 안 한다고요?”

“아까도 말했지만 정 모르겠다면 내일 모든 걸 설명해줄게. 하지만 명심해. 넌 이미 알고 있어. 자각하는 순간 모든 게 이해될 거야.”

“자꾸 알쏭달쏭한 말만 하지 마요!”

내 말은 귓등으로도 안 듣는다는 듯이 현 씨는 뒤돌아보지도 않은 채 손을 휘휘 흔들더니 카페를 나갔다. 텅 빈 카페 안에 아무도 없이 홀로 앉아 있는 내 눈앞으로 현 씨가 썼던 종이가 들어왔다. 여섯 존재들. 그리고 나.

'내가 생각하는 게 그들이 생각하는 것이라고?'

종이를 들어 현 씨가 그린 여섯 개의 동그라미들을 펜으로 전부 연결시켰다. 검은 색의 선이 종이 위를 매끄럽게 쓸며 거대한 동그라미를 그려나갔다.

"어라?"

여섯 개의 동그라미들을 전부 잇자 생겨난 커다란 원이 생겨난 자리 안에 내 이름 '김한'이 떡하니 자리하고 있었다. 여섯 존재들에게 둘러싸여 있는 내 이름이 갑자기 낯설었다.

"현 씨는 왜 여섯 명의 이름을 내 주위에 이렇게 써놓은 거지?"

한참 종이를 들여다보다가 결국 포기하고 자리에서 일어서는 순간 따스한 손이 두 어깨를 부드럽게 감쌌다. 잔잔한 중저음의 음색이 귀를 타고 흘러 들어왔다. 나타났다. 내가 가장 사랑하는 존재가.

"내 말 기억나?"

"당신이 한 말은 안 잊어."

"모든 건 너로부터 시작되어 너로 끝난다. 그게 이 세계가 돌아가는 법이다. 그 각자의 작은 개인이 결국은 전체다. 그리고 그 전체는 알고 보면 결국 개인이다. 오늘은 한 단어를 더 넣었어."

"기억하고 있어."

"이건 나만의 철학이야. 다른 철학자의 말이 아니라."

철학자의 한쪽 입꼬리가 씨익 올라갔다. 매력적인 눈웃음이 너무나도 투명해 금방이라도 빨려 들어갈 것 같았다. 철학자가 부드럽게 내 눈을 쓸었다. 자연스럽게 눈이 감기면서 암흑이 찾아왔다.

"이 말을 설령 다른 철학자가 했더라도 이건 나만의 철학이야."

"왜?"

"그 사람이 이 말을 생각하게 된 계기와 내가 생각하게 된 계기는 다르거든. 난 네게 이렇게 말했지. 점이 있다고, 달이 있다고. 지구가 있다고, 우주가 있다고, 그리고 네가 있다고. 점은 네게 속해 있기에 결국 우주는 네게 속해 있다는 것이라고."

"그래."

"난 이렇게 생각했지만 다른 어떤 철학자는 또 다른 생각으로 이 논리에 접근했을 수 있지. 문장은 같아도 사람이 해석하기에 따라 그 의미가 바뀌는 것이 철학이야."

"너와 나의 철학은 달라?"

"다를 수도 있고 같을 수도 있지. 무한함을 가진 학문이 철학이야."

"철학자들은 다 이렇게 복잡해?"

철학자가 가볍게 웃음을 지었다. 고개를 들어 그를 올려다보는 나를 그가 깊은 눈길로 주시했다. 한쪽 입꼬리가 여전히 올라가 있는 채로, 너무나도 익숙하게, 편안하게, 그리운 얼굴로. 철학자가 내 손을 가볍게 잡으며 말을 이었다.

"사람은 지위, 나이 모든 것을 초월하여 자신의 철학을 하나씩은 가지고 있어. 그 사람들은 모두 철학자야. 철학을 탐구하는 자, 그게 철학자잖아?"

"그렇지."

"그렇게 보면 이 세상은 철학자로 이루어져 있어. 그리고 특정한 인물이 아닌 모든 사람들이 철학자란 단어에 속해 있는 순간 우리에겐 '철학자'라는 특정 단어가 필요 없어. 우리 모두가 철학자니까."

"그럼 넌 뭔데?"

"난 철학자가 아니면서도 철학자야."

"뭐?"

"난 내게 부여된 이름이 마음에 들어. 하지만 내가 안타깝게 생각하는 점은 다른 이들 또한 모두 철학자의 이름을 가지고 있다는 것을 모르고 있다는 점이야."

"그럼 난 너를 뭐라고 불러야 해?"

"지금은 철학자로 만족할게. 하지만 세상 모든 사람들이 자신들 또한 철학자라는 것을 깨닫게 되어 철학자라는 단어의 의미가 사라진다면 그땐 네가 원하는 이름으로 불러줘."

철학자가 내 손을 끌고 카페 밖으로 걸어 나갔다. 어느새 지평선 아래로 모습을 감추고 있는 태양이 나와 철학자를 붉게 물들였다. 철학자가 날 지그시 바라보더니 한 손으로 내 볼을 톡 건드리며 말했다.

"내가 누구라고 생각해?"

"뜬금없이 왜?"

"난 누굴까? 넌 알고 있어. 지금 넌 확신하지 못할 뿐이지."

"현 씨도 그렇고 무슨 의미야?"

"내가 한 말들 지금까지 한 번이라도 낯설다고 느껴본 적 있어?"

철학자가 빙긋 웃었다. 순간 현 씨의 말이 뇌리를 스치고 지나갔다.

'네가 생각하는 것들은 결국 그들이 생각하는 것들이야. 그들이 생각하는 것들 또한 네가 생각하는 것들이고.'

"넌 대체 누구야?"
"아까 최고의 힌트를 줬어. 더 말하면 룰 위반이야."
"뭐야?"

내가 툴툴거리자 철학자가 한쪽 입꼬리를 또다시 씨익 올리며 웃었다.
철학자가 마지막 빛을 뿜어내는 태양을 바라보며 눈을 감았다. 주홍색 햇살이 정면으로 나와 그를 비추며 길고도 긴 그림자를 만들어냈다.
그 순간이었다.

'그림자?'

내가 이 사실을 알아차린 것은 정말 우연이었다. 순간적으로 뒤를 돌아본 내 두 눈을 사로잡아버린 것은 지극히 간단하고도 강렬한 사실이었다.

'그림자가 이어져 있어?'

철학자의 그림자가 내 그림자와 이어져 있었다. 나의 그림자가 철학자의 그림자와 합체되어 있었다.

우린 키도 다르고 몸무게도 다른데? 어떻게 그림자가 같지?

얼빠진 얼굴로 그를 쳐다보자 철학자가 나를 조용히 주시하며 입을 열었다.

"이제 물어볼게."

"응."

"나의 정체는 무엇일까?"

확실치 않다. 아직은 확실치 않다. 그런데도 이유 모를 확신이 마음속으로부터 뿜어져 나왔다. 지금까지 그가 내게 무수히 말해줬던 이야기들, 은연중에 던진 힌트들. 현 씨로부터 들은 이야기들이 지금 이 순간 거대한 필름이 되어 머릿속에서 상영되는 것 같았다. 난 어리석었다.

"넌, 넌 말이지."

한 마디 한 마디 입술이 덜덜 떨려왔다. 왜 난 지금까지 몰랐을까. 왜 난 지금까지 이 수많은 증거들을 무의식적으로 거부했을까. 철학자를 바라보며 난 마지막 말을 내뱉었다.

"넌 결국 나였던 거구나?"

철학자가 환하게 웃었다. 그의 한쪽 입꼬리가 아닌 양쪽 입꼬리가 화악 올라가면서 눈부신 미소를 지어냈다. 그의 두 눈은 환희에 가득 차 있었고 눈물을 머금고 있었다. 2년 동안 거부당했던 나 자신의 한 조각. 그 조각 중 하나가 드디어 인정받는 순간이었다.

"알아냈구나, 이제야."

"그림자를 보고 알았어. 너희들이 하는 생각은 내가 하는 생각이라 했지. 결국 너희는 나였고 나는 너희였던 거야."

철학자가 나를 꽉 껴안았다. 쏴아아 하고 파도 소리가 귓가에서 울렸다. 철학자의 목소리가 감미롭게 귀를 타고 들어왔다.

철학자의 눈물이 톡 하고 따스한 볼 위로 떨어졌다.

"이곳엔 그 누구도 없어. 너라는 철학자 단 한 명이 존재할 뿐이지."

"미안. 지금까지 모른 척해서."

"난 너야. 네가 가장 사랑하는 너의 한 부분이지. 너의 철학적인 모습을 한데 모아둔 것이 나야. 네가 좋아한 나의 모든 이야기들은 결국 너의 이야기였던 거지."

철학자가 내 두 눈을 지그시 바라봤다. 철학자는 그 누구보다도 행복해 보였다. 그 누구보다도 기뻐 보였고 그 누구보다도 편안해 보였다. 그리고 그 순간 나는 그와 똑같은 표정을 짓고 있었다.

"지금 생각해보니 난 좀 무서웠는지도 모르겠어. 너희의 존재를 알아채는 순간 너희는 사라질 테니까. 사라지길 바라왔으면서도 안 그랬는지도 몰라. 투정 부릴 핑계였으니까. 너무나도 좋아하는 사람들이었으니까."

철학자가 내 손을 꼬옥 잡았다. 따스한 온기에 눈물이 왈칵 솟았다.

"알고 있었어. 너의 말투나 행동이 너무 낯익다는 것을. 그럼에도 불구하고 난 항상 외면했던 것 같아. 나 자신을 항상 피해 다니면서. 아닐 거라고 수많은 가능성을 배제하면서."

'미안해, 미안해, 미안해. 나 자신.'

철학자가 씁쓸하고도 달콤한 웃음을 지었다. 그의 눈망울은 여전히 그렁그렁했다. 그가 천천히 입을 열었다.

"안타깝지만 이젠 작별이야."

"어, 작별이라니?"

"영원히 못 만나는 건 아니야. 난 너니까. 눈앞에서 더 이상 보이지 않는다는 것뿐이지. 항상 네 곁에 있을 거야."

"아니야 사라지지 마. 사라지지 말고 그냥 있어줘. 사라지지 마."

"난 너야. 사라지지 않아. 그저 너의 한 부분으로 스며들 뿐이야. 네가 인정해줬으니까."

철학자가 내 머리를 조용히 쓰다듬었다. 그의 따스한 두 손이 내 눈을 부드럽게 감겼다. 감긴 눈으로 뜨거운 눈물이 흘렀다. 철학자의 목소리가 온몸을 울렸다.

"고마워, 나의 철학자. 나 자신."

두 눈을 가만히 쓸어내리던 손의 감촉이 서서히 사라져갔다. 나를 감싸던 무게가 점점 덜어져갔다. 철학자가 사라지고 있었다. 그가 떠나고 있었다.

"떠나지 마!"

손을 뻗어 그를 잡으려 했지만 허공만이 손에 잡힐 뿐이었다. 눈을 크게 떠 이리저리 두리번거려봤지만 주위에는 아무도 없었다. 아무도. 점점 모습을 감춰가는 태양빛 아래 나 혼자 서성이고 있을 뿐이었다. 차가운 바람이 흐르는 눈물을 스쳐지나갔다. 이곳에는 그 누구도 없었다. 그저 나 혼자만이 서 있을 뿐이었다.

눈물이 줄줄 흘러 윗옷을 적셨다.

"현 씨. 현 씨를 찾아야 되는데."

뛰기에는 알맞지 않은 구두를 벗어 들었다. 두 손에 구두를 든 채 원단 가게로 난 뜀박질을 시작했다. 현 씨를 만나야 했다. 내가 깨달은 그들의 존재가 그가 생각한 것과 같은지 확인해야 했다. 눈물을 훔치며 맨발로 아스팔트 도로 위를 달렸다. 해가 지고 있었다. 또다시 푸르스름한 어둠이 찾아왔다.

"말도 안 돼. 어떻게 이렇게 간단하게도."

아직까지도 상황이 납득이 가질 않았다. 그냥 오늘 있었던 모든 일들이 적응이 되질 않았다. 길고도 긴 꿈을 꾸는 것 같았다.

"현 씨!"

사람들이 모두 떠난 원단 가게 안을 박차고 들어갔다. 수많은 천들이 여전히 바람에 휘날리며 자리를 지키고 있었다. 가게 안은 고요했다.

"누구 없어요?"
"여기."

누군가 내 입을 턱 하고 틀어막았다. 강한 악력에 턱이 얼얼해져 왔다. 독한 담배 향이 코 안을 찌르르 하게 만들었다. 낮은 중저음의 목소리가 위압적으로 날 짓눌렀다.

'염세적인 남자.'

남자가 자신을 향해 나를 빙그르르 돌리더니 틀어막은 입을 풀었다. 그의 표정이 여유로워 보였다. 그가 천천히 입을 열었다.

"2년 만에야 알게 되다니. 바보 아냐?"

"이런 당신도 결국 나였잖아요."

"그렇긴 하지. 그런데 나는 네가 알아챘다는 사실 한 가지만으로는 만족 못하거든."

"무슨 소리예요?"

남자가 자신의 손에 담배를 지져 끄며 날 힐끔 쳐다봤다. 치이이익 하는 소리가 온몸에 소름이 일게 만들었다. 철학자와 같은 얼굴, 같은 표정으로 날 바라보는 데도 어찌하여 완전 다른 사람의 얼굴로 느껴지는 걸까?

그가 질문했다.

"난 정확히 너의 어떤 모습일까? 나와 그 미친 살인자를 뺀 넷은 답이 딱 나와 있지만 우린 그렇지 않거든."

흥미롭다는 얼굴로 그가 나를 보았다. 습기로 살짝 얼려 있는 내 머리카락을 한 손으로 휘감으며 남자가 말을 이었다.

"네가 만약 틀린다면 난 사라지지 않을 거야. 계속해서 남아 있어 주도록 하지. 그 철학자 놈이랑 나머지 셋이 없어도 네가 계속 제정신을 유지할 수 있을지는 모르겠지만 말이야."

남자가 훅 하고 다가오더니 야비한 표정으로 조용히 속삭였다.

"우리 스무고개 하자. 마지막 고개에 네가 내 정체를 밝히는 걸로."

스무고개라. 평소 같으면 고개를 휘휘 저었을 것임에도 불구하고 지금은 왠지 그 제안을 받아들이고 싶었다. 무모하다 해도 좋다. 그 순간의 난 너무나도 자신감에 가득 차 있었기에 그 어떤 것도 두렵지가 않았다. 난 고개를 끄덕였다.

"자, 그럼 질문해봐."

남자가 벽에 편안하게 몸을 기대어 날 곁눈질로 쳐다보며 말했다. 그 또한 자신감에 가득 차 있어 보였다. 거만했고 당당했다. 자, 언제까지 그럴 수 있을까?

"그럼 첫 번째 고개. 당신은 이상적인 것을 싫어하고 현실적인 것을 좋아하나요?"
"이상적인 것을 싫어하지만 현실적인 것도 좋아하진 않아. 즉 현실을 좋아하지 않아."

항상 현실을 직시하라 다그치면서도 한 번도 현실이 좋다는 것을 드러낸 적 없는 남자. 항상 현실에서 힘든 점을 다 까발리고 자신에게 기대라고 하면서도 한 번도 현실을 수긍한 적이 없는 남자. 매사 부정적이던 남자…… 나의 시선을 느낀 그가 나를 향해 고함질렀다.

"질문 안 해?"

"두 번째 고개. 당신은 나를 현실의 문제들로부터 보호하고 싶나요?"

"어. 그런데 넌 항상 철학자 놈 말만 듣잖아."

"세 번째 고개."

"내 말 아직 안 끝났어!"

"당신은 무서운가요?"

한 치의 흔들림 없이 난 그에게 질문했다. 그의 표정이 점점 일그러졌다. 아까의 여유로움은 다 어디로 갔는지 그의 손이 부들부들 떨려왔다. 그가 내게 성난 범처럼 달려들었다.

"뭐가? 대체 내가 겁내는 게 뭔데?"

"네 번째 고개. 당신은 철학자가 두려운가요?"

"그깐 놈 따위 무섭지 않아!"

"다섯 번째 고개. 당신은 세상이 무서운 가요?"

"너!"

남자가 내 멱살을 잡아 올렸다. 그의 핏발 선 눈이 당장이라도 죽일 듯이 날 노려봤다. 이상한 일이었다. 이런 그가 더 이상 무섭지가 않았다.

"대답해요. 그쪽이 먼저 스무고개 하자 그랬잖아요."
"대답하지 않겠어. 계속 같은 질문이잖아."
"여섯 번째 고개. 당신은 세상이 무섭다는 것을 내게 일부러 강조하나요?"

그의 눈동자가 흔들렸다.

"어."
"일곱 번째 고개. 당신은 날 보호하기 위해서 철학자를 싫어하나요?"
"당연하지."
"여덟 번째 고개. 철학자의 말들은 내가 세상을 살아갈 때 하등 도움이 되지 않는다고 생각하나요?"
"그래."

그의 눈을 직시하며 내가 말을 이어나갔다. 남자의 눈이 점점 더 떨려오기 시작했다. 그는 두려워하고 있었다.

"아홉 번째 고개. 당신은 내가 두렵나요?"
"뭐, 뭐라고?"

화가 치민 얼굴에서 분노가 드러났다. 남자가 날 향해 주먹을 휘둘렀다. 피하면 안 돼. 더 이상은 피하면 안 돼.
주먹이 내 코를 향해 날아왔다. 난 피하지 않을 것이다.

"이, 이 새끼가."

남자의 주먹이 눈앞에서 우뚝 멈췄다. 그의 주먹이 눈앞에서 미친 듯이 요동치고 있었다. 그는 처음부터 날 칠 용기 따위는 가지고 있지 않았다.

"열 번째 고개. 당신은 내가 당신을 버릴까 봐 무서워하고 있나요?"
"헛소리하지 마!"

남자가 나를 향해 윽박질렀다. 그리곤 한 쪽 손으로 벽을 쾅 하고 내리쳤다. 그의 눈빛이 점점 더 불안하게 떨려오기 시작했다.

남자가 내 머리채를 움켜잡았다. 그의 입에서 씩씩대는 신음이 새어 나왔다.

그는 나의 질문을 피하고 있었다.

"열한 번째 고개. 당신은 겁쟁이죠?"
"그만하지 못해?"

남자가 갑자기 내 뺨을 후려쳤다. 얼얼한 감각이 볼을 마비시키는 것 같았다. 하지만 이로써 확실해졌다. 그는 정곡을 찔려 두려워하고 있었다.

"이제 스무고개는 그만하자."

남자의 손에 잡힌 머리카락을 풀어내며 내가 말을 이었다. 자신감에 찬 눈빛으로 그를 노려보면서.

"네가 누군지 알겠어."
"하, 이젠 겁먹지 않는다 이거지?"

남자의 한 손을 콱 잡으며 내가 빙긋 웃었다. 이젠 무섭지가 않았다. 그가 어떤 존재인지 알았으니까.

"넌 내 일부야. 세상에 겁먹은 바보 같은 나 자신."

"뭐?"

"넌 무서운 거야. 너한테는 세상도 무섭고 그냥 모든 게 다 무서워. 이 사람이 나에게 나쁘게 할까 무섭고 일이 안 될까 두렵고. 무엇보다도 넌 내가 그런 상황에 놓이게 될까 봐 두려운 거야. 내가 곤란해질까 봐 내가 힘들어 할까 봐. 겁쟁이 주제에 날 보호하려 하는 멍청이가 바로 너인 거야."

"무슨 소릴!"

"넌 날 보호하고 싶어 해. 네가 무서워하는 모든 상황으로부터. 하지만 동시에 넌 불안해하지. 내가 너 없이도 잘 살아갈까 봐. 자신이 필요 없어지는 건 아닌가 하고. 그래서 넌 철학자를 싫어하는 거야. 철학자의 말들은 너를 필요 없게 만들거든."

남자의 입이 굳게 닫혔다. 무슨 말을 해야 할지 모르는 것처럼 그의 표정은 혼란스러워 보였고 그의 몸은 떨림을 멈추지 못했다. 이게 그의 실체였다. 말 못 하는 안타까운 겁쟁이. 내가 회피했던 불쌍한 내 모습.

"자기 자신은 현실에 겁먹어서 아무것도 하지 못하면서 그 와중에도 나 자신이 상처받을까 봐 걱정하는 멍청이가 너야. 내 말 맞지?"

남자의 떨리는 손을 꼭 부여잡으며 내가 말을 이었다. 그의 두 눈이 나를 천천히 쳐다봤다.

"너 자신이 겁쟁이라는 사실을 숨기기 위해서 넌 일부러 폭력을 휘둘렀던 거고. 그리고 내가 철학자를 제일 좋아한다는 사실을 알고 일부러 모습을 똑같이 해서 내게 접근했겠지. 자신도 좀 봐달라고. 틀려?"

"아니야, 아니야. 그런데 어떻게 알았어?"

"너의 모든 행동들로. 너의 모든 말로부터 알아낸 거야. 난 너를 쭉 지켜보고 있었어. 너를 바라봐오고 있었어. 널 무시한 적은 단 한 번도 없어."

"날 계속 봐왔다고?"

"너도 나니까. 난 널 아니까. 네 마음을 아니까. 이렇게 말할 수 있는 거야."

남자의 입이 서서히 다물어졌다. 그의 눈은 나를 바라보고 있었다. 모든 것이 그대로 드러난 솔직한 눈빛이 나를 바라보고 있었다.

"넌 날 알고 있었다고?"

"알고 있었어. 너의 존재를. 지금까지 자각하지 못했던 거지. 미안, 이제야 알아채서."

내 말이 끝나자마자 듬직한 두 팔이 나를 감싸 안았다. 짙은 담배 내와 함께 어린아이가 흐느끼듯 남자의 입으로부터 차마 숨기지 못한 흐느낌이 흘러나왔다.

"넌 사라질 필요 없어. 넌 내게 아주 소중한 사람이야. 고마운 존재야. 네가 없었더라면 지금까지 살아오지 못했을 거야."

조곤조곤 말하는 나를 남자가 강하게 감싸 안으며 더욱 흐느끼기 시작했다. 아마 남자가 정말로 듣고 싶었던 말은 이 말이 아니었나 싶었다. 이 말을 들으려 일부러 그렇게 삐딱하게 굴었고 겁쟁이인 것을 숨기려 바보같이 폭력을 휘둘렀을 테니까. 이제야 그 모든 것이 이해가 갔다.

"지금까지 수고했어."

나의 다정한 한마디에 남자가 나를 바라보았다. 그의 표정이 슬프고도 안타까워 보였다. 정말 마지막이라는 느낌이 드는 표정이었다.

“고마워.”

“내 안에서 살아갈 것을 아니까 작별 인사는 하지 않을게.”

남자가 고개를 끄덕였다. 그가 나를 향해 빙긋 웃었다. 그가 원단 가게 밖으로 걸어 나가며 나를 돌아보고는 마지막으로 말했다.

“난 너여서 행복해.”

그 근사한 웃음이 내 마음을 꽉 채우는 이 순간은 절대로, 잊고 싶어도 잊어선 안 될 것이다. 그것이 내가 본 그의 마지막 모습이었다.

그가 사라지고 나서 내가 첫 번째로 깨달은 것은 해가 이미 뒷산을 넘어 지구 반대편 아이들을 향해 달려갔다는 것과 엄마가 지금쯤 카페에서 날 찾느라 난리가 났을 거라는 것이었다.

원단 가게를 나오면서 내 눈에 들어온 것은 정말 호랑이도 제 말하면 나온다는 말을 실감하게 해주는 존재였다.

“어, 엄마.”

“한아? 너 여태까지 대체 어딜 싸돌아다닌 건지 간단하게 요약 정리해서 엄마한테 말 좀 해줄래?”

엄마의 눈에서 레이저 빔이 자동 발사되는 것 같은 강렬한 시선을 느끼며 내가 주춤주춤 뒷걸음질을 쳤다. 완전히 까먹고 있었다. 분명 엄마한테는 원단 가게 할머니한테 말만 전하고 바로 돌아온다고 하고서는 그대로 휙 사라져버린 꼴이니…… 입이 열 개가 아닌 백 개라도 할 말이 없었다.

"엄마 그니깐."

엄마가 내게 성큼성큼 걸어왔다. 축지법이라도 썼나 의심이 갈 정도로 빠른 속도였다. 한 대 맞나 싶어 움찔하는 순간 예상치 못한 따스한 포옹이 몸을 감쌌다.

"어?"
"걱정했잖아."

엄마가 나를 꼬옥 안았다. 엄마의 목소리가 차분했다. 포옹을 풀고 나를 쳐다보는 엄마의 눈빛이 따뜻했다.

"원단 할아버지네 일도 그렇고, 현 씨로부터 너와 오늘 중요한 대화를 할 게 있다고 들어서 일부러 찾진 않았어. 그렇다고 해도!

해 질 때까지 연락 안 하면 걱정하잖아. 핸드폰을 카페에 두고 가는 사람이 어딨어."

엄마가 내 머리를 아프지 않게 알밤을 쥐어박으며 툴툴거렸다. 엄마표 애정 표시가 따스하게 느껴졌다.

엄마의 손을 꼭 잡으며 내가 빙긋 웃자 엄마가 어이없다는 듯이 날 향해 쏘아붙였다.

"하여간 너 같은 곰도 없어. 곰탱아."
"내가 곰이면 곰의 엄마인 엄마는 웅녀겠네?"
"어머, 못 하는 말이 없어 정말."

엄마가 손으로 부채질을 해대며 날 향해 눈을 흘기셨다.

"근데 엄마, 지금 몇 시지?"
"어. 6시 정도 됐는데?"

'오랜 시간이 흐른 거 같은 게 아니라 진짜 시간이 많이 지났구나.'

가로등들이 차례차례 켜지며 남색 하늘로부터 불을 밝혀나갔다. 어둠이 거리에 깔리기 시작했다. 이제 곧 여섯 중 마지막 순번이 나타날 것이었다. 그 전에 엄마로부터 멀리 떨어져야 했다.

"엄마, 곧 있으면 마지막 사람이 나타나."
"아, 그 사람."
"응. 그니까 마지막으로 따로 집에 가자. 나는 먼저 갈게. 오늘 끝장을 보기로 했어."

엄마가 알겠다는 듯이 고개를 끄덕였다. 어두운 표정이 그대로 드러난 엄마의 얼굴이 사뭇 진지했다. 엄마가 내 손을 꼭 잡고 입을 열었다.

"잘 될 거야, 모든 게 다 잘 될 거야. 내 딸……."

엄마가 나를 향해 싱긋 웃었다.

"이따 봐."
"집에서 봐!"

천천히 카페 쪽으로 걸어가는 엄마를 향해 내가 손을 흔들자 엄마가 활짝 미소 지으며 마구마구 양 손을 흔들었다. 내가 살아가야 하는 이유인 저 사람을 위해서라도 난 마지막 타자와 잘 해결해야 할 의무가 있었다.

'하지만 문제는 난 살인자만큼은 어떻게 해결해야 할지 알 수가 없다는 거지.'

사실 그렇다. 개는 나의 감정기복, 어린아이는 내 모든 기억들, 노인은 나의 미래 모습과 내가 보아온 어른들의 생각들, 철학자는 내가 생각한 모든 관념들, 그리고 염세적인 남자는 세상에 겁먹은 자기 보호가 강한 나의 내면을 나타낸다. 이렇게 나열해놓았을 때 이 다섯 모두 납득이 갈 수 있다.

하지만 살인자라?

"내가 진짜 누구를 죽이고 싶어서 안달 난 적은 없는데."

가로등 옆에 기대어 한숨을 푹 쉬며 머리를 톡톡 쳐봤지만 도저히 감이 잡히질 않았다. 한 가지 드는 생각이라면 참 내 머리통은 단단하고도 한편 소리가 경쾌해서 수박으로 팔았다면 참 잘 팔렸을 거라는 것 정도?

'제발 잡생각 이제 그만. 살인자가 나의 어떤 부분인지 알아내지 못하면 모든 게 허사가 되어버리니까.'

아까 현 씨가 써준 종이를 다시 꺼내 들며 살인자가 적힌 동그라미를 다시 한번 봤다. 아까 현 씨가 말한 것 중에 힌트가 있지 않았을까?

'살인자는 너를 한 번도 찌른 적 없어?'

현 씨는 왜 그런 질문을 했을까? 살인자가 날 찌르지 않는다는 것과 내가 무슨 관련이 있는 거지. 아니 근데 생각을 해보면 내가 그에게 생선가게 고등어처럼 썰리지 않기 위해 죽자 살자 도망쳐 나와서 그렇지 그가 나를 찌르려 하지 않았다는 보장은 없었다.

"정말 나타나봐야 알겠네."

결론은 그거였다. 만나야 모든 것이 풀릴 것이다. 터덜터덜 어제 살인자를 만났던 골목으로 걸어가기 시작했다.

'이 사람의 존재까지 밝혀내면 난 어떻게 되는 거지?'

이제 이 여섯 존재가 눈앞에 나타나지 않으면 난 정상적인 생활을 할 수가 있겠지? 아니 근데 정상적인 생활이란 건 뭐지? 애초부터 그런 생활은 누가 정해놓은 거야. 그들이 사라지면 내 시간이 많아지기야 하겠지. 근데 좀 쓸쓸할 거 같긴 하네.

철학자는 내게 그저 나의 한 부분으로 살아간다 했다. 예전에 꼬마 아이가 스며든다고 했던 말이 그 의미일거 같긴 하나 뭔가 쓸쓸했다. 아무리 곁에 있다고는 하나 더 이상 눈에 보이지 않으면 사라지는 것과 다를 바 없지 않은가.

"일단 이 고민은 살인자와 대면한 후에 해야겠어."

더욱 쌀쌀해진 날씨에 옷깃을 여미며 가로등에 등을 기댔다. 밤이 되면 사람들이 잘 다니지 않는 이 골목이 오늘따라 유난히 친근하게 여겨졌다. 카페에서 집까지 이어져 있는 길 중 유난히 외진 이 골목. 살인자와 만날 때면 언제나 이 골목을 이용했지.

눈을 감으며 조용히 공기 사이로 입김을 내뿜었다. 저벅저벅 무거운 발걸음 소리가 멀리서 들려왔다.

드디어 나타났다. 그들 여섯 존재 중 마지막 인물 살인자가.

'네가 나의 어떤 모습인지 알아차리지 못한다면 넌 영원히 내 주위를 맴돌겠지.'

몸을 일으켜 살인자를 똑바로 주시했다. 그는 여전히 한 손에 시뻘건 피가 뚝뚝 떨어지는 단도를 콱 움켜진 채 나를 노려보고 있었다. 광기를 머금은 웃음을 얼굴에 가득 띠며 그가 내게 질문했다.

"오늘도 같은 질문을 하겠다. 누굴 죽여줄까? 개? 노인? 아이? 철학자? 남자?"

살인자가 성큼성큼 다가오며 피 묻은 단도를 서서히 내 눈앞에 들어밀었다. 온몸에 소름이 끼치며 근육이 긴장해왔다. 역시 만만한 상대가 아니었다.

"당신은 왜 그 다섯을 죽이려는 거야?"
"오늘도 같은 질문을 하겠다."

살인자는 내 말이 들리지 않는다는 듯이 단도를 빙빙 돌리며 같은 말을 반복했다. 그의 입이 가로로 찢어지며 섬뜩한 미소를 담아냈다.

"누굴 죽여줄까? 개? 노인? 아이? 철학자? 남자?"
"역시 말이 통하질 않네. 안 죽여도 돼. 제발 내 말 좀 들어봐요."

살인자로부터 한 발짝 물러서며 그에게 소리쳤다. 저 단도만 없어도 상황이 훨씬 수월해질 텐데. 단도를 뺏을 방법을 고민하며 가만히 그를 주시하던 순간 그가 나를 향해 손을 뻗으며 외쳤다.

"아니면 너?"

내 얼굴을 향해 뻗어 나오는 손을 간신히 피하며 몸을 확 돌려 본능적으로 골목길을 미친 듯이 뛰기 시작했다. 잡히는 순간 죽을 게 뻔하다는 생각이 머릿속을 지배했다. 숨이 또다시 차오르며 입에서 비릿한 쇠의 맛이 맴돌았다. 심장은 터질 듯이 쿵쾅거렸고 공포로 인해 동공이 이리저리 흔들렸다.

'어쩌지? 어쩌지? 대화 자체가 안 통하는 데 이럴 땐 대체 어쩌라는 거야?"

입에서 컥컥거리는 소리가 새어 나왔다. 침이 말라 목이 막혀왔다. 그의 피 묻은 단도가 눈앞에서 어른거렸다. 잠깐. 피 묻은 단도?

"그 피는 대체 누구 피지?"

이제까지 그가 나를 찌르는데 성공한 적은 한 번도 없었다. 그럼 그 피는 대체 누구 피라는 거지?

뛰던 속도를 확 늦춰 살인자를 향해 고개를 돌렸다. 그가 날 미친 듯이 쫓아오고 있었다. 이 속도라면 그에게 따라잡히는 것은 한 순간일 것이었다.

'도박을 해보자. 목숨을 걸고.'

살인자가 나를 향해 돌진하고 있었다. 그가 나를 붙잡기 일보 직전 난 몸을 틀어 두 손을 대자로 벌리며 그 자리에 우뚝 섰다. 푸욱 하는 소리와 함께 불로 지지는 듯한 고통이 복부를 강타했다. 정신이 아찔했다. 그의 피 묻은 단도가 내 옆구리를 그대로 관통했다. 피가 분수처럼 뿜어져 나왔다. 모든 순간순간이 슬로모션처럼 눈앞에서 흘러갔다.

"커헙!"

살인자가 신음을 터트리며 그 자리에서 고꾸라졌다. 단도는 내 배에 꽂혀 있는데도 그가 고통에 찬 비명을 질러대기 시작했다.

아, 역시나 그랬구나.

"다, 당신은 날 찌를 생각이 애초부터 없었구나?"

살인자는 항상 날 쫓기만 할 뿐 날 찌른 적은 한 번도 없었다. 마음만 먹으면 충분히 날 죽일 수도 있었을 텐데. 지금의 상황은 그도 예상하지 못한 상황임에 틀림없으리라.

"찔린 건 나인데 왜 지금 당신 옆구리에서 피가 솟구치는 건데? 그리고 찔리는 순간은 고통을 느꼈지만 지금은 느껴지질 않아. 당신이 지금 대신 느끼고 있는 거지?"

어느새 피가 멈춘 옆구리를 스윽 만지며 그의 어깨를 흔들었다. 어느새 단도가 내 옆구리가 아닌 그의 옆구리에 박혀 있었다. 처음부터 찔린 사람은 내가 아니라 그였던 것처럼.

"내 생각이 맞았네. 사실 당신이 살인자라는 말도 다 거짓이었던 거야."

살인자의 옷을 확 걷어 올리며 단도를 뽑아냈다. 단도를 뽑아낸 자리 말고도 그의 몸에는 수많은 흉터들이 가득했다. 지금까지 그의 단도에 묻어 있던 피는 그가 그의 몸을 자해하면서 묻은 자신의 피였던 것이었다.

"단도에 묻어 있던 피는 네 피가 맞지?"

살인자가 나를 소름 끼치게 노려봤다. 평소 같으면 겁에 질려 도망쳤을 텐데 지금 이 순간만은 그가 너무나도 안쓰러워 보였다.

"넌 지금까지 자해를 해왔던 거지? 겉으로는 살인자인 척하면서 사람들이 겁에 질려 가까이에 다가가지 못하게 만든 뒤 계속 몸에 생채기를 만들어왔겠지. 누구에게도 들키고 싶지 않았을 테니까."

살인자가 자리에서 벌떡 일어나 내 손을 콰악 눌렀다. 손이 기괴한 방향으로 틀어지며 바닥에 내리 찍혔다. 아팠다. 하지만 이내 살인자가 비명을 지르며 자신의 손을 감싸 쥐자 고통이 금세 사라지며 감각이 돌아왔다.

"넌 내가 나 자신을 혐오하고 싫어하는 마음을 한데 모아둔 나의 모습이었던 거였어. 그치? 못난 내 모습. 불쌍한 내 모습. 자해를 반복하며 스스로에게 고통을 주는 측은한 나 자신."

살인자가 몸을 일으키며 쿨럭 하고 피를 토해냈다. 그의 옆구리에는 어느새 거대한 흉터가 새로이 자리 잡고 있었다. 그를 향해 한 발짝 다가갔다. 양 손을 벌린 채로 미소를 머금은 채로.

"미안해, 나 자신."

방어 자세를 취하고 있는 그를 품 안에 쏘옥 안았다. 우둘투둘한 상처 자국이 손에 그대로 느껴졌다. 이게 그의 실체였다. 두려움에 떨고 계속 무시해왔던 불쌍한 나 자신.

"난 너를 사랑해. 그러니까 더 이상 상처 입히지 마. 더 이상 누굴 죽인다고 말할 필요도 없고 너 스스로를 찌를 필요도 없어. 더 이상 자학하지 마. 난 네가 내 안에 존재한다는 것을 알아. 네가 얼마나 외로웠을지도 알아. 지금까지 몰라줘서 미안해. 지금까지 혼자 내버려둬서 미안해."

따스한 온기가 껴안은 두 팔을 감쌌다. 그의 심장 고동소리가 들려왔다. 나와 똑같은 템포로, 똑같은 크기의 소리를 내고 있는 심장 고동 소리가 내 귀를 울렸다. 쩔렁 하는 소리와 함께 살인자의 손에서 단도가 떨어졌다. 그의 손이 덜덜 떨리고 있었다. 그가 떨고 있었다.

"지금까지 잘 기다려줘서 고마워."

살인자의 얼굴을 바라보며 가만히 그의 뺨에 손을 얹었다. 그의 양쪽으로 찢어진 듯이 올라가 있는 입술 위로 눈물이 주르륵 흐르고 있었다.

“웃고 있는 것 아니었어?”

손등 위로 흐르는 뜨거운 액체가 모든 걸 납득시켰다. 그는 사실 웃고 있는 것이 아니었다. 그가 광기에 차서 웃고 있다고 생각한 그 모든 표정들은 사실 울고 있는 것이었다. 겁에 질려 제대로 보지 못한 탓에 내 멋대로 판단한 그의 웃음들은 사실 그의 울음이었던 것이다.

‘난 정말 처음부터 끝까지 제멋대로였던 거네.’

그의 눈물을 닦아주며 떨어진 단도를 집어 들었다. 이젠 마지막 인사를 해야 할 시간이었다.

“난 너라는 존재를 버리지 않을 거야. 이런 너를 사랑하니까. 넌 나야.”

심호흡을 하고 난 조용히 말을 이었다.

“난 나를 사랑해.”

피가 말라붙기 시작하는 단도를 저 멀리 던져버림과 동시에 그가 내 한 손을 부드럽게 감싸 잡았다. 그의 눈망울이 눈물로 그렁그렁했다. 그가 떨리는 입술을 열어 말했다.

"날 사랑해?"
"응. 널, 그리고 날 사랑해."

그의 눈에서 눈물이 솟구쳤다. 그가 고개를 숙인 채 서서히 울부짖기 시작했다. 지금까지의 길고도 긴 2년간의 여정이 끝나는 순간이었다.

"개, 노인, 꼬마, 철학자, 염세적인 남자 그리고 너. 모두 지금까지 고생했어."

살인자의 울부짖음 사이로 주마등처럼 그 다섯 존재의 모습이 빠르게 지나쳐 갔다.
이젠 정말 작별의 순간이 왔다.
너무나도 빠르게 눈앞에 보였다 사라지는 바람에 그들이 그 순간에 내게 어떤 말을 했는지는 기억하지 못하지만, 한 가지 확실한 것은 그들이 모두 근사한 웃음을 짓고 있었다는 점이었다.

그렇게 그날 밤 우린 2년간의 긴긴 이야기의 엔딩을 맞이했다.

"엄마! 카페에 두고 갔던 천들 못 봤어?"

이른 아침부터 카페에 나와 카페 구석구석을 뒤지고 있는 나를 어리둥절하게 쳐다보는 엄마의 시선은 아랑곳하지 않고 내가 다짜고짜 호들갑을 떨자, 엄마가 나에게 다가와 열을 재면서 중얼거렸다.

"열은 없는데. 무슨 일이래?"
"왜?"
"이렇게 일찍 나오기는 처음이라서."
"칭찬 좀 해주면 안 돼?"
"잘했어."

엄마가 내 머리를 쓰다듬으면서 씨익 웃었다.

"근데, 어제 드디어 해피엔딩이 된 거지?"
"그 여섯 존재…… 이제 영영 눈앞에 나타나지 않을 거야."
"정말? 사실 무언가 중요한 일이 네게 일어나고 있다고 생각했어. 엄마는 알고 있었어. 네가 반드시 다시 일어날 거라는 걸…… 그런데 어떻게?"

"엄마. 그 긴 얘긴 내가 따로 해줄게요. 지금은 천을 찾는 게 더 급해."

"아, 아까 찾던 천 무더기 말이야? 그거 장례식에서 가져온 거 맞지?"

"맞아. 본 적 있어?"

"그거 여기에 개켜서 다 모셔뒀지."

엄마가 휴게실 서랍에 곱게 개켜둔 천들을 꺼내서 내게 건넸다.

부드러운 감촉이 손등을 타고 사르르 팔을 감았다.

그 순간이었다.

'우리는 그 사람 자체를 그리워하는 것이 아니다. 그 사람과 공유했던 추억, 그 사람의 육신 그리고 그 사람의 목소리를 그리워하는 것이지.'

철학자의 목소리가 머릿속으로 잔잔하게 흘러 들어왔다. 눈이 번쩍 떠지며 순간적으로 손에 쥐고 있던 천 뭉치들이 스르르 떨어졌다.

뭐지? 아까의 목소리는?

"철학자?"

카페 안에는 나와 엄마를 제외하고는 아무도 없었다. 고개를 돌려 주위를 샅샅이 살폈지만 철학자의 모습은 보이질 않았다.

'당신이 내 안에서 살아간다고 했던 게 이런 거였어?'

"한아, 왜 그래?"
"아냐, 아무것도."

여섯 존재가 스민 가슴 위에 조용히 손을 얹으며 눈을 감았다.
예전처럼 어딘가 텅 빈 것 같은 느낌이 더 이상 들지 않았다.
돌아왔다. 내게로…….
그 말이 지금 이 상황에 가장 알맞은 말일 것이다.
그 여섯 존재들이 들어와 메운 자리는 그저 가슴 벅차 오르는 충만함으로 채워져 그 어떠한 불안감도 존재하지 않았다.

'정말 최고의 해피엔딩이지.'

이 거대한 이야기가 끝났다는 느낌이 아직도 실감나지 않았다.
그 순간, 남아 있던 천 뭉치로부터 조그만 손수건 하나가 툭 하고 떨어져 나왔다.

"한아, 이게 뭐야?"

엄마가 손수건을 주우며 고개를 갸우뚱했다. 베이지색의 간단한 프릴 장식만을 두른, 어떠한 화려함도 찾아볼 수 없는 지극히도 평범한 손수건이었다.

물론 이 문구가 없었더라면 말이다.

'I'm Mr. A'

첫 번째 이야기는 이렇게 끝을 맺는다.

우리는 잠시 이들을 잊도록 하자.

아직 두 주인공들의 얘기가 남아 있으니…….

이 거리에는 영생을 사는 기이한 인물이 있다고 한다. 그 인물은 이곳에서 살아가는 모든 사람들의 비밀을 알고 있으며 사람들의 말할 수 없는 고통들을 조용히 해결해준다고 한다. 사람들은 그 인물을 A씨라고 불러왔다.

chapter 2

고래를 찾아서

온 세상이 며칠 후에 맞이할 크리스마스를 준비하며 기쁨에 잠겨 있던 날, 남자는 미동도 없이 캄캄한 어둠 속에 홀로 앉아 있었다. 마치 그의 모든 시간이 정지한 것처럼 그는 가만히 의자 위에 앉아 핏발 선 눈으로 현관문만 노려보고 있었다. 남자의 이름은 '이안'이었다. 그리고 그는 현재 자정이 되도록 돌아오지 않는 그의 연인을 기다리고 있었다.

그의 연인은 병이 있었다, 기억이 뒤로 자꾸만 자꾸만 돌아가는 병이. 하지만 다음날 아침이 되면 멀쩡하게 기억을 되찾는 기이한 병이 그의 연인에겐 있었다.

"철컹!"

현관문 보조등이 켜지며 녹슨 열쇠에 의해 비명을 지르며 열리는 문틈 사이로 새하얀 입김이 흘러 들어왔다. 갈색 외투자락과 붉은 목도리가 이안의 눈 안에 들어오는 순간 그는 벌떡 일어나 현관문으로 성큼성큼 걸어갔다.

"왜 이렇게 늦었어?"

억세게 여자의 어깨를 잡아 비트는 이안의 손이 성나 보였다. 걱정되는 말투와는 대조적인, 분노가 가득한 눈빛이 소름 끼쳤다. 싸하게 밀려오는 고통에 여자가 얼굴을 찌푸리며 이안을 향해 쏘아붙였다.

"저, 죄송하지만 누구시죠? 주거 침입이란 거 모르세요? 지금 나가시면 경찰에 신고 안 할 테니까 나가세요. 남의 집 들어와서 술주정 하지 마시고요."

"또 무슨 헛소리를 지껄이는 거야? 나 기억 안 나?"

"남의 집에 어떻게 들어왔는지는 모르겠지만 엄연한 불법행위예요. 경찰에 신고할 거예요. 당장 나가요."

"유소현!"

꽉 잡은 어깨에 힘을 주며 이안이 소리쳤다. 이안의 핏줄 선 두 손이 떨려왔다. 소현의 눈이 겁에 질리면서 이내 그녀의 입에서 날카로운 비명이 찢어질 듯이 차가운 공기를 뚫으며 튀어나왔다.

"내 이름을 어떻게 알고 있어요? 당신 누구예요?"
"유소현! 내 말 들어."
"싫어요. 미성년자에게 이게 뭐 하는 짓이에요! 이거 안 놔?"

소현이 급기야 이안의 팔을 물어뜯었다. 살점이 뜯겨나가는 듯한 고통에 이안이 신음을 토하며 소현의 팔을 덥석 잡았다. 그가 입을 열어 말을 이어나갔다.

"네가, 지금 고등학생이라고?"
"그게 아저씨랑 무슨 상관인데요? 이거 안 놔요?"
"너 이 사거리 앞 고등학교 다니지?"
"그걸 어떻게 알아요?"

이안이 물어뜯긴 팔을 주무르며 하아 하고 땅이 꺼질 듯 한숨을 내쉬었다. 그녀의 병이 점점 심각해지고 있었다.

"잘 들어. 넌 지금 스물네 살이야. 넌 병이 있어. 시간이 가면 갈수록 기억이 과거로 돌아가는 병. 넌 고등학생이 아니야. 고등학교는 이미 5년 전에 졸업했어."

"그게 무슨 말도 안 되는 소리예요!"

"네가 고등학생이면 지금 시험 기간일 텐데, 왜 책이라곤 단 한 권도 네 손엔 들려있지 않은 거지? 아니 애초부터 오늘 아침에 학교를 간 기억이 남아 있니?"

이안이 차분한 눈길로 소현을 지그시 쳐다봤다. 다 안다는 표정으로 여유롭게, 하지만 애달프게…… 이안이 손을 천천히 소현의 머리 위에 얹으며 말을 이었다.

"봐, 기억이 없지?"

"아니야. 아니야, 아니야."

"유소현 스물네 살. 넌 오늘 아침에 스스로 병원을 알아보겠다고 집을 나섰어. 그러고는 오후부터 갑자기 연락이 끊긴 채로 지금까지 집에 돌아오지 않았지. 그리고 난 이제나저제나 하며 잠시도 못 앉아 있고 안절부절못하고 있는데 너의 기억은 고등학생 때로 돌아가 있네. 난 어찌해야 할까?"

이안의 깊은 눈동자가 서글프게 소현의 두 손을 조용히 응시했다. 아까의 끓어오르던 분노는 가라앉았는지 그의 두 손이 차분하게 소현의 몸을 끌어안았다. 그녀의 몸이 미친 듯이 떨리고 있었다. 그녀의 기억이 온전치 않다는 증거였다.

"당신 누구야?"
"이안. 너와 2년 동안 이 집에서 살아온 사람. 화실을 다니는 너를 가장 잘 아는 남자."

소현이 이안의 가슴을 팍 밀치며 자신의 머리를 뽑을 듯이 쥐어뜯었다. 흘러 들어오는 기억이 혼란스러운 듯 소현의 입에서 연신 흐느낌이 흘러나왔다.

"이안. 당신 이름이 이안이라고?"
"기억나?"

소현의 어깨를 조용히 토닥이며 이안이 미소 지었다. 이 증상이 나타난 지 벌써 1년. 소현의 기억은 스물네 살에서 스물두 살로 열아홉 살로, 이젠 열여덟 살 때까지로 돌아가고 있었다. 그럼에도 정신 병원과 같은 곳에 보내지는 것이 싫어 제대로 된 진료도 못 받고 있는 상황이었다.

'드디어 오늘 병원에 가나 했더니만. 분명 병원 문턱도 못 디디고 이 주변을 어슬렁거렸겠구나.'

소현이 기억을 되찾을 때까지 그녀를 달래며 이안이 마음속으로 깊은 탄식을 터트려냈다. 매일매일이 전쟁이었다. 기억을 잃고 돌아온 소현은 매일같이 이안을 낯선 침입자 취급했고 그녀가 스스로 기억을 잃고 있다는 것을 자각할 때까지 이안은 아까와 같이 그녀를 안정시키고 설득해야 했다.

'문제는 기억이 중학생 때로 돌아가버리면 이 집도 기억을 못할 것이라는 거지.'

소현이 고등학생 때부터 살았던 이 집에서 두 사람이 살기 시작한 것은 정말 천운이었다. 그렇지 않았더라면 오늘도 이렇게 집으로 무사히 돌아올 수는 없었을 테니까.

"이안?"

소현이 흐느낌을 멈추고 이안을 올려다봤다. 기억이 다시 말짱히 돌아왔는지 소현은 '이를 어째'라는 표정을 지으며 이안의 두 팔을 꽉 붙들고 있었다. 그녀의 두 눈망울이 그렁그렁했다. 소현이 입을 열었다.

“이안, 나 오늘 정말 병원 가보려 했는데.”

“했는데?”

“중간에 잠시 길 찾다가 벤치에 앉아서 쉬는 도중에 멍 때렸거든. 그 순간 기억이 뒤로 훅 하고 돌아간 모양이야.”

“그때의 기억은 몇 살 때였는데?”

“스물두 살 때 정도. 그때가 11시쯤 됐을 거야. 수요일은 항상 11시면 공강이라서 도서관에 가서 죽치고 있었어.”

“그러게 내가 병원 데려다준다니까 자기 일은 자기가 알아서 한다고 그렇게 뿌득뿌득 우기더니만. 이럴 줄 알았어.”

“그냥 네가 날 병원에 바래다주는 순간 내가 정신병자가 되는 거 같아서 싫었어.”

“이 얘긴 그만하자. 어쨌든 내가 내일은 꼭 병원에 데려다줄 테니까 그땐 군말 말고 따라와.”

소현이 입을 꾹 다문 채로 고개를 끄덕였다. 자존심이 강한 까닭에 이런 사소한 말 한마디도 상처가 될 것을 알고 있었지만 더 이상은 방치할 수 없었다. 생각해보면 병원에 입원하지 않고 이렇게 1년을 버텨온 것도 대단한 일이었다.

'그래도 다행인 건 이렇게 대화를 하면 기억이 돌아온다는 거지. 설령 돌아오지 않아도 다음날 아침이 되면 다시 말짱해지니까 병원에 가지 않고 기다려보려 했건만. 이제는 상황이 너무 심각해졌어.'

이안이 머리를 지그시 누르며 미간을 찌푸렸다. 소현의 병은 여러모로 문제가 많았다. 오늘만 해도 갑자기 병원 가는 길에 기억이 돌아가버린 탓에 무작정 대학교 도서관에 가서 아무 자리에나 털썩 앉아 시간을 때우고 있질 않나. 그러고 나서는 기억이 더 돌아가버려서 자기가 고등학생인줄 알지를 않나. 오늘은 그나마 다행히 공강인 날이라 강의를 들으러 수업에 들어가지 않았지, 만약에 오늘이 수요일이 아니었다면 그녀는 대학교에서 수많은 사람들 앞에서 망신을 당했을지도 몰랐다. 아니 만약에 기억이 점점 더 빠른 속도로 돌아간다면 대학교가 아닌 고등학교에, 그야말로 무단 침입해 수업을 들을지는 아무도 모르는 일이었다.

"어쨌든 상황 정리를 해보자. 분명 한 달 전까지는 기억이 스무 살까지만 돌아가고 그 이상은 안 돌아갔잖아. 언제부터 기억이 고등학생 때로 돌아간 거야?"

"한 2주 전부터?"

"몇 시쯤에 고등학생 때의 기억으로 돌아가?"

"시간은 정해져 있지 않아. 아무 말 없이 길을 걷다 보면 나 스스로가 고등학생이라고 생각돼. 천만 다행인 것은 난 그 나이 때 항상 9시 전에는 집에 오는 게 습관이 있어 딱히 다른 데 들리지 않는다는 거지."

소현이 정말 다행이지 않냐는 듯이 눈을 반짝거리며 이안을 응시했다. 이안의 표정이 누그러지며 온몸에 실려 있던 긴장을 조금이나마 푸는 듯 하아 하고 가벼운 한숨을 내쉬었다. 그가 천천히 입을 열었다.

"소현아. 우리 지금까지는 내가 널 화실에 데려다놓고 계속 감시하면서 네 병을 숨겨왔잖아. 근데 이젠 그게 점점 불가능해질 것 같아. 우리가 만난 게 스물두 살 땐데, 네 기억이 그보다 더 전으로 돌아가서 심지어 고등학생 때까지로 돌아가니……."

"저. 이안……."

"다른 뜻이 있는 게 아니라 내가 지금 하고 싶은 말은 네게 만약에 병이 있다는 것이 의학적으로 증명이 된다면 병원 치료를 받자는 거야. 입원을 해야 한다면 하는 거구."

"이안. 나 사실……."

"소현아, 내 말은 네가 기억을 잃는 시간이 점점 빨라지고 있다는 거야. 예전에는 최소 오후 5시까지는 온전한 기억을 가지고 있었는데 지금은 3시만 돼도 현재의 기억을 잃고 과거로 돌아가잖아."

"이안! 내 말 좀 들어봐."

소현이 소리를 빽 지르며 이안의 가슴팍을 강하게 밀쳤다. 그녀의 그렁그렁하던 두 눈에서 톡하고 눈물방울이 떨어졌다. 갑작스런 눈물에 말문이 막힌 이안을 향해 소현이 말을 이었다.

"알아. 심각해지는 거. 근데 나 사실 기억을 잃기 시작했을 무렵에 이미 병원을 가봤었어."

"뭐? 그런데 왜 말 안 했어?"

"병이 아니래. 스트레스성이니까 약을 투여해보자 그래서 너 몰래 꾸역꾸역 복용했어. 근데 전혀 차도가 없었어."

"왜 내겐 안 털어놨어!"

"다른 병원에 갔는데도 같은 말뿐이더라. 신경안정제만 줄 뿐, 다른 이상 징후가 없으니 다른 약은 줄 수가 없대. 너한테 말을 하려 했는데 네가 자꾸 병원에 가보자 하니까 차마 그 앞에다 대고 이미 가봤는데 치료가 불가능하다고 말할 수가 없었어. 내일 병원 가는 차 안에서 얘기하려 했는데, 지금 하게 되네."

"소현아……."

"네가 나 때문에 일에도 전념 못하고 나 뒤치다꺼리 하느라 얼마나 지친지 알아. 화실에다 나 묶어놓느라 과거로 돌아간 나한테 그때그때 거짓말을 하며 날 안정시키는 것도 알고. 매일 저녁마다 날 설득시켜서 기억을 되돌려주는 것도 고마워. 다음날 아침이 되어서 내 기억이 다시 온전해지면 아무것도 묻지 않고 평소처럼 대해주는 것도 고마워. 근데 나 사실 이렇게 고마운 너한테 말 못한 비밀이 하나 더 있어."

"병원을 몰래 간 적 있었다는 거 빼고?"

"응."

소현이 곤란한 듯 이안의 눈을 피하면서 고개를 끄덕였다. 이보다 심각한 일이 더 있다니. 이안이 반쯤 돌아버릴 것 같은 머리를 부여잡으며 소현에게 애써 아무렇지 않은 듯이 물었다.

"뭔데 그래."

"말 못해."

"지금 와서 나한테 못할 말이 뭐가 있어."

"네가 안 믿어줄 거 같아."

"네가 기억이 되돌아간다는 것도 믿어주는 사람이야. 그리고 이렇게 널 보살피고 있고. 그런 사람이 뭘 못 믿겠어?"

"사실 얼마 뒤에 말할 생각이긴 했어. 그런데 오늘 다 불게 됐네."

소현이 이안을 가로질러 소파에 털썩 걸터앉더니 이안을 말없이 응시했다. 오묘한 그녀의 눈빛이 어둠 속 등대처럼 반짝였다. 그녀의 한 손가락이 소파를 쓸고는 자기 방문을 가리켰다.

"밤마다 내 방에서 이상한 일이 일어나."

"뭐?"

"가만히 의자에 앉아 있다 보면 방에 물이 차올라. 그러곤 고래를 만나게 돼."

소현이 어떠한 장난기도 없는 얼굴로 이안을 쳐다봤다. 이안이 황당하다는 듯이 코웃음을 치자, 그녀가 이안에게 쏘아붙였다.

"봐봐, 안 믿잖아."

"아니야. 소현아, 계속 말해봐."

"넌 이미 내 말을 믿고 있지 않는걸."

"소현아. 네가 자꾸 이렇게 나오면 내가 지쳐."

"아냐. 말 안 할래. 들어가서 자. 내일은 오늘처럼 돌발 행동하지 않고 얌전히 화실에서 갇혀 있을 테니까."

"유소현, 너 진짜."

"내가 기억을 점점 더 빨리 잃는 거 같다 싶으면 내버려뒀다가 아까처럼 다시 일깨워줘. 그게 너로서는 덜 피곤할 거야. 기억이 돌아갈 때마다 다시 일깨우는 건 정말 내가 생각해도 진저리나게 짜증나는 일이니까. 그리고 내가 고등학교 시절 기억마저 잃어버릴 것 같으면 날 병원에 감금해도 좋아. 그래도 널 탓하지 않을게."

이안에게 마지막 한 단어까지 정성스럽게 쏘아붙인 뒤에 소현은 자신의 방문을 쾅 소리 나게 닫아버렸다. 문 밖에서 자신의 이름을 애타게 부르는 이안을 무시하며 소현은 자신의 의자에 편안하게 몸을 눕혔다.

'정말이라니까. 안 믿네.'

하긴 세상에 어떤 정신 나간 사람이 방에 물이 차오른다는 말을 믿겠는가. 설령 듣는 사람이 자신이어도 코웃음 치며 무시해버릴 만한 말인데, 이안은 오죽할까. 소현이 깊은 한숨을 내쉬며 천천히 눈을 감았다. 정적이 가득한 방 안에는 시계 초침 소리만이 그녀가 살아 있음을 증명해주듯 잔잔히 그녀의 귀를 울리고 있었다. 이제 곧 이 작은 소리마저도 물속에 가라앉아버릴 것이었다.

아아, 그녀의 방에 물이 차오르기 시작했다.

"쏴아아아아."

차가운 물의 감촉이 발끝으로 느껴지기 시작했다. 소현이 감았던 눈을 서서히 뜨며 편안한 웃음을 지었다. 푸른빛이 가득한 강물이 점점 차오르며 네온사인처럼 방 안을 온통 청색으로 물들였다. 넘실대는 푸른 물결 사이로 새하얀 비늘들이 빛을 반사시켰다.

나타났다. 방 안을 헤엄치는 요상한 잉어 무리가.

"언제 봐도 환상적이네 정말."

발목까지 차오른 강물을 발로 찰방찰방 넘으며 소현이 환하게 웃었다. 소현의 발걸음에 의해 튀어 오르는 물방울들이 보석처럼 빛을 반사시키며 반짝반짝 빛났다. 새하얀 잉어들이 소현의 발을 피해 이리저리 헤엄치며 비늘로 그녀의 다리를 쓸자 소현이 어린 아이처럼 까르르 하고 웃음을 터트렸다. 수위가 점점 높아지면 높아질수록 물속을 돌아다니는 잉어의 크기와 수가 늘어났다.

어느새 허벅지 높이까지 차오른 강물은 소현을 덮칠 듯이 넘실댔고 물속에서 태어난 쪽빛은 점점 더 화려하게 빛을 반사하며 방 안을 여름 하늘처럼 만들었다. 환상적이다. 소현은 이 말이 지금의 풍경을 가장 잘 표현해 줄 수 있는 말이라 여겨졌다.

"그래. 이걸 보지 않고는 어떻게 믿겠어."

소현이 이젠 숨쉬기가 벅찰 정도로 출렁거리는 강물 사이로 조용히 속삭이다 물속으로 얼굴을 담갔다. 파아란 강물 빛깔이 가슴 벅차도록 아름답게 눈앞에서 일렁였다. 소현은 가만히 두 손을 뻗어 파란 강물을 이리저리 휘저었다.

'예쁘다.'

청량음료를 마신 것처럼 시원한 느낌이 심장을 채웠다. 이 기분을 이안도 느낄 수 있다면 좋을 텐데. 소현이 눈을 감았다 뜨며 조용히 소곤거렸다.

푸른 강물 사이로 새로 생겨난 잉어 무리들이 여유롭게 소현의 주변을 헤엄쳐 다니고 있었다.

순백색 지느러미들이 소현의 근처를 배회하며 그 영역을 넓혀갈 즈음 소현의 귓가에서 철썩이는 소리가 들려왔다.

'기분 좋은 소리.'

강의 선율, 강의 목소리, 안정적인 음색. 소현이 가장 사랑하는 소리가 귓가를 맴돌았다. 물은 계속해서 방 안을 메워갔다. 소현의 눈을 감싸고 머리카락을 적시고 방 안의 모든 것을 삼켜갔다.

"부그르르르."

그녀의 입에서 내뿜어진 공기 방울들이 비눗방울처럼 떠올라 천장에 닿자마자 퐁 하고 터졌다.

'어디가 하늘이고 어디가 땅일까.'

위아래조차 없이 물로 가득한 공간 속에서는 모든 생각들이 단순 명료해졌다. 눈앞을 떠다니는 잡동사니들과 가재도구들, 백색 잉어들을 제외한, 적색, 녹색, 검은색 어류들이 소현의 눈 속으로 들어왔다. 소현의 입가에 작은 웃음이 걸렸다.

'이 공간이 정말 좋다.'

숨을 쉬지 않아도 숨이 막히지 않는, 마치 모든 시간이 멈춰버린 듯한 이 물속이 좋았다. 이곳에서만큼은 온전히 자리 잡고 있는 기억도 좋았고, 중력을 무시한 채 떠다니고 있는 가구들도 마음에 들었다.

나른한 행복감이 가슴속에서 피어났다. 근질거리는 가슴의 울렁임 사이로 한 송이 꽃이 피어오르는 것 같았다. 그녀의 발 주위로 잉어들이 헤엄쳐왔다. 빛에 반사돼 별빛이 쏟아지듯 방 안 구석구석을 장식하던 수많은 잉어의 비늘들이 서서히 소현을 둘러쌌다.

"그냥 여기서 영원히 있고 싶다."

소현이 두 눈을 살포시 감으며 중얼거렸다.

"콰직!"

순간 벽 한 면에 실금이 생기더니 그 사이로 청록색 물줄기가 흘러 들어왔다. 우두둑 하는 소리와 함께 물줄기로 인해 벽의 실금이 벌어지며 이내 벽에 거대한 구멍들이 뚫리기 시작했다. 방이 무너져 내리고 있었다.

"돌아오지 않아도 괜찮은데……."

흰색 잉어 떼에 의해 시각이 차단된 소현이 조용히 속삭였다. 방이 무너지고 있다는 것을 느끼며 그녀는 가만히 자신의 무릎에 얼굴을 묻었다. 밀려들어온 청록빛 물줄기에 의해 그녀의 방을 이루고 있던 것들이 모두 쓸려 내려가자 소현의 눈을 가리고 있던 흰 비늘들 또한 서서히 흩어져갔다.

"또 여기네."

가장 먼저 그녀의 눈앞에 펼쳐진 것은 광활한 바다 그 자체였다.

물속의 하늘, 기묘한 공간. 이것이 이 공간을 설명하기에는 가장 적당한 말일 것이었다. 소현이 서 있는 곳은 어떠한 곳도 아닌 바다 위였으니까. 소현이 천천히 앞으로 한 발짝 한 발짝 발을 디딜 때마다 그녀의 발을 중심으로 둥근 원들이 파동을 일으키며 퍼져 나갔다. 마치 물웅덩이에 빗방울이 떨어지는 것처럼 아름다운 물결이 끝도 없이 흘러갔다.

'분명 내가 서 있는 곳은 수면 위인데 말이지. 수면 위에 또 바다가 있어. 어떻게 이럴 수가 있는 거지?'

소현이 자신이 숨을 내쉴 때마다 위로 떠오르는 기포를 보며 중얼거렸다. 마치 지금 자신이 숨 쉬고 있는 공간 또한 물속인 것처럼 주변을 헤엄쳐 다니는 물고기들을 쳐다보며 그녀가 생각했다.

'정말 말도 안 돼.'

소현이 손을 들어 주위를 돌아다니는 물고기들 중 한 마리를 잡아보려고 손을 뻗으며 중얼거렸다.

"여기는 대체 뭐하는 곳일까."

항상 이상하다고 생각했다. 방 안에 물이 차오를 때면 어느 순간부터 자신의 눈을 가리는 하얀 잉어 떼, 갑자기 사라져버린 방과 새로이 모습을 드러낸 기묘한 이 공간, 그녀의 주위를 헤엄쳐 다니는 이색적인 어류들.

"여기서 끝나면 섭섭하지."

그리고 일정한 간격을 두고 수면 밑에서부터 솟아오르는 거대한 물기둥. 아니 빛기둥.

"쏴아아아아아."

소현이 서 있는 곳으로부터 100미터 정도 떨어져 있는 수면 위로 거대한 물기둥이 한없이 솟아올랐다. 빛의 산란에 의해 사파이어처럼 반짝이는 물방울들이 여기저기 뿌려졌다.

'와아.'

황홀한 광경에 소현의 입이 절로 벌어졌다. 매일 밤마다 마주치는 풍경이지만 정말 매일같이 탄성을 지르게 만드는 순간. 소현이 눈을 땡그랗게 뜬 채 물기둥을 향해 서서히 걸어갔다. 그녀의 발걸음이 빨라질수록 수면 위의 물결들이 점점 거세지며 크고 작은 원들을 끊임없이 만들어냈다.

"잠깐만, 잠깐만!"

물기둥이 서서히 사그라지기 시작했다. 물방울을 이리저리 흩뿌려대면서 다시 수면 밑으로 가라앉는 물기둥을 향해 소현이 타다다다 뛰어갔다. 잠시 잊어버리고 있었다. 이 이상한 장소를 벗어나기 위해서는 저 물기둥과 접촉해야 한다는 사실을.

'물론 이곳에서 사는 것도 나쁘지는 않지만, 이곳에 평생 갇혀있고 싶진 않아.'

하지만 소현이 죽을힘을 다해 뛰는 것을 놀리기라도 하듯이 물기둥은 그녀가 손을 대기 일보 직전에 그대로 수면 밑으로 모습을 감춰버렸다. 소현이 허공을 향해 뻗은 손을 어이없다는 듯이 쳐다보다가 이내 그 자리에 털썩 주저앉았다.

'나 참. 내가 왜 이런 곳에 있게 되지? 이런 괴상한 공간에.'

물속의 물. 바다 위 자신이 서 있는 곳. 하지만 자신이 숨 쉬는 공간마저 물속인 기이한 이 장소가 소현은 때로 무서웠다. 하늘조차 물속인 이곳에서 할 수 있는 일이라고는 솟아오르는 물기둥을 쫓는 정도밖에는 없었으니까. 그 외에는 할 수 있는 것이 단 하나도 없었다. 단 하나도…… 소현이 후우 하고 깊은 한숨을 내쉬자 그녀 입에서 뿜어져 나온 기포들이 뽀글뽀글 위를 향해 떠올랐다.

"내가 꼭 물고기가 된 것 같다니까."

소현이 한 손을 들어 수면 위에 조그만 동그라미들을 그리기 시작했다. 이 수면 속에 대체 뭐가 들어 있는지는 짐작조차 가지 않았다. 여태까지 관찰한 결과 알게 된 것이 있다면 수많은 물결들이 수심 깊은 곳으로부터 불협화음을 만들어내며 거대한 소용돌이를 만들어내고 있다는 점 정도. 마치 팽이가 돌듯 물결들이 서로 맞부딪치며 또 다른 새로운 물결들을 만들어낸다. 그게 소현이 아는 수면 밑에 관한 전부였다.

"아, 그리고 하나 더 있지."

그녀의 말이 끝나기도 전에 수면에 거대한 파동이 일기 시작했다. 출렁거리는 물살에 소현이 중심을 잃고 그대로 엎어졌다. 자신의 주변을 맴돌던 물고기들이 하늘 위로 헤엄쳐 올라가기 시작했다.

이 공간의 주인이 다가오고 있었다. 거대한…… 거대한 생명체가 소현을 향해 다가오고 있었다.

"삐이이이이이익!"

귀를 찢는 소리가 수심 깊은 곳으로부터 울려 퍼졌다. 물살이 점점 거세지고 있었다. 잔잔하던 수면 위에 파도가 일기 시작했다.

"콰아아아아!"

소현의 뒤에서 거대한 물기둥이 솟아올랐다. 때로는 봄날의 기묘한 여우비처럼 나른하게, 때로는 여름의 시원한 소나기처럼 거칠게, 그렇게 물방울들이 소현을 덮쳤다. 온몸의 신경들이 살아나는 듯한 기분이 들었다. 소현이 수면 위를 손으로 짚으며 천천히 중심을 잡고 일어섰다. 이곳의 주인이 나타난 이상 인사는 해야겠다, 라는 생각이 갑자기 머릿속을 채웠다.

"물기둥은 어차피 또 솟아오르니까."

소현이 넘실대는 수면 아래를 조용히 주시했다. 커다란 지느러미의 일부가 소현의 눈에 들어왔다. 주인이 자신을 향해 다가오고 있다는 것이 확실해졌다. 이제부터는 정신을 바짝 차려야 했다. 그렇지 않으면 주인에게 먹혀버릴 테니까. 소현이 수면 밑으로 몸을 바짝 붙이며 소리쳤다.

"이봐! 3일 동안 얼굴 한 번 안 비추고 어디 있었던 거야? 저번에 물었던 것에 대한 대답이나 좀 해주지 그래? 넌 왜 날 이곳으로 끌고 들어오는 거야?"

소현이 점점 강하게 이는 파도로부터 몸을 웅크린 후 얼굴을 일그러뜨리며 한 손으로 자신의 다리를 잡아 지탱했다. 휘청거리는 그녀를 향해 다시 한 번 고막을 터트릴 듯이 울려 퍼지는 울음소리가 머리를 뒤흔들었다.

"삐이이이이익!"

철썩거리는 파도 사이로 맑은 갈색 눈망울이 소현의 눈에 들어왔다. 수많은 주름들 사이로 끔뻑이는 눈동자와 소현의 눈이 마주쳤다.

고래. 거대한 고래가 소현을 쳐다보고 있었다.

"나타나셨구만."

소현이 고래에게 시선을 떼지 못 한 채로 웅얼거렸다. 진저리나게 큰 수중 생물이 자신을 향해 돌진하고 있었다.

"쏴아아아아!"

소현의 바로 옆에서 새파란 물기둥이 솟아올랐다. 고래에게 잡아먹히지 않고 현실로 돌아갈 수 있는 절호의 기회였다. 하지만 오늘만큼은 당장 현실로 돌아가기가 싫었다. 자신이 왜 이곳에 있는지. 저 고래는 대체 어떤 존재인지. 두 가지 궁금증 중 하나만큼은 풀고 가야겠다는 생각이 머릿속을 가득 채웠다.

"콜록!"

차가운 물줄기들이 물기둥으로부터 뿜어져 나와 소현을 익사시킬 듯이 내리눌렀다. 정신이 번쩍 들며 두 눈이 동그랗게 떠졌다. 고래가 자신을 비웃듯이 입가에 커다란 미소를 띠고 있었다.

"잠깐만. 설마 물기둥을 네가 뿜어내는 건 아니겠지."

불길한 예감이 온몸을 소름 돋게 만들었다. 설마. 설마.

"콰아아아아!"

고래의 한쪽 지느러미가 수면을 뚫고 올라왔다. 자신이 몇 번을 두드려도 뚫리지 않던 수면이 이렇게 쉽사리 뚫리니 어이가 없어 허탈한 웃음이 소현의 입에서 흘러나왔다. 이건 사기야.

"삐이익!"

고래의 울음소리가 귓가를 스치다가 서서히 잦아들었다. 고래가 다시 점프할 추진력을 얻으려는 듯 물속 깊은 곳으로 빠르게 헤엄쳐 내려가기 시작했다. 지금 아니면 도망칠 기회 따윈 없을 것이었다.

"얌전히 돌아가게만 해주세요."

뭐? 궁금증을 풀어? 그런 건 지금 상황으로서는 사치였다. 자신이 정말 간이 배 밖으로 나온 짓을 했다는 것을 깨달으며 소현이 고래가 나타난 반대 방향으로 달리기 시작했다.

"탁탁탁탁!"

고래로 인해 일어난 물살 때문에 뛰기가 만만치 않았다. 마치 모래 구덩이 위를 뛰는 것처럼 발이 푹푹 빠져 들어갔다. 이러다 정말 먹히는 게 아닐까라는 생각이 뇌를 지배하려는 것을 애써 떨치며 소현이 소리쳤다.

"날 좀 내버려둬!"

그 순간이었다. 소현 앞의 수면이 폭발하더니 거대한 파도가 소현을 덮쳤다. 온몸이 물살에 쓸려나가며 소현의 몸이 강한 물살에 이리저리 튕겨나갔다. 곧이어 수면 위로 솟아오른 거대한 고래 몸통이 소현 눈앞에 들어왔다. 수많은 물방울들이 고래가 튀어 오른 자리로부터 튕겨 나와 소현의 머리 위에 흩뿌려졌다. 고래의 갈색 눈이 반달 모양으로 접힌 채 웃고 있었다. 벌려진 두 입이 마치 슬로우 모션처럼 소현의 눈앞에서 흘러갔다.

"분명 저게 날 잡아먹으려 하는 게 틀림없어."

소현이 몸을 추스르며 입에서 웩웩 짠 바닷물을 뱉어냈다. 정신없이 피해 다니느라 온몸이 천근만근 같았음에도 투정부릴 여유가 없었다. 고래가 다시 수면 밑으로 내려가면서 다시 한번 거대한 물의 파장이 소현을 밀어냈다.

"어떡하지, 이제?"

고래에게 잡아먹히면 정말 끝이라는 생각이 새삼 확 느껴졌다. 소현이 일렁이는 물결위로 두 손을 갖다 대며 수면 밑을 다시 살폈다. 하지만 그녀가 눈에 초점을 맞추기도 전에 커다란 물결들이 그녀의 밑으로부터 넘실대더니 그대로 소현을 집어삼켰다.

"푸와와와와와!"

거대한 물기둥이 소현의 두 손 아래로부터 함께 솟아올랐다. 갑자기 순간순간이 사진 찍히는 것처럼 느리게 흘러가며 고래의 작은 움직임 하나하나가 소현의 눈 안에 들어왔다. 수면을 뚫고 소현을 그대로 삼켜버린 물기둥 아래로 고래의 웃는 눈이 선명하게 보였다.

"일부러 물기둥을 뿜었구나. 요물이네 완전."

물기둥에 둘러싸인 채 소현이 중얼거렸다. 시원한 감촉이 몸 구석구석까지 흘러 들어왔다. 정신이 점점 아득해지며 온몸이 노곤해졌다.

"안 되는데. 아직 알아내야 할 것들이 있는데. 이대로 돌아가면 안 되는데……."

웅얼거리는 입술이 추를 달아놓은 것처럼 무거웠다. 약에 취한 것처럼 몽롱한 정신이 점점 잠에 빠져들고 있었다.

그렇게 또다시 소현은 정신을 잃었다.

"따르르릉!"

알람 시계가 기상시각을 알리며 책상 위에서 덜덜거렸다. 이안이 알람 시계를 내려치는 것과 동시에 침대에서 굴러 떨어지더니 으악 하고 외마디 비명을 질렀다.

"아으, 허리야."

이안은 침대 모서리에 부닥친 허리를 감싸 쥐며 미간을 찌푸렸다. 모든 모서리는 정말 지구상에 존재하는 최고의 고문 도구라는 생각을 하면서, 이내 자리를 털고 일어나 부엌을 향해 느릿느릿 걸어갔다. 그래도 두부 모서리는 맞아줄 만한데 말이야, 헤헤. 웬일인지 이안은 혼자 장난기가 발동하여 두부 모서리에 맞는 시늉을 해

보기까지 했다. 한 발짝 한 발짝 걸음을 내디딜 때마다 나는 발걸음 소리가 이안의 귀를 가볍게 울렸다. 반쯤 젖혀진 커튼 사이로 겨울 햇살이 어두운 방 안을 밝히면서 또 하루가 시작됨을 알려왔다.

'날씨 좋겠는데, 왠지.'

회색빛 하늘을 밀어내고 차츰 온 세상을 연주홍빛으로 가득 채우기 시작하는 아침 풍경을 바라보며 이안이 혼자 중얼거렸다. 뽀얀 구름들이 바람을 따라 서쪽을 향해서 조용히 흘러가고 있었다. 겨울비가 온다고 해서 걱정하고 있었는데, 그런 기우는 머릿속에서 지우라는 듯 아침은 맑고도 환하게 개고 있었다.

"소현이 깨워야겠네."

이안이 냉장고에서 차가운 생수 한 통을 꺼내 자신의 볼에 문지르면서 소현의 방문을 노크했다. 어제 그렇게 매정하게 쫓아낸 걸 생각하면 하루 종일 말하지 않고 삐쳐 있어도 시원찮았지만 상대는 그 대단한 똥고집의 유소현이었다. 자신이 삐치는 순간 소현은 더더욱 고단수 공격을 이용해 자신을 굴복시킬 것이 뻔했다.

"소현아, 일어나."

몇 번의 노크에도 어떠한 미동조차 느껴지지 않는 소현의 방문을 조용히 열며 이안이 방 안으로 머리를 빼꼼 들이밀었다. 깔끔하게 정돈된 방에 이불도 안 덮고 세상모르고 자고 있는 소현의 두 발이 가지런히 포개진 채 이안을 반기자, 이안은 내 이럴 줄 알았다는 양 두 손으로 소현의 앙증맞은 발을 감싸며 다정스레 흔들어 깨웠다.

"또 감기 걸리려고. 이불 덮고 자라니까."

어깨를 조금씩 흔들어대는 이안을 향해 소현이 눈을 게슴츠레 뜨며 하암 하고 긴 하품을 했다. 이것은 소현만의 '네가 날 아무리 깨우려고 애써도 난 꿋꿋하게 잘 것이다' 라는 의사를 분명하게 전하는 보디랭귀지였으며 그녀가 곧 다시 꿈나라에 빠질 것이라는 사실을 간접적으로 통보하는 봉화와도 같았다. 하지만 단 하나, 이 통보에 애로사항이 있다면 이 방식은 아침 기상 시각의 이안에게는 통하지 않는다는 사실이었다. 소현이 하품을 마치자마자 홱 돌아누워 다시 꿈속으로 장기 여행을 떠나려는 것을 감지하는 순간마다 이안이 곧바로 그녀의 두 귀를 꽉 잡으며 귀에 빽! 하고 고함을 질러버리니까 말이다.

"유소현! 안 일어나?"

"아! 아아아, 귀귀귀! 귀 아파."

소현이 두 귀를 감싸 잡으며 징징거리든 말든 이안이 소현을 계속해서 흔들며 말을 이어나갔다.

"아침밥 차려놓을 테니까 씻고 나와. 10분 이내에. 알았지?"
"알았어. 알았어."
"오늘 기억 상태는 어때?"
"어제 저녁부터 말짱해."
"그럼 됐어."

이안이 소현을 물끄러미 쳐다보며 중얼거렸다.
그녀가 기억이 말짱하다는 말을 하는 순간 이안의 표정이 편하게 풀어지는 것을 소현도 알고 있었지만, 단 한 번도 그런 그에게 진심으로 고맙다는 말을 한 적이 없었다. 왠지 말하고 나면 이 평화가, 이 아슬아슬한 행복이 날아가버릴 것만 같았기 때문이었다.

"이안. 오늘 화실 바로 가는 거지?"
"어. 병원은 갈 필요가 없어졌으니까."
"내가 정말로 기억이 심각할 정도로 돌아가면 바로 병원에 입원시켜."

"그럴게."

예상외로 순순히 알았다고 하는 이안이 어쩐지 낯설었다. 말뿐이더라도 좀 반박해주지, 라는 생각이 마음속에서 이는 것을 겨우 억누른 채 소현이 욕실로 들어갔다.

"내가 억지를 부리는 건가. 지금까지 병원에 입원하지 않고 버틴 것 자체가 억지긴 하지."

소현이 거울 속의 자신에게 말을 던지며 칫솔을 꺼내 이를 닦기 시작했다. 파란 욕실이 마치 어젯밤에 서 있었던 바다 위 같아 기분이 싱숭생숭했다. 아까의 이안을 봐서는 차마 바다 이야기는 할 수 있을 것 같지가 않았다.

'이안, 사실 내 방에 밤마다 물이 차오르는데, 물이 다 차면 방 안의 공간이 무너지고 거대한 바다 위에 내가 서 있게 돼. 그리고 신기한 건 수면 위에 다시 바다가 있어서 숨 쉴 때마다 기포가 뽀글뽀글 하고 나온다? 아, 그리고 고래가 있는데 그 고래가 말이지…… 이런 말들을 어떻게 꺼내냐고.'

양칫물을 기분 나쁘다는 듯이 웩 하고 세면대에 뱉으며 소현이

구시렁댔다. 가뜩이나 신경 쓰이는 일로 가득한데 제발 오늘은 기억이 많이 돌아가지 않았으면 하는 심정이 마음속을 꽉 채웠다. 단 하루라도 기억이 안 돌아갔으면…… 그게 지난 새해 첫날 소원이었는데. 소원이 아직까지 성취되지 못한 것을 보면 올해 소원 빈 사람들도 어지간히 많았구나, 라는 생각이 절로 들면서 괜히 슬퍼졌다. 이러다 돌아간 기억이 다시 되돌아오지 않는다면 난 어떡하나? 이안은 또 어쩌구? 만약 내가 집엘 돌아오지 않는다면? 집을 못 찾는다면? 그럼 나는 앞으로 혼자선 절대로 다니지 말아야 하는데?

생각할수록 무서운 생각이 꼬리를 물고 일어났다.

"몰라. 오늘도 잘 버텨야지."

금방 생각을 고쳐먹는 아이처럼 소현은 복잡한 생각을 이내 잊어버렸다.

뜨거운 물에 몸을 녹이며 비누칠을 시작했다. 뜨거운 물에 오래 있으면 주름이 많아진다는 말이 얼핏 기억났으나 이미 소현이 온수를 튼 순간 온수의 노예가 되어 지금 그녀에게는 어디선가 들은 말 따위는 문제가 되지 않았다.

"요즘 손가에 때아닌 주름이 생겼다 싶더니 그것 때문인가?"

물에 불어 더욱 자글자글해진 손을 내려다보며 소현이 파하 하고 웃음을 터트렸다.

'에이, 설마 그게 진짤까. 그랬다면 세상 모든 사람들이 주름투성이이게.'

하지만 우연히 들어본 말은 다른 어떤 증명된 말들보다 신빙성이 있게 들리기 마련인지라 어느새 생각이 따라가기도 전에 소현의 손은 냉수 쪽으로 스위치를 돌리고 있었다. 시원한 물줄기가 머리로부터 좌악 흘러내렸다. 어제의 기억이 점점 더 생생해지면서 온몸에 소름이 돋았다.

"어제 고래는 정말 장난 아니었지."

자신을 가지고 노는 것부터 정말 예사 놈이 아님을 직감했다. 물줄기를 뿜어내는 존재가 고래 자신이라는 걸 지금까지 숨겨왔다는 것 자체가 일단 가장 배신감이 느껴지는 사실 중 넘버 원이었고, 어젯밤 신비주의 콘셉트를 계속 유지하기 위해 자신에게 물기둥을 직방으로 뿜어낸 사실이 배신감 넘버 투였다.

"어찌됐든 이번 주 안에 정체를 밝혀낸다, 정말!"

몸의 물기를 털어낸 후 각오를 다진 두 팔로 욕실 문을 활짝 열자 뭉게구름 같은 수증기들이 욕실로부터 뿜어져 나와 거실을 희뿌옇게 만들었다. 아, 이거 또 야단맞겠는걸?

생각이 끝나기도 전에 이안의 목소리가 욕실로 날아왔다.

"유소현 양. 아침부터 천연 가습기를 이리 미천한 자에게 틀어주셔 참 영광이네요. 내가 환풍기 틀고 샤워하라 했죠? 다음에 들어갈 사람이 습기 200퍼센트인 곳에서 샤워해야만 되겠어요?"

"네네. 근데 습기는 당신과 같은 비염 환자에게는 참 좋은 거라는 걸 모르고 계시나 본데. 난 당신을 신경 써서 일부러 그런 겁니다. 그리 아세요."

단 한 마디도 지지 않고 쏘아붙이는 소현을 얄밉다는 듯이 째려보는 이안이 프라이팬을 척 하고 소현 앞에 갖다 대더니 입을 열었다.

"일단 앉아."

"왜."

"밥 먹게."

"근데 이건 나한테 왜 줘?"

"계란 프라이 쌍란 나왔다고. 신기해서 보여준 거야."

귀엽기도 하지. 무뚝뚝한 표정으로 이런 말을 하는 이안을 소현이 잠시 사랑스럽게 쳐다보더니 이내 얼굴을 펴고 의자에 털썩 앉았다. 뭐, 이렇게 나와준다면 어제 말하다 말았던 고래 이야기를 좀 더 진행해줄 요량은 있지. 조금은 풀어진 기분으로 자신을 쳐다보는 것을 알긴 아는지 이안이 상냥하게 계란 프라이 반을 뚝 잘라 소현에게 건네며 말했다.

"너와 난 보통 인연이 아니잖아. 그런 만큼 병원 같은데 호락호락 널 입원시키고 싶진 않아. 네 병이 심각하다 해도 난 남들처럼 병수발에 지쳐서 포기할 인간이 아냐."

"아침부터 왜 그런 말을 해?"

"넌 나를 트라우마로부터 구해준 사람이야. 솔직히 네가 없었더라면 난 이미 이 세상 사람이 아니야."

"네가 극복한 거지. 내가 딱히 도와준 것은 없었어."

"아냐. 그냥 네가 그때 나한테 말을 걸어주지 않았으면 지금 난 여기 없었어."

이안이 주방 옆쪽에 걸린 사진을 물끄러미 쳐다보며 입을 다물었다. 이안의 어릴 적 가족사진이 소현의 사진과 함께 나란히 걸려 있었다. 가족. 부모님. 더 이상은 볼 수 없는 곳에 미리 가 있는 보고 싶은 사람들의 얼굴이 눈앞에 아른거렸다. 소현의 부모님과 같은 날 같은 장소에서 돌아가신 원망스런 사람들. 자신을 고아로 만들어버린, 소현은 절대 알면 안 되는 비밀을 가지고 저 멀리 떠나버린 얼굴들을 가만히 보다가 소현을 향해 이안이 말했다.

"난 밥 다 먹었으니까 먼저 준비할게. 넌 천천히 먹고 준비해."
"왜 벌써."
"난 아직 안 씻었잖아."

이안이 싱긋 웃으며 소현의 볼을 잡아당겼다. 찹쌀떡처럼 주욱 늘어나는 두 볼이 보면 볼수록 귀여웠다. 그런 이안의 손길이 아픈지 소현이 얼굴을 찌푸리며 음식을 가득 입안에 문 채로 웅얼거렸다.

"알았으니까 밥 좀 먹자."
"알았어. 미안미안."

소현의 두 볼을 놓아주며 이안이 소현의 머리를 쓰윽 쓰다듬고는 욕실로 걸어갔다. 이안의 뒷모습을 빤히 바라보는 소현을 아는지 모르는지 이안은 뒤도 돌아보지 않고 수건을 챙겨 욕실 문을 닫았다.

'바보야. 나 네가 생각하는 것보다 훨씬 심각해. 그 장소에서 고

래를 만난 뒤로 기억을 잃는 주기가 짧아지고 있어. 알아?'

이안은 아무것도 모르겠지. 자신이 고등학생의 시간으로 확 돌아가게 된 계기가 그 세계에서 고래를 만났다는 것과 관련이 있다는 걸. 아니 이 사실을 깨닫게 된 것은 최근 들어서였지만, 그걸 예전에 알았다 하더라도 이안에게는 말할 수 없는 사실이었다. 어차피 그는 믿지 못할 테니까. 믿는 척만 하고 날 더 병자 취급할 테니까. 아니, 이안의 걱정거리가 더 늘어날 테니까…….

벽 한 면에 좌르륵 걸린 사진들을 보며 소현이 울상을 지었다. 지금까지 흘러온 시간들이 모두 거짓이 되는 것 같은 기분이 들었다. 답답하고도 괴로웠다. 이렇게라도 살아야 하는 것일까?

이안에게 너무나 큰 짐을 안겨주는 이런 삶도 의미가 있는 것일까?

"나 요즘 왜 이렇게 네가 낯익지?"

"무슨 소리야?"

"널 만난 지 아직 2년 밖에 되지 않았는데 무슨 평생을 같이 산 것처럼 낯이 익다?"

"네가 매일매일 여러 시간대를 살아서 그럴걸."

무심하게 말하는 이안을 매섭게 노려보며 소현이 입을 열었다. 누군 그러고 싶어서 그러냐, 라는 말이 목구멍에서 튀어나올 것만 같았다.

"그런 거 아냐. 몰라. 뭔가 아리송하니 좀 그래."
"좀 그래?"
"좀 그래."
"좀 그러면 화실이나 가자."

이안이 재치 있게 상황을 벗어나며 소현을 밖으로 이끌었다. 쌀쌀한 겨울 공기가 휘몰아치며 두 사람을 휘감았다. 후우 입에서 새하얀 입김이 뿜어져 나왔다. 아까의 축 늘어진 기분이 다시 찬바람 하나에 끌어올려지는 것 같았다. 이안의 한 손을 꼭 잡은 채로 계단을 내려가며 소현이 이안에게 물었다.

"넌 나 안 익숙해?"
"무슨 의미야?"
"아까 말했던 것처럼 난 가끔씩 네가 과할 정도로 익숙하다? 데자뷔 같은 것도 보이고. 왜 이럴까?"
"지금 네 증상 때문인 것 같다니까. 뭐, 나쁜 거는 아니니까."
"말을 해도 꼭!"
"그것 때문에 내가 질리진 않지?"
"그럴 리가."

"그럼 됐어."

이안이 흡족한 웃음을 지으며 소현의 팔을 끼웠다. 이런 짓궂은 모습에마저도 얼굴이 달아오르는 자신이 못마땅한 듯 소현이 자신의 머리를 콩콩 두들기며 이안의 팔을 흔들었다.

"소현아, 왜 그래."

연신 머리를 두들기는 소현의 손을 부여잡으며 이안이 물었다. 정말 몰라서 이러는지 아니면 일부러 이러는지 도통 종잡을 수가 없는 그의 행동에 소현이 얼굴을 돌리며 투덜거렸다.

"아냐. 신경 쓰지 마."
"왜 그래. 어디 아파?"

이안이 소현의 두 볼을 감싸며 가까이 다가왔다. 그래. 이 행동. 이 행동에 자신이 얼굴을 붉힌다는 것을 이 남자는 정녕 그렇게도 모르는 것일까. 소현이 이안의 두 눈을 바라보다 이내 고개를 푹 숙였다. 두 볼이 빨갛게 달아올라 주체할 수가 없었다.

"차에나 타."

"여자들은 알다가도 모르겠다니까."
"네가 이상한 거야."
"내가 왜!"

이안이 입술을 삐죽 내밀면서 차문을 열었다. 이 와중에도 자신을 먼저 챙겨주는 이안의 세심함이 참 사람을 미치게 만들었다. 그래. 이런 모습 때문에 내가 버티는 거지, 라는 생각이 소현의 마음속에서 피어올랐다. 차갑게 식은 차 안에 히터를 틀면서 따뜻한 바람이 얼굴을 간질거렸다. 히터가 피부에 안 좋다는 말이 문득 생각났지만 샤워와는 달리 이 바람만큼은 절대 포기할 수가 없었다. 이걸로 주름이 생긴다면 그건 정말 어쩔 수 없다고 소현은 생각하며 의자 시트에 몸을 뉘었다. 편안한 감촉이 마치 침대와도 같이 온몸을 나른하게 만들었다.

"이안, 나 가끔씩 내 손을 보면 갑자기 주름이 많아 보인다?"
"나도 그래."
"엥? 너도?"
"누구나 그렇지 뭐. 특히 겨울이라 그럴걸? 로션 잘 챙겨 발라. 나만 발라주지 말고."
"아니, 그런 주름 말고. 굉장히 자글자글한 주름 말이야."
"네가 샤워하다가 봐서 그런 거 아냐?"

정곡을 찔린 듯 소현의 얼굴에 뜨끔해하는 표정이 드러났다. 이안은 자신을 너무나도 잘 알고 있었다. 너무나도. 딱 한 가지를 빼고는 말이다. 이안을 슬금슬금 피하면서 소현이 덧붙였다.

"너, 신 내림 받아봐야 할 거 같아."

"왜."

"넌 날 너무 잘 알아. 스토커였어?"

"너도 알잖아. 내가 너 만나기 직전에 죽으려고 했을 때 너에게 이런저런 말들을 듣고 겨우 살아난 거."

"그건 내 덕분이 아니라니까."

"아니면 나 자살했어."

"아, 진짜!"

소현이 이안의 뒤통수를 빽 소리 나게 휘갈기며 미간을 확 찌푸렸다. 꼭 기분 좋은 아침부터 자신을 우울하게 만들려고 작정했나! 그런 의미를 가득 담아서 내려친 손바닥이 생각보다 얼얼했다. 너무 세게 쳤다는 생각에 소현이 또 걱정스러운 얼굴을 하며 이안을 향해 조용히 물었다.

"아팠어?"

"아팠다! 이 여자야. 다치면 어쩌려고."

"미안. 그냥 네가 자꾸 그때 이야기하면 나도 괜히 우울해져서 그래."

소현이 두 손을 만지작거리며 창문을 응시한 채로 중얼거렸다. 소현이 조금은 반성하는 기색을 보이자 이안이 한층 누그러진 표정을 지으며 입을 열었다.

"하긴. 그럼 우리 좋은 이야기만 하자. 지금이 9시 조금 넘었으니까, 사실상 이제 우리가 이렇게 정상적으로 대화할 수 있는 시간은 실제로는 예닐곱 시간 정도밖에 없어. 그 뒤에는 기억이 돌아가니까."

"피, 그 뒤에는 말을 못하나? 내가 기억이 돌아가도 스물두 살 때까지는 널 기억하잖아."

"근데, 그때의 너한테는 말을 조심해야 하잖아."

"아니 왜?"

"미래의 일을 아무 생각 없이 말했다가 네가 나 정신병자 취급했던 거 기억 안 나?"

"하긴. 스물두 살의 나한테는 스물세 살 때 우리가 쌓은 추억은 모두 없는 일이니까."

소현이 씁쓸한 표정을 지으며 이안을 바라봤다. 운전에 반쯤 정신이 팔린 채 자신을 쳐다보는지도 모르는 게 차라리 다행이었다. 아니면 또다시 왜 그러냐며 무지 걱정할 테니까.

'문제는 이안이 나를 은인이라 생각해서 무조건적으로 날 보살펴야 한다는 강박관념이 마음속에 있다 보니 오히려 나로서는 무언가를 이안에게 털어놓기는 힘들다는 거지.'

소현이 조용히 이안의 드러난 손목을 슬쩍 쳐다봤다. 아물긴 했어도 흉은 없어지지 않고 그대로 남아 있는 붉은 선들이 마음을 아리게 만들었다. 마음의 상처는 아물었어도 결국 이 상처만은 깨끗하게 아물지 못했구나, 라는 생각이 자꾸 소현으로 하여금 죄책감을 들게 만들었다.

"내가 널 좀 더 빨리 알았다면."
"응?"
"그러면 넌 지금 어땠을까?"
"너 또 내 손목 보고 이러는 거지?"

이안이 걷어붙인 소매를 쓰윽 내리면서 소현을 바라봤다. 항상 긴 소매를 입고 다니다 보니 별 의식하지 않고 있었는데, 오늘 아무 생각 없이 걷어 올린 것이 화근이었다.

"너를 좀 더 빨리 만났다면 이런 자국들은 없었겠지."

"그래?"

"그치만 난 그렇다고 해서 이 흉터들을 지우기는 싫어."

"왜?"

"그냥 그때 그렇게 힘들어 했던 자신도 나의 일부인 거 같아서. 지우면 그때의 나를 부인하게 되는 것 같아서 말이야."

"없었던 일로 하고 싶지 않아?"

"그러기엔 내 자신이 너무 불쌍해."

"불쌍해?"

눈을 동그랗게 뜨고 되묻는 소현을 보며 이안이 싱긋 웃더니 다시 앞을 주시하면서 천천히 말을 이어갔다.

"지금의 나 자신도 완벽하지 않는데 그때 좀 많이 부족하고 힘들었던 자신을 부인하기에는 염치가 없다고 해야 하나? 그냥 그때 나 자신을 없었던 사람으로 만들기엔 마음이 아파."

"어른스럽네."

"에이, 어른스럽지 않으니까 내가 맨날 너한테 찡찡대지. 어른스러웠으면 너한테 짜증내는 일도 없을걸?"

"그럼 좀 어른스러워져 봐."

"그게 말처럼 쉬운 게 아냐."

이안이 피식 웃으면서 운전대를 잡은 채 소현을 향해 고개를 돌렸다. 인연도 어떻게 이런 기이한 인연이 있을까. 남들은 상상도 할 수 없는 일들로 얽히고설킨 자신과 소현이 처음엔 참 불행하다 생각했으나 지금은 오히려 그 반대였다. 소현이 있기에 지금까지 버텨올 수 있었다. 그만큼 소현과 자신은 타인은 절대 경험할 수 없는 사건으로 이어져 있었다.

"다 왔어. 내려."

이안이 소현의 차문을 열어주며 상냥하게 손을 내밀었다. 이안의 기다란 손을 살포시 잡으며 소현이 끙차 하고 차에서 내렸다. 두 사람이 도착한 곳은 이안이 대학을 졸업하자마자 계속 이용해 온 화실이었다. 도로변에서 조금 떨어진 다소 한적한 곳에 있는 이 화실은 이안이 소현을 위해 갖다놓은 조화들로 겨울임에도 불구하고 화사한 정취를 풍겼다. 이안이 화실 문을 열며 입을 열었다.

"일단 들어가서 세팅 좀 해주라."

소현이 알았다며 고개를 끄덕이고는 화실 안으로 토도도도 뛰어가 이안이 사용할 도구들을 가지런히 꺼내놓으며 각 방의 불을 켜기 시작했다. 어느새 주인보다 물건의 위치를 잘 꿰고 있는 소현이 대견스러운지 이안의 얼굴에 뿌듯한 미소가 자연스럽게 지어졌다.

"나 다하면 저 방에 들어가서 책 읽고 있을게. 필요한 거 있으면 불러."

"나랑 말 좀 하다가 들어가면 안 돼?"

"너, 이번 주까지 작품 하나 완성해야 한댔잖아. 집중이나 하셔."

"네네. 알겠습니다."

소현의 꾸지람에 이안이 고개를 절레절레 흔들며 어제까지 잡고 있던 작품을 꺼냈다. 젊은 여자의 뒷모습이 반쯤 완성된 채 새하얀 도화지 위에 그 자태를 뽐내고 있었다. 이 작품만 끝나면 다음 주까지는 자유를 만끽할 수 있다. 곁에 쌓여 있는 수많은 다른 그림들을 옆으로 옮기며 이안이 중얼거렸다.

"이 작품들은 대체 언제 그린 거야?"

가지각색의 노인 그림들을 이안이 치켜들며 고개를 갸우뚱거렸다. 분명 자신이 그린 거 같긴 한데 도대체 언제 그렸던 것인지 기억이 나질 않았다.

"벌써부터 건망증 오면 안 되는데. 소현이를 돌봐야 하는 사람이 이래서야 쓰나."

머리를 긁적이며 작품들을 한데 모아놓고 이안이 다시 자리에 털썩 앉으며 붓을 들었다. 지금은 소현이 일을 하지 못하니 자신이라도 바짝 벌어서 생계를 유지해나가야 했다. 소현과 자신 모두 의지할 부모님이 없기에 자신이 돈을 벌지 못하면 의지할 곳이 없었다.

'그렇다고 지금까지 날 먹여 살린 친척한테 더는 신세 지기 싫단 말이지.'

이안이 슥슥 붓을 도화지 위에 칠하며 소현이 있는 방을 힐끗 쳐다봤다. 어느새 책에 한껏 빠져들어 자신 쪽은 쳐다보지도 않는 그녀가 조금은 얄미웠다. 그러나 이 얄미움은 사랑이 넘치고 넘쳐 다져진 후에라야 올 수 있는 감정임을 이안이 어찌 모르랴.

"에라 모르겠다. 나도 내 일에나 집중해야지."

수많은 수채화 작업을 하면서 느낀 점이 하나 있다면 그림은 정말 기분에 영향을 받는다는 점이었다. 기분이 좋으면 밝은 색채의 그림이 나오고 우울의 극치를 달릴 때면 정말 어둡고 칙칙한 그림이 나왔다.

의도된 감정을 표현하는 것. 그게 미술 본래의 의미라고 이안은 생각했다.

어느새 낮이 되어 사람들이 거리에 몰려들기 시작할 즈음, 이안은 방에서 잠든 소현의 모습을 확인한 뒤 조용히 화실을 나섰다. 그녀 몰래 커피 두 잔을 사올 요량으로 나온 거리는 화창하기 그지없었다.

"이안, 요즘은 좀 어때, 힘들지 않아?"

저 멀리서 이안을 향해 손을 흔드는 원단 가게 할아버지를 보며 이안이 싱긋 웃었다. 이안이 할아버지를 향해 활기차게 손을 흔들며 말했다.

"이 나이 때 힘들긴 뭐가 힘들겠어요."
"참 대단하구만. 난 힘에 부치는데. 그리고 존댓말 쓰지 말라니까."
"저보다 나이가 훨씬 많으신데 써야죠."
"아냐. 우리 나이 차이, 생각보다 별로 안 나."

백발의 노인이 자신에게 그렇게 말하니 뭔가 모르게 머쓱했다.

최소 마흔 살 이상 차이가 나 보이는데. 태어날 때부터 이곳에서 살아왔지만 저이는 참 특이한 분이라는 생각이 매일같이 들었다. 자신을 대하는 방식부터 말투까지. 정말 신세대를 사시는 분 같았다.

"이봐, 이안. 그러고 보니까 아까 A씨가 우리 가게에 왔었는데, 봤어?"

"A씨요? 그 전설의 인물이요? 말도 안 돼. 자꾸 이상한 소문 내지 마세요."

"진짜 있어. 자네가 못 봐서 그렇지."

"사람이 어떻게 영생을 살아요? 아니 영생을 산다는 건 둘째치고 어떻게 모든 사람의 비밀을 알고 있어요?"

"하여튼 있다니까!"

"나중에 뵐게요!"

이안이 황급히 자리를 뜨며 원단 가게 할아버지를 향해 꾸벅 인사했다. 저 할아버지의 특징이 하나 더 있다면 만날 때마다 A씨 이야기를 해댄다는 것이다. A씨는 타인에게 거의 모습을 드러내지 않는 것으로 유명한 사람으로, 죽지 않고 이곳에서 계속 살아간다고 알려져 있다. 그리고 더 신기한 것은 그 사람은 이 동네에 사는 모든 이들의 이야기를 알고 있다고 한다.

"그게 신이지, 어떻게 사람이야? 할아버지도 참."

어이없다는 듯이 피식 웃으며 카페를 향했다. 고소한 커피향이 코에 닿자 이안은 갑자기 행복한 기분이 들었다. 매일 마시는 커피인데도 이안은 계산대 위에 달려 있는 메뉴판을 처음 본 것처럼 눈으로 읽어 내려갔다.

"저기, 카페라테 두 잔 주세요."

주방을 향해 칼칼한 목소리로 이안이 외쳤지만 이상하게도 대답이 오질 않았다. 어라 이상하다 하는 마음에 밖으로 나와 주변을 두리번거리는 순간 자신이 바보 짓을 했다는 것을 깨달았다.

'임시 휴무.'

'어. 이 집은 쉬는 날이 없는데, 일요일 빼고는. 무슨 일이 있나? 문도 열어놓으셨잖아. 이 집 커피가 제일 맛있는데. 어쩌지?'

이안은 결국 다른 곳에서 산 라테 두 잔을 들고 돌아가면서, 이렇게 날씨 좋은 날 소현이 낮잠 자는 게 아쉬워서 혼자 중얼거렸다.

"이런 맑은 날은 소현이를 꼭 데리고 나와야 하는 건데. 아쉽다. 비타민 D 보충하기 딱 좋은 날인데……."

이안이 화실 문을 열며 말했다.

"소현아, 나 커피 사왔어."
"이안, 내가 왜 여기 있지?"

잠에서 막 깬 듯 부스스한 머리의 소현이 이안을 향해 물었다. 이안이 급하게 시계를 쳐다봤다. 이제 2시를 조금 넘었을 뿐인데. 소현의 기억이 이미 과거로 돌아가고 있었다.

"응? 너 오늘 내 화실에서 시간 보내기로 했잖아."
"무슨 소리야. 나 리포트 내야 되는 거 있는데. 야, 근데 넌 왜 이렇게 여유 부려? 나도 미대나 갈걸 그랬어."

이안이 안도의 한숨을 내쉬면서 씨익 하고 미소를 지었다. 대학생인 그녀는 아직 설득 가능한 나이대였다. 거짓말 몇 마디만 잘 치면 그녀는 얌전히 화실에 남아 있을 것이었다.

"너 어제 완전 취해서 지금까지 여기 뻗어 있었어. 오늘 그래서 다른 약속들 다 취소하고…… 기억 안 나?"

"그랬나."

좋아! 먹히는 것 같군. 이안이 소현에게서 등을 돌리며 다시 한 번 의미심장하게 씨익 웃었다. 매일같이 치는 거짓말인데도 걸리면 어쩌나 하는 생각에 심장이 쿵쿵 뛰었다.

"알았어. 그럼. 나 잠깐만 더 눈 붙일게."

"편하게 쉬어."

소현의 몸 위에 담요를 덮어주며 이안이 그녀의 머리를 쓰다듬었다. 그녀를 속이는 게 일상이 되어버린 1년 동안 그의 거짓말도 발전에 발전을 거듭해서 아까와 같은 형태로 자리 잡게 되었다. 넌 어제 완전 취해서 아무것도 기억 안 날 테니 그냥 쉬어. 가장 잘 먹히는 거짓말이었다.

'소현이에게 난 참 숨기는 게 많네.'

이안이 조용히 작품을 바라보며 푸우 하고 긴 한숨을 내쉬었다. 그녀는 자신을 착하디착한 인간으로 보고 있었지만 사실 그렇지 않았다. 자신은 소현에게 큰 은혜를 입고 있으면서도 너무나도 큰 잘못을 하고 있기에. 아, 이 말은 나중에 하도록 하자. 아직은 소현의 병이 가장 큰 문제이니까. 비록 병과 이안의 잘못이 밀접한 연관이 있다 하더라도 말이다.

겨울이란 계절의 문제는 해가 일찍 퇴근을 한다는 점이었다. 뭐 좀 하려고 하면 어느새 저 뒷산 너머로 사라져버리는 태양 때문에 이안은 이런저런 불만이 많았다. 일단은 소현이 사라질 때의 안전 문제도 있고 하루가 너무 짧아지는 겨울날의 태양 주기는 이안 마음에 들지 않았다. 아직 6시도 되지 않았는데 어느새 어두워지려는 주위를 둘러보며 이안은 자신도 모르게 머리를 절레절레 흔들었다.

"뭐야. 여긴 어디야. 당신 누구야?"

소현이 소파에서 일어나며 이안을 향해 소리쳤다. 아, 시작됐구나, 라는 생각과 함께 이안이 사람 좋은 웃음을 지으며 말을 이었다.

"아, 유소현 씨. 아까 길 가시다가 그림 예쁘다고 구경하다가 거기 앉아서 잠드셨어요."

"그, 그래요? 왜 난 기억이 없지?"

"굉장히 피곤해 보이셔서 깨울 수가 없었네요. 하하."

"실례했습니다."

소현이 어리둥절한 표정을 짓다가 화실을 나서며 꾸벅 이안을 향해 고개를 숙였다. 다행히도 그녀는 저녁에 돌아다니는 취미가 없기에 별다른 일이 없으면 집에 돌아가거나 서점에서 책을 볼 것이 뻔했다. 이안이 안도의 한숨을 내쉬며 사라진 소현의 자리를 물끄러미 쳐다봤다.

"제발 어제처럼 늦게 들어오지 말고 제때제때 돌아와라."

어제는 자신이 곁에 없었기에 기억이 일찍부터 돌아갔다 쳐도 오늘은 자신이 아침부터 계속 곁에 있었음에도 불구하고 기억이 돌아가는 시간이 빨라지고 있다. 점점 소현과의 이 생활을 포기할 때가 다가오고 있는 것이다. 물론 핸드폰에도 저장을 해놨고, 가방 안에도, 지갑 안에도 소현의 소지품 모든 것에는 이안의 연락처가 들어 있다. 그러나 이제 그런 것에 안심을 할 수 있는 단계가 아닌 것이다.

"어쩌지."

기지개를 펴며 이안이 베이지색 천장을 올려다봤다. 소현을 만난 지 2년째. 하지만 그 중 반은 소현의 병수발을 하며 보낸 시간이었다. 그리고 이젠 자신의 능력으로는 병이 더 깊어지는 것을 막지 못한다는 사실을 이안은 어렴풋이 깨닫고 있었다. 지금의 생활을 포기해야 할 때가 점점 다가오고 있었다.

문득 소현과의 첫 만남이 생각났다. 부모님 기일날 손목에 피를 철철 흘리면서 횡단보도 앞에서 울부짖고 있는 자신에게 선뜻 말을 걸어준 그녀의 모습이 눈앞에서 아른거렸다. 벌써 2년이나 지난 일인데도 불구하고 어제 일처럼 생생한 그 광경을 떠올리며 이안이 애달픈 표정을 지었다.

"병이 심해져도 내가 옆에 있어줘야지. 그래야지."

화실의 불을 끄며 이안이 붓들을 제자리에 꽂았다. 오늘은 더 이상 해봤자 능률이 오를 것 같지가 않았다. 목도리로 목을 감싸고 밖으로 나오는 순간 시린 겨울바람이 이안을 덮쳤다. '읍' 소리와 함께 이안이 몸을 웅크렸다. 슬슬 소현이 걱정되기 시작했다.

"핸드폰은 챙기고 나갔으니 괜찮겠지?"

이안이 핸드폰을 꺼내 집으로 전화를 걸기 시작했다. 뚜르르르 길고도 긴 신호음이 초조하게 귓가에서 울렸다. 좀 받아라 정말!

"여보세요?"

소현의 차분한 목소리가 귀에 들렸다. 안전하게 집에 들어간 모양이었다. 이안은 말없이 전화를 끊었다.

그러나 이안은 최근 거의 매일 소현의 귀가 여부 때문에 죽을 것 같은 공포를 느끼고 있다. 만나는 친구가 없어서 딱히 돌아다닐 구실이 없는 것 역시 지금으로서는 차라리 행운이었다. 그녀에게 남아 있는 사람은 친척들과 자신뿐이기에 친척들이 부르지 않으면 타인을 만날 일도 없었다. 이안이 전화를 끊으며 머리를 긁적였다.

"소현의 증상이 조금만 완화돼도 사람을 좀 만날 수 있을 텐데."

이안이 차에 시동을 걸며 뒤를 살폈다. 그 순간 이안의 입에서 짜증스런 한탄이 새어 나왔다.

"이놈의 전단지를 그냥."

이안이 발견한 것은 차 뒷유리를 가리고 있는 유난히 커다랗고 새하얀 전단지였다. 이러니까 뒤가 안 보이지. 거칠게 차문을 열어 전단지를 휙 하고 끄집어내는 순간 이안의 두 눈이 휘둥그레졌다.

"어. 이거."

'심리상담. 병원 치료가 어려운 정신적 고통 치료 가능. 무료 상담 진행.'

구태의연한 멘트들로 이루어진 전단지였지만, 왜 그런지 이안에게는 그 전단지 문구가 눈에 확 들어왔다. 정말 지푸라기라도 잡고 싶은 심정인 그에게 그 전단지는 구세주처럼 느껴졌다.

"이런 걸 믿으면 안 되는데……."

그래 믿으면 안 돼! 이안이 차에 타며 스스로를 다 잡아보았지만 그의 손은 이미 전단지 속 전화번호를 톡톡 누르고 있었다.

"그래 상담이라도 해보지 뭐."

전화 신호음이 규칙적으로 귓가를 울렸다. 영원히 받지 않을 것처럼 울리던 신호음이 톡 꺼지더니 곧이어 노인의 목소리가 전화기를 타고 흘러 나왔다.

"네. 심리상담소입니다."
"저기 전단지 보고 전화 했는데요. 어떤 병이어도 괜찮나요?"

"예. 저희 상담소에서는 치료 불가능한 정신적 고통을 주로 관리하고 있습니다. 의학적인 접근보다도 개인의 심리, 그 자체에 집중하는 편이라 오히려 병원 치료보다도 효과를 많이 보고 있습니다."

부드러운 노인의 목소리에 어쩐지 신뢰가 갔다. 그래. 이 사람이 소현이를 낫게 해줄지 모르잖아? 라는 생각이 이안의 머릿속을 채웠다. 평소 이안 같으면 애초에 이런 전단지 따위는 쳐다보지도 않았을 것이다.

그러나 어떤 힘이 그 전단지를 읽게 했을까?

"그러면 상담은 언제 할 수 있을까요?"

"지금 전화로 간략하게 상황을 말해주시고 내일 아침에 만나 뵙고 자세한 상담을 진행하셔도 됩니다."

잔잔한 노인의 말투에 이안이 잠시 끙 하고 고민하더니 입을 열었다. 병원에 소현을 입원시키기 전에 할 수 있는 마지막 선택이라는 생각이 들었다.

"사실 제가 아니고 제 여자 친구가 좀 문제가 있어요."

"아, 그 여자 친구분은 어디 계신가요?"

"지금 옆에 없어요."

"여자 친구분에게 어떤 증상이 있는지 말씀해주실 수 있을까요?"

"좀 특이해요. 저와 동갑으로 만난 지는 2년 됐고 스물네 살인데 대학을 이번 연도에 졸업했어요. 근데 이상한 게 대학을 졸업하기 직전부터 갑자기 기억을 잃기 시작하더니 점점 기억이 과거의 시간대로 돌아가요. 근데 신기하게도 처음엔 꼭 저녁 시간이 되어야지만 기억을 잃기 시작했는데, 지금은 오후 3, 4시쯤에도 기억이 되돌아가게 됐어요. 그래서 너무 두려워요. 하지만 이걸 가지고 기억상실증이라고 하기엔 애매한 게 다음날 아침이 되면 모든 게 멀쩡해져요."

"다음 날 아침이 되면 멀쩡해진다고요?"

"네. 기억도 스물네 살의 멀쩡한 기억을 가지고 있고요. 어쨌든 결론적으로는 얘는 하루에 몇 년의 시간대를 사는 사람이 됐어요. 아침에는 스물넷이었다가 오후에는 스물셋, 저녁에는 고등학생. 아, 그런데 요즘은 점점 기억이 돌아가는 주기가 짧아져서 하루에 점점 더 많은 시간대를 살아가게 됐습니다."

"지금까지 생활은 어떻게 했죠?"

"제가 항상 화실에 얘를 데려다놓고 감시해왔죠. 그때그때 거짓말을 하면서 화실에 잡아두다가 저를 기억 못하는 시간대로 돌아가면 밖으로 나가도록 내버려둬요. 그때 여기 잡아두면 거의 발작을 하기 때문이에요. 처음엔 뒤따라가서 미행을 했는데 매번 집으로 잘 돌아와서 이젠 미행은 하지 않고 있어요. 다행히도 얘는 고등학생 때부터 살고 있던 집에 계속 살고 있어서 다른 데로 갈 위험은 없거든요."

"집에 안 들어온 적은 없나요?"

"아직까지는요. 항상 9시 전에 집에 들어오는 게 습관이었다고 하더라고요. 하지만 소현이의 기억이 중학생 때로 돌아가면 더 이상 집을 찾아올 수 없다는 게 문제죠."

"여자 친구분 이름이 소현이군요. 흐음, 그 외에 특이사항은 없나요?"

"고등학교 1학년 때 부모님이 교통사고로 돌아가셨어요."

"그 충격 때문에 이런 거 같지는 않나요?"

"아뇨. 그럴 가능성이 낮은 게 저와 만난 지 1년 넘어서 갑자기 이런 증상이 나타났거든요."

상담사가 잠시 고민하는 듯 침묵을 지키더니 다시 입을 열어 질문했다.

"궁금한 게, 소현 양의 기억이 계속해서 돌아간다고 했잖아요, 그런데 부모님이 돌아가시기 전의 시간으로는 기억이 돌아간 적이 없나요?"

"아직은 그만큼 많이 기억을 잃지는 않았습니다. 지금 딱 고등학교 2학년 후반의 기억까지 돌아갔는데, 솔직히 부모님을 잃었던 때의 기억으로 돌아간다면 저도 어떻게 해야 할지 모르겠어요."

"일단 알겠습니다. 내일 전단지에 적힌 주소로 아침 11시까지 와주세요. 제가 기다리고 있겠습니다. 내일 모든 이야기를 들어보도록 하죠."

"상담은 선생님 혼자 하시나요?"

"토요일과 일요일은 다른 사람이 상담을 맡습니다. 어쨌든 내일 오시죠."

"네. 감사합니다."

뚝 소리와 함께 끊긴 전화기에서 나오는 뚜뚜뚜 소리가 이안의 머리를 흔들었다. 핸드폰을 내려놓고 눈을 감는 이안의 머릿속에는 정확히 두 가지의 생각만이 둥둥 떠다니고 있었다. 저질러버렸다는 생각과 무언가 될 것 같다는 생각. 이안이 차에 시동을 걸며 나지막이 중얼거렸다.

"소현이 나중에 날 원망해도 어쩔 수 없어."

이안이 마음을 굳게 먹으며 운전대를 강하게 쥐었다. 마지막 기회이자 마지막 희망이었다. 이번에 실패한다면 소현을 병원에 입원시키는 방법 말고는 다른 방도가 없었다.

현관문을 조심스레 열면서 이안이 집 안으로 살금살금 걸어 들어갔다. 소현이 자고 있기를 바라면서 이안이 현관문을 살포시 닫았으나 겨울바람은 그를 도와주지 않았다.

"콰앙!"
"누구세요!"

소현의 화들짝 놀란 목소리가 방 안에서 터져 나왔다. 평화 끝, 전쟁 시작이었다. 소현이 방 안에서 뛰쳐나오더니 이안을 보고 비명을 질렀다.

"엄마!"
"유소현!"
"내 이름을 어떻게 알아요! 당신 누구야!"
"나야. 나. 이안 이안이라고. 너랑 2년째 이곳에서 사는 이안!"

이안이 소현을 확 품에 안으며 소현의 귀에 크게 외쳤다. 군대에서 관등성명을 대는 것보다 신속하고 정확하게 소현을 향해 자신의 이름을 외치는 이안의 모습은 처절하기까지 했다. 소현이 벗어나려고 몸부림치던 것을 갑자기 멈추며 중얼거렸다.

"아. 으. 이안."

"그래. 이안. 오늘 아침부터 쭈욱 봐온 이안."
"이안. 이안."

소현이 머리를 뽑을 듯이 쥐어뜯으며 이안의 이름을 되뇌었다. 기억을 다시 되돌리려는 듯 소현이 머리를 뒤흔들어댔다. 그녀의 두 눈이 그렁그렁했다.

"기억나?"
"아. 이안."
"기억나는구나. 한시름 놨네."
"이안, 언제 돌아왔어?"
"나? 방금."

소현이 가만히 이안을 바라보더니 초조한 듯 손톱을 깨물며 입을 열었다. 그녀의 두 손이 조금씩 떨려오고 있었다.

"이안. 나 불안해. 그냥 이러다가 내가 널 기억 못 하면 어쩌지? 아침이 되어도 기억이 돌아오지 않으면 어떡해? 그럴 바엔 차라리 병원에 갇혀 사는 게 나을 거 같아."
"갑자기 왜 그래. 평소랑 다를 바 없잖아."
"아니. 그냥 답답해. 이 생활이 너무 답답해."

“소현아.”

이안의 두 손을 뿌리치며 소현이 천천히 입을 열었다.

“이안, 넌 나한테 숨기는 거 없지?”
“너한테 숨길 게 뭐가 있다고.”

이안의 뒷목으로 식은땀이 흘렀다. 소현이 이런 말을 할 때마다 가슴을 쿡쿡 찌르는 듯 마음이 아파왔다. 숨기는 게 있는데, 차마 할 수가 없는 말이었다.

“정말이지?”

소현의 곧은 두 눈이 이안을 꿰뚫어볼 듯이 쳐다봤다. 이안이 시선을 애써 피하며 냉장고로 천천히 걸어갔다. 당황스러웠다. 자신이 지금껏 숨겨왔던 사실을 알게 된다면 소현은 더 이상 자신을 쳐다보려 하지도 않을 것이었다. 그만큼 이안이 소현에게 숨기고 있는 비밀은 치명적이었다.

“됐어 그럼. 넌 나한테 뭐 숨기지 마. 가뜩이나 기억 때문에 혼란스러운데 더 혼란스러워질까 봐 겁나.”

"알았어."

이안이 조용히 고개를 끄덕였다. 소현에게 심리 상담을 신청했다는 말을 해야 하는데 지금은 정말이지 적절하지 못한 타이밍이었다. 어쩔 수 없이 내일 아침에 말해야겠다고 생각하며 등을 돌리는 이안에게 소현이 다정하게 말했다.

"우리가 같이 있을 수 있는 시간이 이제 얼마 안 남았어. 길어봤자 두 달? 내가 이 집을 기억할 수 있는 마지막 두 달이 지나면 넌 날 병원에서나 만날 수 있겠지."

"유소현."

"그니까 할 말이 있으면 바로바로 해. 너무 늦기 전에."

소현이 이안을 무표정하게 응시하다가 피식 하고 웃음을 날렸다. 그리곤 이안의 한쪽 어깨를 감싸며 그녀가 속삭였다.

"지금까지 보살펴줘서 고마워. 내가 네 목숨을 구했다 그랬지? 사실 너도 내 목숨을 구한 거나 마찬가지야. 사실 그 횡단보도 앞에서 나도 뛰어들까 생각하고 있었거든."

"소현아."

"내 기억이 불안정해도 이거 하나는 확실하게 기억하고 있어. 너를 죽지 않게 말리길 잘했다는 거."

소현이 손을 떼며 자신의 방문을 열었다. 가녀린 어깨가 오늘따라 당당해 보이는 건 착각일까? 이안이 눈을 비비고 다시 소현을 쳐다봤을 때는 닫힌 방문만이 눈앞에 있을 뿐이었다.

'내일 상담을 시작하면 다 털어놔야겠지? 우리가 어떻게 만났는지. 어쩌다 우리 둘 다 부모님을 잃게 되었는지. 그리고 내가 지금까지 소현을 속이고 있었다는 것도.'

이안의 두 눈이 눈물로 차올랐다. 눈앞이 뿌연 것이 안개가 낀 것만 같았다. 그냥 다 묻어두고 싶었는데. 허나 그러기엔 기억을 잃어가는 소현을 그대로 두고 볼 수가 없었다. 설령 소현이 자신을 향해 폭언을 퍼붓는다고 해도 다 참아내야 할 것들이었다. 이안은 소현에게 죄를 지었으니까.

'이런 병에 걸린 것 자체가 나보고 평생 죄책감을 안고 살아가라는 뜻이었을지도 몰라. 숨길 수 없게 만든 다음 평생 속죄하며 살아가라는 것이었을지도…….'

이안이 머리에 두 손을 얹으며 조용히 흐느꼈다. 어쩌다 이렇게 되었을까. 소현이 병에 걸리지만 않았어도 평생 숨기고 살아갈 수 있었는데. 하지만 그녀의 병을 파헤치다 보면 언젠가는 드러날 내용이었다. 그렇기에 병을 낫게 하기 위해서는 언젠가는 말해야만 하는 일이었다.

"그래도 네가 나았으면 좋겠다. 진심으로. 날 영원히 미워한다 해도 네가 빨리 나았으면 좋겠다."

이안은 벽에 기대 자꾸만 흐르는 눈물을 닦았다. 차가운 벽의 감촉이 등골에 매섭게 닿았다. 그냥 차라리 내일이 오지 않았으면 좋겠다는 생각이 들었다. 모든 게 너무나도 불확실하고 혼란스러웠다. 물론 결론은 딱 두 가지였다. 소현의 병이 낫지 않아 그대로 병원에 입원해서 세월을 보내게 되거나 아니면 소현의 병이 완치되고, 모든 사실을 알게 된 소현이 자신을 원망하고 결국 헤어지게 되는 것…… 아아아, 이안은 괴로운 듯 눈을 감았다.

상담은 이안에게 남은 마지막 기회이자 심판이었다.

한편 이안이 그렇게 어둠 속에서 울부짖고 있는 사이 소현의 방에는 또다시 물이 차오르기 시작했다. 시원한 쪽빛 속에서 소현이 찰방거리며 방 안을 돌고 있을 즈음 이안의 울음소리가 소현의 귓가에 들려왔다.

"이안?"

소현이 이미 반쯤 차오른 물살을 헤치며 문고리를 부여잡았다. 나가서 이안을 달래줘야 했다. 이안이 운다는 것은 예사 심각한 일이 아니라는 신호였으니까. 어떤 결과를 초래할지 몰랐다. 저번처럼 신호등 앞에서 손목을 그을지도 모를 일이었다.

"왜 안 열려!"

젖 먹던 힘까지 끌어내 문고리를 당겨보지만 방문은 자물쇠를 걸어 잠근 듯이 꿈쩍도 하지 않았다. 강물이 너무 많이 차올라버린 탓이었다. 소현이 거세게 넘실거리는 물살에 뒤로 튕겨져 나가며 물속에 그대로 빠져버렸다.

"이안! 콜록!"

어느새 목까지 차오른 강물을 거슬러 올라가며 소현이 이미 물에 잠겨버린 문고리를 다시 두 손에 쥐고 흔들었다. 열어야 한다. 지금 열지 않으면 다음 날 아침이 되어야 이안의 얼굴을 볼 수 있다. 소현 주위에 또다시 새하얀 잉어 떼들이 몰려들기 시작했다. 곧 방 안의 공간이 무너질 거라는 신호였다.

"안 돼! 이안!"

이안의 흐느끼는 소리가 거친 물소리와 함께 간간히 소현의 귀를 울렸다. 이안을 혼자 내버려두면 안 되는데, 자신을 만나고 난 뒤 거의 눈물을 흘린 적이 없던 그가 이렇게 운다는 것은 필시 큰 문제가 있다는 뜻이었다. 그가 절망하기 전에 그를 막아야 했다. 처음 만났던 날처럼 그를 막아야 했다.

"이안! 내 말 들려? 이안!"

들리지 않으리라는 걸 알고 있음에도 소현이 미친 듯이 방문을 두드렸다. 제발 좀 들려라. 물의 저항 때문에 무거워진 두 팔이 아려오기 시작했다. 소현을 감싸오는 잉어들로 인해 점점 방문에 다가가기조차 힘들어졌다. 수많은 비늘들이 온몸을 할퀴었다. 백색 비늘들에 둘러싸이며 소현의 시도는 그대로 차단되었다. 방 안이 무너지고 있었다. 이안을 볼 수 있는 타이밍이 날아가버렸다.

"오늘만큼은 오고 싶지 않았는데."

일렁이는 수면 위를 걸으며 소현이 중얼거렸다. 방이라는 공간이 무너지고 나타난 새로운 공간이 어느새 소현의 눈앞에 광활하게 펼쳐져 있었다. 소현이 제자리에 털썩 앉으며 지끈거리는 머리를 감쌌다

'내 증상이 조금만 나아져도 이안이 저렇게 힘들지는 않을 텐데.'

이 병의 근원이 무엇인지 대충 짐작이 가긴 했다. 아마 기억과 관련된 것들 때문이겠지. 하지만 밤마다 이 괴상한 공간이 나타나는 이유는 도무지 추측조차 할 수가 없었다. 물이 차오르고 이런 알 수 없는 공간에 떨어진 채 고래와 대면하는 일. 그걸 어떻게 자신이 앓고 있는 병과 연관 지어 설명하란 말인가.

'분명 내가 기억을 잃는 것과 이 세계는 관련이 있어. 하지만 도대체 어떤 관련이 있다는 거지.'

고래를 만나는 횟수가 많아지면서 기억을 잃는 주기가 점점 빨라진다? 그것 외에는 딱히 연관 지을 것이 없었다. 소현이 주위를 헤엄쳐 다니는 어류들을 흘깃 바라보며 자리에서 일어났다. 곧이어 거대한 물줄기가 멀리서 솟구쳐 올랐다. 고래가 이 부근 수면 아래에 있다는 증거였다.

"와봐. 우리 오늘 결판을 내자."

소현이 수면에 몸을 밀착시킨 채 귀를 수면 위에 갖다 댔다.

"삐이이이익!"

날카로운 고래의 울음소리가 머리를 뒤흔들었다. 이제는 물기둥의 정체를 들켰으니 더는 숨길 것이 없다는 듯이 고래가 방향을 틀어 소현을 향해 헤엄쳐오기 시작했다. 차가운 물기둥이 아까보다 훨씬 가까운 곳에서 뿜어져 나왔다. 수많은 물방울들이 소나기처럼 소현의 머리 위로 후두둑 떨어졌다.

"넌 왜 날 이런 공간으로 끌고 들어오는 거야?"

파도가 일기 시작하며 거센 물결들이 소현을 덮쳤다. 중심을 제대로 잡기 힘들 정도의 물살들이 넘실거리면서 거대한 폭포같이 소현을 향해 떨어졌다.

"네가 내 기억을 잃게 만드는 원인이야?"

성난 고래가 귀가 찢어질 듯한 울음소리를 내면서 수면을 뚫고 솟아올랐다. 물줄기가 사방으로 튀면서 거대한 파도가 소현을 집어삼켰다.

"왜 내 기억을 자꾸 돌리는 거야? 뭣 때문에? 과거에 있었던 일 중 내가 알아야 하는 일이 있어?"

고래가 수면 밑으로 내려가면서 다시 한번 수많은 물방울들이 수면 위로 튀어 올랐다. 고래의 거대한 꼬리지느러미가 철썩 하고 소현이 있는 곳을 거세게 치더니 수중 깊은 곳으로 모습을 감췄다. 소현이 자리에서 일어나며 고래를 향해 외쳤다.

"맞구나. 너 나한테 알리고 싶은 게 있는 거지? 그래서 자꾸 내 기억을 뒤로 돌리는 거지? 1년 동안 날 이렇게 괴롭힌 이유가 그거지?"

소현이 두 손으로 수면을 내리쳤다. 절대로 뚫리지 않는 수면을 다시 내리치며 소현이 얼굴을 구겼다. 도대체 왜 뚫리지 않는 거야. 고래는 저렇게 쉽게 수면을 뚫고 솟아오르는데.

"어떻게 해야 날 풀어줄 거야? 이곳에서 영원히 벗어나려면 난 뭘 해야 하는 거야? 기억을 온전히 유지하려면 난 무엇을 알아야 하는 거야? 힌트라도 줘야 하는 거 아냐?"

소현의 고함소리가 메아리처럼 반향됐다. 고래의 울음소리가 또다시 들려오면서 거대한 물줄기가 소현의 바로 옆에서 솟아올랐다. 마치 오늘은 그냥 현실로 도망치라는 경고처럼.

"너는 나의 병과 분명 관련이 있어. 네가 병을 발생시킨 원인일 수도 있다는 생각이 들어. 내일 보자. 내일은 좀 더 많은 것을 알아내기 위해 널 보러 올거야."

소현이 천천히 물줄기를 향해 손을 뻗었다. 고래의 반달 모양으로 접힌 눈 사이로 투명한 갈색 눈동자가 어렴풋이 보였다. 어디선가 본 적 있는 갈색 눈동자. 소현이 다급하게 손을 거두며 고래를 향해 무언가를 외치려 하는 순간, 물기둥이 방향을 틀어 소현의 두 팔을 그대로 감싸더니 소현을 그 속에 가둬버렸다. 더 이상 무언가를 눈치채서는 안 된다는 것처럼.

"너! 너……."

정신이 또다시 몽롱해졌다. 온몸의 힘이 전부 빠져나가는 기분이었다. 알 것 같았는데 이제야 좀 무언가를 알 것 같았는데. 점점 정신이 아질아질해지면서 그대로 모든 생각들이 정지되어 버렸다. 소현은 그렇게 또 잠에 취해갔다. 아무것도 확실하게 알지 못한 채로. 천천히 조용히.

"소현아, 일어나."

따스한 손이 소현의 어깨를 흔들었다. 소현이 얼굴을 찌푸리며 칭얼거렸다.

"아, 왜에."
"아침이야. 일어나."

이안의 목소리가 멍한 정신에 전기처럼 파직 하고 흘러들어 왔다. 맞다. 어제 달래주려다 물살에 휩쓸리는 바람에 못 했었지. 소현이 자리에서 벌떡 일어나며 이안의 두 볼을 움켜쥐며 속사포로 말을 꺼냈다.

"너너너너 어제 왜 운거야! 어제 왜 혼자 훌쩍거렸어! 무슨 일이야."
"소현아?"
"걱정했잖아, 네가 막 우니까. 평소에 자주 우는 사람도 아니고."

이안이 두 볼을 소현에게 꽉 잡힌 채로 싱긋 미소 지었다. 자기 챙기기도 바쁜 사람이 이렇게 자신을 걱정해주니 짐짓 기분이 좋은지 이안이 소현의 머리를 쓱쓱 쓰다듬으면서 입을 열었다.

“아냐. 어제 그냥 기분이 안 좋아서 그랬어. 진짜 별일 아니니까 신경 쓰지 마.”
“진짜?”
“진짜.”

이안이 소현을 자리에서 일으키며 다시 한번 씨익 웃었다. 좋아. 이 상태라면 상담 이야기를 꺼낼 수 있겠군. 이안이 천천히 소현의 눈치를 보더니 입을 뗐다.

“소현아. 내가 사실 상담을 하나 신청했는데.”
“상담?”
“병원에서 하는 건 아니구. 자, 봐봐.”

이안이 소현에게 전단지를 내밀며 소현의 눈을 피했다. 이제 돌아올 수 없는 강을 건넌 거나 마찬가지였다. 어제 밤새 고민한 끝에 내린 결정이었다. 이후로 소현이 자신을 영원히 보지 않겠다고 해도 어쩔 수 없는 일이었다. 생각해보면 지금까지 숨겨온 것도 대단한 일이었다. 이안이 자신의 손목에 선명하게 그어진 자살 흔적들을 보며 속으로 중얼거렸다.

'그래. 원래 말해야 하는 것들이었어.'

그녀가 밤마다 만나는 수면 위 세상. 잃어가는 기억. 그리고 이안이 숨기고 있던 사실들이 비로소 교점을 찾아 만나는 날이 드디어 오늘이라는 시간으로 찾아왔다. 더 이상 물러설 곳도 숨길 것도 없었다. 이안이 푸우 하고 깊은 한숨을 내쉬며 소현에게 말했다.

"어때? 괜찮은 거 같지?"
"근데, 신뢰할 수 있어?"
"가봐야 알 것 같기는 한데. 어제 전화 통화를 해봤을 때는 왠지 모르게 믿음이 가더라고."

소현이 이안을 향해 슬슬 다가오더니 흠 하고 고민하는 듯이 턱을 괴고 전단지를 다시 한번 쓰윽 훑어보았다. 그녀의 표정은 행동과 달리 어딘가 모르게 체념한 사람 같았다.

"가보자. 다 털어놔보지 뭐."

"진짜? 찬성하는 거야?"
"너도 그렇겠지만 나도 마지막으로 발악해보는 거야."

이안을 향해 애써 웃는 소현의 두 눈이 슬퍼 보였다. 이제 이곳이 아니면 병원에 입원하는 것 빼고는 방도가 없으니까. 소현이 옷을 갈아입으며 이안을 향해 입을 열었다.

"예약은 했어?"
"응. 11시까지 가면 될 듯해."
"시간은 아직 넉넉하네. 준비하고 있을게."

욕실로 들어가는 소현을 멀거니 쳐다보던 이안의 두 눈이 조금씩 떨려왔다. 일상의 행복이 이제는 끝을 맞이하는 기분이 들었다. 상담을 하기로 마음먹기까지는 엄청난 각오와 용기가 필요했지만 막상 이렇게 소현에게 상담하기로 했다고 말하고 나니 어딘가 모르게 후련하면서도 허탈했다. 밤새 고민하느라 생긴 다크서클을 문지르며 이안이 중얼거렸다.

"병이 낫게 되면 우리의 생활은 지금과는 많이 달라지겠지. 소현은 분명 날 쫓아내려 하겠지. 모든 사실을 알고 난 뒤에도 날 지금처럼 바라볼 수 있다면 그건 정말 말 그대로 기적일 테니까."

고개를 푹 숙인 채 이안이 소파에 앉아 있는 사이 소현은 욕실에서 콧노래를 부르며 샤워를 하고 있었다. 걱정으로 반쯤 죽어가는 이안과는 달리 소현은 상담을 받는다는 사실에 조금은 들떠 있었다. 말을 하다 보면 긴가민가했던 고래의 정체를 알게 될 수도 있다는 희망이 소현의 머릿속에 자리 잡고 있었기에 상담이 마냥 겁나고 불안하지만은 않았다. 오히려 좋은 기회가 될 수도 있다는 기대감이 소현의 머릿속에서 뭉게구름처럼 피어올랐다.

"후. 오늘은 환풍기도 제대로 틀었겠다, 아침부터 이안에게 혼날 일은 없네."

소현이 욕실 문을 열어젖히며 이안의 눈치를 살폈다. 이안이 고개를 들어 자신을 응시하자 소현이 당당하게 이안을 향해 한 손을 팍 펼치며 입을 열었다.

"오늘은 환풍기 틀었지롱!"

뭐가 그리 좋은지 헤벌쭉 웃는 소현을 향해 이안이 옅게 미소 지었다. 자신의 착잡한 심정과는 대조적인 그녀의 밝은 기운이 오히려 이안을 슬프게 했다.

"소현아."

"왜, 이안."

"상담을 받고 나서도 안 변할 자신 있어?"

"뭐가 변해?"

"그냥 모든 게. 상담을 받다 보면 더 이상 이 생활을 지속할 수 없게 될지도 몰라. 그래도 괜찮겠어?"

"왜 이 생활을 그만둬야 해?"

소현이 이안을 쳐다보며 말했다. 이안은 가끔씩 꼭 이렇게 의미를 알 수 없는 말을 던지곤 했다. 항상 이유는 알려주지 않은 채. 소현이 이안에게 다가가며 다시 질문했다.

"왜 그만둬야 하는데?"

"그냥. 혹시 그래야 한다면."

"상담 때문에 이 생활을 포기하게 될 리는 없어. 지금 상태를 방관하면 오히려 이 소소한 일상을 포기해야겠지."

"그렇게 생각해?"

"상담으로 내 병이 혹시라도 낫는다면 우린 이대로 살 수 있어. 하지만 병이 낫지 않는다면. 너도 알다시피 보호를 받으며 살아야겠지."

소현이 이안의 볼을 쓰다듬으며 말했다. 소현의 말에 이안의 표정이 풀어지며 소현의 손에 자신의 얼굴을 비비며 말을 이었다.

"그럼 다행이구."
"일어나자."

이안을 소파로부터 끙 하고 일으키며 소현이 이안의 허리에 팔을 살포시 감았다. 포옹은 그들이 처음 만났을 때 소현이 이안에게 했던 행동이었다. 이안이 놀라서 입을 벌렸다가 곧 다물고 편안한 미소를 지었다.

"넌 언제나 그렇듯 상냥해."
"내가 왜?"
"내가 불안해 할 때면 항상 이렇게 날 안아줬어. 네가 날 구한 행동이야. 기억나?"

소현이 여전히 이안의 허리에 두 손을 감은 채 낮게 웃었다. 그날, 비가 세차게 오던 그날 밤에도 그녀는 피범벅이 된 이안을 이렇게 꼭 안고 있었다. 물론 그때의 그 행동이 지금까지 어떤 어려움이 와도 이들 둘을 묶어둔 원동력이 된 것이지만…… 그러나 항상 그렇듯 일은 그 누구도 상상할 수 없는 방향으로 흘러가기도 하는 법이었다. 일말의 불안이 이안의 마음을 흔들었다.

"가자."

이안이 소현의 손을 꼭 잡은 채로 현관문을 열었다. 찬 겨울바람이 평소와는 다르게 느껴지며 칼칼한 목구멍을 가득 채웠다. 겨울 공기가 차다 못해 시렸지만 마음만은 탄산음료를 마신 듯 시원했다. 소현이 이안을 지그시 바라보며 조용히 말을 꺼냈다.

"이안, 너도 순간 느꼈지?"
"뭐를."
"내가 말하는 낯익다는 거. 현관문을 여는데 이 문을 수만 번도 더 열어본 듯한 느낌이 훅 오지 않았어?"

이안이 잠시 그 자리에 멈춰 서서 골똘히 생각에 잠긴 채 가만히 현관문을 응시했다. 분명 그러한 느낌이 때로 들기는 했다. 그런 게 소현이 말하는 익숙함인가 싶어 그녀를 바라보며 이안이 입을 열었다.

"네가 말하는 데자뷔가 이런 거야?"

"데자뷔랑은 조금 달라. 나중에 또 느껴지면 말해줄게."

"그래, 그럼."

이안이 소현을 밖으로 이끌면서 그녀의 손 위에 살포시 두 손을 올렸다. 분명 낯익은 두 손들이 오늘 따라 더 작아 보였다.

"안전벨트 똑바로 하고."

"예입."

"가는 데까지 얼마 안 걸릴 거야."

"이안, 맞다. 가기 전에 내가 헛소리 하나만 해도 돼?"

이안이 푸흡 하고 웃음을 터트리며 소현을 슬쩍 쳐다봤다. 자신과는 달리 떨리지도 않는지 여유롭게 차 등받이에 쭉 몸을 늘여놓고 있는 소현이 참 사랑스러워 보였다. 자신은 지금 상담을 받는다는 사실에, 아닌 척해도 이렇게 떨고 있는데.

"가끔씩 나, 이안 네가 할아버지로 보여."

"뭐?"

"알아. 스물네 살한테는 막말이라는 거 아는데, 순간 네가 할아버지로 비쳐질 때가 있어."

"너희 친할아버지?"

“아니 그건 아닌데, 왠지 네가 늙으면 그렇게 것 같은 노인의 모습으로. 그래서 또 막 눈을 비비면 다시 지금의 네가 떡 하고 있어.”

“헛것이 보이나 보다. 몸이 허한가.”

“보약이나 달여줘.”

소현이 피식 웃으면서 이안의 어깨를 가볍게 툭툭 쳤다. 내심 이안이 떨고 있다는 것을 눈치챈 그녀가 이런 농담으로라도 긴장을 풀어주려 한다는 것을 이안은 잘 알고 있었다. 소현은 항상 그래왔다. 항상 자신의 기분을 미리 알아채고 자신을 달랬다.

“소현아, 상담 잘 받자. 그리고 병 그까짓 것 박살 내버리자.”

“그래. 그까짓 것.”

병원 앞에 다다라 소현이 차문을 열어주자 이안이 그녀를 확 끌어안았다. 자꾸자꾸 눈물이 차올라서 눈앞의 사물들이 일렁였다. 너무나도 지금까지 묻어둔 게 많아서 그걸 말하지 않아왔다는 게 미안해서 소현을 바라볼 용기가 나지 않았다.

“왜 그래 이안.”

“아냐.”

이안이 소현의 한쪽 손을 꼭 쥔 채로 건물 안으로 걸어갔다. 오늘 이곳에서 모든 것이 드러날 것이었다. 모든 게 낱낱이 밝혀질 것이었고 결과는 두 가지 가능성 중 단 하나를 향할 것이었다. 병이 치료되거나. 치료되지 않거나.

"3층입니다."

깔끔한 건물 안의 엘리베이터에서 단정한 여자 목소리가 3층에 도착했음을 알리며 엘리베이터 문이 열렸다. '투데이 심리치료 클리닉'이라는 문구가 눈에 들어왔다. 이안이 어제 발견한 전단지와 같은 전화번호가 적혀 있는 것을 확인하고 이안이 문을 열었다.

"실례합니다."
"심리치료 클리닉 입니다. 무슨 일로 오셨나요."

젊은 여성이 활짝 웃으며 접수처에서 이안과 소현을 맞이했다. 은은한 허브향이 배어 있는 실내구조가 두 사람의 눈을 사로잡았다. 생각보다도 훨씬 편안한 분위기를 풍기는 곳이었다.

"저 어제 상담 신청한 이안이라고 하는데요. 오늘 아침 11시경에 오라 하셔서."

"아! 네네. 예약되어 있네요. 이쪽으로 오세요."

여자가 두 사람을 방으로 안내하며 똑똑 노크했다. 곧 이어 들려오는 노인의 점잖은 목소리에 안으로 들어가며 이안이 등 뒤로 두 손을 숨겼다. 차마 떨리는 손을 초면부터 보이고 싶진 않았기 때문에.

"앉으세요."

의자를 끌어와 앉은 두 사람을 상담사가 조용히 번갈아보더니 이내 입을 열었다. 백발의 매끄러운 머리에 푸근한 인상. 마치 인생을 다 안다는 듯한 여유로움을 풍기며 거부감 없는 인상의 상담사가 두 사람을 번갈아보며 친절하게 미소 지었다.

"이쪽이 그 여자 친구분이군요. 그리고 어제 전화 주신 분이……."
"네. 이안이라고 합니다."
"자, 우선 어제 했던 이야기로 돌아가서."

상담사가 소현을 지그시 바라보며 편하게 웃었다. 소현이 이게 무슨 말이냐는 듯이 이안을 쳐다보자 상담사가 소현을 향해 말했다.

"어제 현 상황을 전화 통화로 들었어요. 기억을 잃어버리고 있다고 했죠? 본인의 입으로 병에 관한 이야기를 들려주세요."

"아, 네. 일단 지금은 제가 스물네 살의 멀쩡한 기억을 가지고 있는 상태에요. 하지만 시간이 흐르면 흐를수록 기억이 뒤로 돌아가고 있어요."

"구체적으로 어떻게 돌아가는지요?"

"말을 하고 있을 땐 문제가 없어요. 하지만 저 혼자 말을 멈추고 멍을 때리거나 다른 일을 하다 보면 순간적으로 기억이 뒤로 훅 돌아가요. 그러면 그 순간 제가 스물네 살이라는 것을 망각하고 돌아간 시간대를 살아가게 돼요."

"현재 주변 지인들은 이 사실을 알고 계시나요?"

"지인이라고 할 사람들이 거의 없어요. 고등학교 1학년 때 부모님이 사고로 돌아가시고 친척 손에 자랐는데 제가 거의 말을 안 하고 살았거든요. 이안을 만나기 전까지는 사람에게 정을 주지 않다 보니까 주변에 만나는 사람이 저절로 없어졌어요."

이안이 고개를 끄덕이며 소현을 바라봤다. 소현의 담담한 두 눈이 어딘가 모르게 슬퍼 보였다.

"그러면 지금 이 상황을 아는 건 친척분들과 이안 씨 정도인가요?"

"제가 자립을 하고 친척들과 거의 연락을 끊게 되어서 아마 잘 모르실 거예요."

"왜 연락을 끊었죠?"

"그냥 부모님 돌아가신 후 다들 너무 걱정하시는 모습이 보기가 힘들었어요. 제가 오히려 부담스럽고 답답해서……."

소현이 상담사의 눈을 피해 구석을 쳐다보며 말을 이어나갔다. 그녀의 작은 두 손이 자신의 무릎을 꼭 쥐고 있었다.

"소현 씨. 그러면 기억을 잃는 것 이외에 다른 증세는 없나요?"

"아, 한 가지 더 있는데."

소현이 물끄러미 이안을 바라보다가 말을 흐렸다. 그녀가 어쩔 수 없다는 듯이 후우 하고 깊은 한숨을 내쉬더니 상담사를 보며 말을 이었다.

"사실 밤마다 괴상한 경험을 하고 있어요."

"괴상한 경험이요?"

"밤마다 방에 물이 가득 차올라요. 못 믿으시겠지만 진짜예요. 환각도 아닌 게 물의 느낌이 생생하게 느껴져요. 그리고 방 안에 물이 가득 차오르면 어느 순간 생겨난 물고기 떼들이 저를 둘러싸요."

"흐음."

"그리고 눈을 떠보면 현실과는 완전히 동떨어진 곳에 제가 서 있어요. 바다 위에요. 수면이 마치 땅바닥인 것처럼 그 위에 서 있게 되면 어느 순간 수면 밑으로부터 물기둥이 뿜어져 나와요."

"물기둥이요?"

"최근에 알게 된 건데 수면 밑에 거대한 고래 한 마리가 살고 있더라고요. 물기둥은 그 고래가 뿜어내는 건데, 물기둥을 건드리는 순간 현실로 돌아와요."

"고래가 어떤 존재죠?"

"모르겠어요. 근데 고래를 그곳에서 보면 볼수록 현실에서 기억을 잃는 주기가 빨라진다는 것은 확실해요. 두 가지가 연관이 있는데 어떻게 연관이 있는지를 모르겠어요."

상담사가 안경을 벗으며 조용히 소현을 바라봤다. 아까의 푸근한 미소가 사라진 채 상담사의 표정은 진지함 그 자체였다.

"저, 무슨 문제라도."

"기억을 잃기 시작한 것이 1년 정도 되었다 그랬죠. 그 전에 고래와 관련된 사건이 있었나요? 트라우마나."

트라우마라는 말에 이안이 몸을 움찔거렸다. 흉터투성이인 손목을 그가 매만지며 헛기침을 했다.

"이안 씨는 소현 씨의 이러한 경험을 알고 있었나요?"

상담원이 매서운 눈길로 이안을 쳐다봤다. 이안이 민망한 듯이 큼큼 헛기침을 하면서 입을 열었다.

"얼마 전에 말을 꺼내려 했는데 제가 웃는 바람에 파투났죠."
"믿음직스럽지 않은 남자친구네요."
"저도 그렇게 생각해요."

소현이 상담사의 말에 맞장구치며 이안을 흘겨봤다. 이안이 머리를 긁적거리며 어색한 웃음을 지었다. 상담사가 드러난 이안의 흉터를 보면서 조심스럽게 물었다.

"그런데 혹시 손목에 그 흉터, 왜 그런지 여쭤봐도 될까요."

이안이 머쓱한 듯이 소현을 한번 바라보다 힘겹게 입을 열었다. 말하고 싶지 않았던 이야기들이 시작되는 순간이었다.

"이건 제가 소현이를 처음 만난 날 그은 상처입니다."

이안이 자신의 손목 쪽을 바라보며 천천히 말했다. 그날, 비가 쏟아지던 겨울밤 이안은 자신의 부모님이 돌아가신 그 횡단보도에서 망연자실 서 있었다. 한 손에는 날카로운 칼을 들었고 손목에서 흐르는 피로 온몸이 피투성이가 된 채로, 실성한 사람처럼 신호등 옆에 기대 있었다. 이안이 후우 하고 심호흡을 하더니 상담사를 쳐다봤다.

"제 부모님은 제가 고등학교 1학년 때 돌아가셨습니다."

소현에게 하지 못했던 말들을 드디어 꺼내기 시작했다. 이젠 멈추고 싶어도 멈출 수가 없었다. 먼 길 돌고 돌아 엉킨 인연들을 이제는 풀 때가 되었다. 그렇게 생각하며 이안이 말을 이었다.

"소현이의 부모님이 돌아가신 날과 같은 날, 그리고 같은 장소에서 제 부모님이 돌아가셨습니다."

그 말에 소현이 두 눈을 동그랗게 뜬 채로 이안을 바라봤다. 소현이 억지로 떨리는 목소리를 가다듬으며 이안을 향해 물었다. 아니 정확히는 반쯤 분노가 담긴 질타였다. 소현의 손가락이 이안을 향하며 부들부들 떨려왔다.

"너 나한테 이런 얘기 왜 안 했어! 그날 네가 횡단보도에서 손목을 그으면서 그랬잖아. 부모님이 이곳에서 돌아가셨다고. 난 그 당일에 너희 부모님이 돌아가신 줄만 알았어. 그게 아니었던 거야?"

이안이 어떠한 반박도 않고 소현을 바라봤다. 죄책감. 죄책감만이 가득한 이안의 얼굴이 점점 일그러지더니 소현의 한쪽 손을 잡으며 말했다.

"지금까지 숨겨서 미안해."

이안이 경악하며 벌떡 일어선 소현을 앉히며 조용히 속삭였다.

"이 말을 듣고 네가 엄청나게 분노할 거라는 것 알고 있었어. 네가 이 말을 듣고 다신 나를 보지 않겠다고 해도 난 받아들일 거야. 하지만 이 말을 해야만 너의 병을 고칠 수 있을 거 같아. 네가 밤마다 본다는 그 고래 이야기를 듣는 순간 확신이 왔어."

"뭐?"

"소현이의 부모님이 돌아가신 이유는 교통사고예요. 그리고 저희 부모님이 돌아가신 것도 같은 이유고요."

"이안!"

소리치는 소현을 보지 않은 채로 이안이 말을 이어나가기 시작했다. 그의 눈은 어떤 망설임 없이 상담사를 바라보고 있었다. 지금이 아니면 하지 못할 말이었다.

"소현이는 교통사고가 난 차 안에 있었어요. 유일하게 살아남았죠. 소현이는 자신의 부모님이 길을 건너던 부부를 차로 친 후 돌아가셨다고 기억하고 있어요. 결론적으로는 그 부부와 소현이의 부모님 모두 돌아가셨어요. 여기까지가 소현이가 제게 말해준 사실입니다."

이안이 크게 숨을 들이쉬었다. 이 말을 뱉어내는 순간 모든 게 틀어지겠지만, 이제는 알고 있다. 더 이상 피할 곳이 없다고. 이안이 천천히 입을 열었다.

"그 교통사고로 죽은 부부가 제 부모님입니다. 소현이네 부모님이 들이박은 부부가 제 부모님입니다."

순간 상담사와 소현의 얼굴이 굳어졌다. 있을 수 없는 일이라는 듯이 소현이 바들바들 떨면서 이안을 바라봤다. 그녀의 두 눈에 그렁그렁한 눈물이 가득 차올랐다.

"제가 추측하건대 소현이는 그날로부터 계속 자신의 부모님을 원망해왔습니다. 자신을 고아로 만든 것도 모자라 남의 부모까지 죽였으니까요."

이안이 두 손을 꽉 주먹 쥐며 침을 꿀꺽 삼켰다. 이제 한마디, 마지막 한마디만 하면 지금까지 자신을 짓눌러 온 죄책감과 압박감도 끝이었다. 마지막 한마디를 꺼내는 그의 입술이 파르르 떨려왔다.

"하지만 소현이의 부모님은 잘못이 없어요. 모두 저희 부모님 잘못입니다."
"그게 무슨 소리야?"

소현이 이안의 팔을 세게 움켜쥐며 소리쳤다. 줄줄 흐르는 소현의 눈물을 이안이 조심스레 닦아주며 조용히 말했다.

"저희 부모님은 자살하려고 뛰어든 거였거든요."
"뭐?"

소현을 바라보며 이안이 입을 뗐다. 이 말을 하기까지 도대체 몇 년이 걸렸던 것인지. 이안이 씁쓸한 미소를 지었다.

"우리 부모님은 우울증이 있었어. 네 부모님이 돌아가신 날, 내가 방 안에서 잠든 사이 두 분은 유서를 남기고 밖으로 나간 후 돌아오지 않으셨어. 나중에 발견된 곳은 너희 부모님이 돌아가신 그 횡단보도였고. 친척들은 내가 충격을 받을까 봐 두 분이 자살했다는 말을 하지 않았어. 두 분은 그냥 사고를 당해서 돌아가셨다고만 알려졌지."

"이안."

"난 너희 부모님을 계속 원망했어. 죽도록 미워했어. 살아남은 사람이 있다고 들었을 때 계속 저주했어. 왜 우리 부모님이 죽고 차 안에 있던 사람이 살았는지 그땐 너무 원망스럽더라."

"이안, 너."

"근데 2년 전에 널 횡단보도에서 만났던 날, 바로 그날 사실을 알게 됐어. 그날 부모님 기일이라 친척들이랑 다 같이 술을 마시고 뻗어 자고 있었는데 친척어른 중 한 분이 내가 잠든 줄 알고 부모님 이야기를 꺼내더라고."

소현이 이안을 참담한 시선으로 쳐다봤다. 각오는 하고 있었지만 그런 소현의 시선에 마음이 너무 아팠다.

"우리 부모님이 사실 자살하려고 횡단보도에서 뛰어든 거라고. 불쌍한 가족을 딸 한 명 빼고 모조리 죽게 만든 것은 사실 우리 부모님이었다고. 내가 원망하면서 살아온 그 사람들은 사실 나를 원망해야 하는 사람들이었다고."

이안의 눈에서 비가 쏟아졌다. 코끝이 빨개지면서 입에서 자꾸만 흐느낌이 새어 나왔다.

"그때 제정신이 아니었어. 자신이 너무나도 싫었어. 부모님의 잘못을 내가 짊어져야 한다고 생각했고 그냥 죽고 싶었어. 지금까지 착각하며 살아온 자신도 싫었고 부모님이 우울증이었다는 것을 알아채지 못했다는 사실이 더 괴로웠어."

이안이 터져 나오는 울음을 집어 삼키며 말을 이어 나갔다. 그때의 풍경이 눈앞에 펼쳐지는 것 같았다. 진한 향내가 코끝에서 가시질 않았다. 그때 횡단보도 앞에 서서 자신을 바라보던 소현의 모습이 눈앞에 생생하게 펼쳐졌다.

"자살하려고 그은 손목을 보면서 그때 네가 말을 걸어줬잖아. 죽지 말라고. 자기 부모님도 고등학교 1학년 때 이곳에서 돌아가셨다고. 자신은 혼자 살아남았어도 이렇게 살고 있지 않냐고."
"너 그때 이미 다 알고 있었던 거야?"
"너의 이야기와 친척의 이야기들을 비교하면서 듣다가 알았어.

살아남은 사람이 유소현이구나. 그 뒤로 모른 척하고 너를 따라다녔어. 넌 내 생명의 은인이기도 하면서 내가 평생 짊어지고 가야 할 원죄였으니까."

"왜 지금까지 말을 안 한 거야!"

"네가 나를 원망할까 봐 겁났어. 네가 매년 부모님 기일만 되면 그 횡단보도에 서 있었다는 것을 알게 된 뒤로는 더 알릴 수가 없었어. 부모님의 기일 날 우리가 처음 만나게 되었지만 내겐 평생의 주홍글씨였어."

이안이 고개를 숙이며 두 손으로 얼굴을 감쌌다. 다 말하고야 말았다. 지금까지 숨겨왔던 사실을 이제야 다 털어놓고 말았다. 다 말하면 후련해질 줄 알았는데 오히려 심장이 바위에 짓눌리는 것 같이 아파왔다. 가슴이 쿵쿵쿵 뛰었다. 자꾸만 쉬지 않고 눈물이 흘렀다.

"미안해. 지금까지 말 못 해줘서. 진작에 말해줘야 했는데."

"이안."

소현의 당혹스런 마음이 그대로 얼굴에 드러났다. 그럴 만도 하지. 이건 그냥 흘려들을 이야기는 절대 아니니까. 소현이 두 손을 머리에 올린 채로 이안을 바라봤다. 울고 있는 이안의 모습이 참

왜소해 보였다. 여태까지 숨기고 있으면서 쌓인 긴장이 모두 풀어지는 듯 그의 등이 반복해서 떨리고 있었다.

그 순간, 따스한 손길이 이안의 두 볼을 쓰다듬었다.

"지금까지 고생했어. 혼자 묵묵히 참느라."

"소현아."

"말해줘서 고마워. 나 너 원망 안 해."

"어?"

이안이 고개를 들어 소현을 쳐다봤다. 분명 고함을 지르거나 죽은 부모님을 살려내라고 통곡할 줄 알았는데 그녀의 표정은 너무나도 담담했다.

"네 잘못이 아니야."

소현의 두 눈이 이안을 직시했다. 그녀의 한 마디 한 마디가 온몸을 녹이는 것 같았다. 지고 있었던 무거운 짐을 내려놓는 것 같았다. 지난날의 과오로부터 대신 짊어진 책임감으로부터.

"날 용서해주는 거야?"

"용서 못 할 것은 네가 지금까지 이 사실을 숨기고 있었다는 것

밖에 없어. 그 외에는 네가 잘못한 건 하나도 없어."

소현이 이안을 살포시 끌어안았다. 따스한 온기가 전해졌다. 이안이 흐느낌을 멈추지 못한 채 소현에게 말했다.

"나, 나 너무 힘들었어. 말할까 말까 숱한 밤을 고민했어. 가끔씩 네가 의미심장한 질문을 하면 그날 밤은 잠도 못 이루었어."
"알아, 알아. 쉿."

소현이 이안의 등을 토닥토닥 두들기며 그를 달랬다. 펑펑 울고 있는 그와는 달리 차분한 소현의 모습이 대조적이었다. 이안이 겨우 안정을 되찾을 즈음 상담사가 입을 열었다.

"지금까지의 상황을 봐서 소현 씨의 병이 무엇인지 알 것 같기도 합니다."
"네?"
"두 분이 말씀 나누시는 동안 알아차렸어요. 그때 신문 한 면에 이 사건에 대한 기사가 제법 큼직하게 실려서 사람들 입에 오르락내리락 했었죠. 소현 씨 차에 타기 전 아쿠아리움에 갔었죠?"
"네. 할머니 생신 모임을 끝내고 우리는 아쿠아리움에 갔어요."
"그게 소현 씨로서는 부모님을 잃기 전 마지막 추억이었겠네요."

"네."

"제가 보기엔 과잉이라 느껴질 정도로 소현 씨가 부모님의 죽음에 담담한데. 그 이유가 뭘까요?"

"제가요?"

"부모님의 죽음을 타인의 일처럼 받아들이고 있어요. 오히려 이안 씨의 부모님 사정을 들었을 때는 공감하고 슬퍼하는 것 같은데, 정작 본인 부모님의 이야기를 할 때는 참 담담해요."

"그건 시간이 지나면서 무뎌지다 보니."

소현이 이안을 바라보며 반박했지만 상담사의 말에 수긍하는 듯한 이안의 표정을 보고는 금세 입을 다물었다. 이안이 천천히 말을 꺼냈다.

"제 생각이지만, 소현이는 그날부터 부모님이 남을 죽이고 돌아가셨다는 사실을 부인하고 싶어 했던 것 같아요. 그러다 보니 자신의 부모님이 죽었다는 사실도 같이 부인하게 된 것 같고요. 그래서 지금 앓고 있는 병을 얻게 된 것 같아요."

"이안. 아니야, 그렇지 않아."

"다 미리 말하지 않은 제 탓입니다. 제가 소현이의 병을 생기게 만든 장본인이라고 해도 과언이 아니에요."

"이안. 아니라니까."

"네가 밤마다 본다는 고래. 어디서 본 적 없어?"

이안의 말에 소현은 말을 하려다 말고 이안을 멀뚱히 바라봤다. 갈색 눈. 고래의 갈색 눈을 자신은 분명 어디선가 본 적이 있었다. 어디서 봤지? 도대체 어디서 봤길래 이렇게 낯이 익은 거지?

"고래. 그날 사고가 나기 전에 아쿠아리움에서 보지 않았어?"

이안이 소현의 눈치를 살피며 조심히 물었다. 소현은 기억이 돌아가는 이유와 고래가 관련이 있다고 했다. 그리고 자신의 기억이 정확하다면 고래는 분명 사고가 나기 전 아쿠아리움에서 그녀가 마지막으로 봤던 것이었다.

"고래. 그때 아쿠아리움에서 고래를 보았어. 내 눈엔 분명 고래였어. 고래의 눈동자도 분명 봤는데……."

"고래와 그날의 일은 분명 연관이 있어. 결론적으로 보면 네 병은 그날의 일과 관련이 있다는 말이 돼."

"억지야!"

"억지가 아니야. 사실이야."

이안이 소현의 손을 꽉 붙잡으며 소현을 향해 소리쳤다. 소현이 이안의 눈을 피하며 고개를 떨궜다. 그녀는 항상 자신의 부모님 일이 입에 오르면 이렇게 회피하곤 했다. 마치 자신의 일이 아니라는 양.

"내가 왜 오늘에서야 모든 것을 까발렸을 것 같아? 네가 부모님이 남의 멀쩡한 가족을 죽이고 돌아가셨다는 것을 인정하지 못해서 그걸 부인하다 보니 이런 병이 생긴 거잖아. 고래 이야기, 나한테 미리 좀 해주지 그랬어. 그랬더라면 내가 진즉에 네 병의 원인을 알아 차렸을 텐데."

"널 믿을 수 없었어."

"뭐?"

"넌 항상 뭔가 숨기는 듯했어. 생각해보니 아까 말한 그 사실을 숨기려니 그럴 수밖에 없었겠네. 그리고 네가 나에게 잘해줄수록 더더욱 그런 말을 털어놓기가 힘들었어. 부담될까 봐."

"넌 날 알면서도!"

"걱정할까 봐. 날 이상하게 볼까 봐. 너여서 오히려 말할 수가 없었어."

소현이 이안을 쳐다보지 않은 채로 소리쳤다. 혼란스러움과 복잡함이 뒤섞인 그녀 안의 감정들이 폭발했다. 어지러운 듯 소현이 머리를 감싸 쥐며 말을 이었다.

"고래가 그날 일과 밀접한 연관이 있다고 쳐. 그러면 대체 왜 내 기억이 뒤로 돌아가는 건데. 왜 과거의 일 따위로 현재의 내 기억이 이렇게 사라지는 건데?"

"그건 고래한테 직접 물어보죠?"

상담사가 가볍게 웃으며 두 사람을 말렸다. 어리둥절한 표정으로 상담사를 동시에 쳐다보는 두 사람을 지그시 바라보며 상담사가 입을 열었다.

"고래 당사자한테 물어보라고요. 왜 자꾸 기억을 돌리는지. 그럼 되잖아요? 이안 씨의 추측이 맞는지. 아니면 아예 다른 답이 있는지 물어봐야 알죠. 안 그래요?"

상담사가 웃으면서 두 사람을 번갈아보곤 박수를 딱 하고 쳤다. 새하얀 백발이 흔들리며 아름다운 웨이브를 연출했다.

"자. 문제 해결."

"네?"

"이안 씨가 지금까지 부모님에 대한 진실을 숨기고 있었던 건 잘못이에요. 하지만 고래가 무엇을 상징하는지는 만나서 직접 물어보면 알겠죠. 그러다 보면 정확한 병의 원인이 무엇인지도 알게 될 거구요."

"아니, 저……."

"자, 가서 고래를 만나봐요. 그리고 다시 오세요."

상담사가 친절하게 문까지 열어주며 싱긋 웃었다. 대체 뭘까 하는 표정으로 얼빠져 있는 두 사람을 직접 일으키며 상담사가 입을 열었다.

"치료비는 병이 깨끗이 나으면 지불해요. 그때 어마어마한 비용을 청구하도록 할게요."

반박할 새도 없이 닫히는 방문을 바라보는 두 사람에게 다음 환자로 보이는 남자가 다가와 말을 걸었다.

"저래 봬도 최고의 명의예요. 낫게 한 사람이 한둘이 아닌걸요."

"댁은 누구신데?"

"여기 환자 겸 알바생이요. 박현이라고 합니다."

박현이라는 남자가 다짜고짜 손을 흔들더니 웃으며 말을 이었다.

"여기 오신 환자 분 중에 완치되지 못한 분이 없어요. 행운을 빌

게요."

말을 마치자마자 닫힌 방문을 휘릭 열어 안으로 쏙 들어가버리는 남자를 보면서 소현이 입을 열었다.

"일단 가자. 이안."
"그래."

어느새 꼬박 하루라는 시간이 다 가고 두 사람이 밖으로 나왔을 때는 저녁노을이 마지막 빛을 뿜어내며 산등성이를 넘어가고 있었다. 해가 질 때까지 내내 이야기만 한 터라 기억을 잃을 새도 없어 소현의 기억은 말짱했다. 소현이 차 안에 몸을 뉘이며 이안을 향해 고개를 돌렸다. 눈물이 말라붙어 허연 자국이 얼굴에 덕지덕지 붙어 있는 것을 보며 소현이 푸흡 하고 웃음을 터트렸다.

"웃음이 나오냐?"
"그러게. 웃음이 나오네. 굉장히 심각한 상황인데 말이야."
"나한테 화 안 나?"
"네가 나한테 숨기는 게 없다고 거짓말 친 거에는 화가 나."
"그 외에는?"
"없어. 부모님의 일은 좀 당황스러웠지만. 아직 실감이 안 나. 정말이지 고래를 만나봐야 실감이 날 거 같아."

소현이 이안을 향해 눈을 반짝이며 두 팔로는 이안을 꽉 안으며 말을 이어갔다.

"우리 고래를 만나보자."
"어? 나도?"
"응. 너도."

고개를 끄덕이며 이안을 쳐다보는 소현의 두 볼이 발그레 익어 있었다.
고래에 대해 제대로 터놓지 못했다는 사실이 미안했던지 소현이 머리를 긁적이며 피식 웃었다.

"한번 같이 경험했으면 해. 내가 매일 밤 겪는 일들을."

소현의 두 눈이 꿈을 꾸듯 아련히 말했다. 그런 소현의 모습을 보며 이안이 운전대를 잡았다.

"집에 가자. 그래, 만나보지 뭐."

겨울바람 사이로 잔잔하게 사람들의 말소리가 녹아드는 그런 저녁이었다. 거리거리마다 환하게 가로등이 켜지면서 그 밑으로는 수많은 삶의 사연들이 피어나고 또 사그라졌다. 그 사연들이 어느새 실타래가 되어 감겨진 거리에 수많은 사람들이 자신들의 이야기를 찾아다니며 거리를 방황하고 있을 즈음 새하얀 눈꽃들이 하늘에서 내리기 시작했다. 나풀나풀 흩날리는 하얀 눈송이들이 마치 꽃송이같이 아름다웠다. 꽃송이는 어디에나 내렸다. 이안의 차 위에도, 골목길 고양이 위에도, 죽은 곤충의 사체 위에도, 그렇게 거리에 눈이 내렸다.

"이안, 눈 내린다."
"예쁘네."
"이안, 우리 다음 해에도 눈 오는 거 같이 보자."

소현이 차창을 열며 속삭였다. 눈송이들이 흔들리는 마음을 아는 듯 차창을 넘어 차 안으로 흘러 들어왔다. 흔들리는 마음을 더욱 더 흔들고자 들어온 것인지 아니면 잠재우러 온 것인지 도통 알 수는 없었으나 한 가지 분명한 것은 그때 이안의 세계는 눈송이와 소현만으로 가득 차 있었다는 것이다. 이안이 천천히 떨어지지 않는 입을 떼며 말했다.

"그땐 온전한 기억을 가지고 있겠지?"

"오늘로 결정 나겠지. 병이 치료될지 치료되지 못할지. 고래를 만나보면 알게 되지 않겠어? 지금은 모든 말들이 아직 실감이 나지 않아."

소현이 바람을 맞으며 조용히 말했다. 고래를 만나면 무슨 말을 해야 할까 감이 오지 않았다. 오늘에서야 알게 된 이야기들을 해줘야 할까? 아니면 다짜고짜 질문부터 해야 할까. 아니 고래가 대체 어떤 것을 의미하고 있는지부터 알아야 하는데. 어떻게 알 수가 있지?

소현이 고개를 절레절레 흔들면서 창문을 올렸다.

집에 도착하자 소현의 차 문을 열어주며 이안이 한 손을 내밀었다.

"잡아."

이안의 잘 데워진 손난로 같은 손이 소현의 고사리 같은 손을 잡으며 그녀를 일으켜 세웠다. 흩날리는 눈 꽃송이 사이로 소현의 미소가 환하게 떠올랐다.

"우리 오늘 몇 년 동안 계속 봐왔던 영화의 엔딩을 봐야하지 않아?"

"봐야지, 오늘. 하지만 난 이게 새드엔딩이어도 그렇게 슬플 거 같지는 않아."

소현이 이안을 바라보며 속삭였다. 그녀의 두 눈이 가로등 빛에 반사되어 몽환적으로 빛나고 있었다. 소현이 이안의 손을 다시 한 번 강하게 쥐며 말을 이었다.

"과정이 너무 아름다웠거든. 적당한 클라이맥스도 있었고 적당한 반전도 있었고. 완벽한 영화야."

소현이 이안을 현관으로 이끌며 평온한 웃음을 지었다. 이젠 어떠한 결과를 맞이해도 후회하지 않겠다는 듯이 이안을 향해 환하게 웃으며 그를 품에 안았다.

"그러니까 영화의 엔딩을 보게 되었을 때는 거하게 박수를 보내주자. 그저 웃으면서 결과에 순응하자."

소현의 두 팔이 이안을 부드럽게 감싸며 그를 휘감았다. 이안이 소현의 말에 고개를 끄덕이자 소현이 다행이라는 듯 윙크를 날리며 현관문을 닫았다.

"이 정도면 각오는 충분히 다졌겠지? 그럼 만나러 가자."

소현이 이안을 방 안으로 이끌면서 다시 여유로운 미소를 지었다. 순응한다. 그 말을 대신하는 그런 멋진 표정이었다. 이안이 그런 그녀를 지그시 바라보더니 방문을 닫으며 말했다.

"그래. 만나자."

소현이 방바닥에 털썩 앉으며 이안을 자신의 옆에 앉혔다. 그녀가 이안의 두 눈을 살포시 감겨주며 이안에게 충고했다.

"고래를 만나기 위해서는 나를 믿어야 해. 의심 없이 물이 차오르길 기다려야 해. 어느 순간 물소리가 들려올 거야. 그때 눈을 뜨면 돼."

소현이 이안의 손을 꼬옥 잡은 채로 눈을 감았다. 캄캄해진 시야에 그 어떤 것도 들어오지 않으면서 모든 감각들이 귀로 몰리기 시작했다. 이안이 불안한 듯이 소현의 손을 힘껏 쥐며 소현에게 물었다.

"언제 차올라?"
"눈을 감고 있다 보면 파란색이 보일거야. 그때부터 물이 차오르기 시작해."

이안이 눈을 꽉 감은 채 캄캄한 허공을 주시했다. 스파크가 일듯이 조그만 선들이 눈앞에서 일렁였다. 눈을 감으면 보이는 수많은 빛들이 어른거리며 두서없이 떠다녔다. 이안이 여전히 눈을 뜨지 않은 채로 소현에게 물었다.

"안 보이는데?"
"아직이야. 조금만 기다려봐."
"언제까지 기다려야 해?"
"앗, 지금! 지금이야."

소현의 말이 끝나기도 전에 파아란 형광빛의 물결이 이안의 눈속으로 흘러 들어왔다. 쪽빛 물감들이 새카만 풍경을 가득 채우며 모든 것을 파랗게 물들였다. 이안이 놀란 나머지 눈을 번쩍 뜨며 소현을 바라보자 소현이 싱긋 웃으면서 이안을 향해 말했다.

"발밑을 봐."

시원한 물의 감촉이 발끝으로 느껴졌다. 쏴아아아. 푸른 소리가 귓가를 울렸다. 이안이 고개를 숙여 발밑을 바라보는 순간 그의 눈안에 들어온 것은 다름 아닌 빛에 반사되어 별빛이 쏟아지듯이 빛나고 있는 수많은 물결들이었다. 방에 물이 차오르고 있었다. 소현의 말은 거짓이 아니었다.

"물이 대체 어디서 흘러 들어오는 거야?"

"나도 몰라. 하지만 물만 흘러 들어오는 게 아냐."

소현이 놀라서 입을 다물지 못하는 이안의 한 손을 어루만지며 배시시 웃었다. 소현이 자리에서 일어나며 그를 일으켰다. 발목까지 차오른 강물이 아름답게 넘실거리고 있었다. 그들이 움직일 때마다 튀어 오르는 물방울들이 마치 사파이어 같았다. 그 사이로 몰려온 새하얀 잉어 떼들이 두 사람을 둘러쌌다.

"잉어?"

"그래, 잉어. 잉어가 우리를 완벽히 감싸는 순간 이 방은 무너져 내리게 될 거야."

"방이 무너져 내린다고?"

"방에 물이 다 차오른 후의 이야기야. 아직은 더 기다려야 해."

물에 잠기기 시작하는 가재도구들을 보며 이안이 불안한 눈빛으로 소현을 응시했다. 하긴, 이안에게 이런 경험은 처음일 테니 무리도 아니었다. 소현이 한 손으로 청상한 쪽빛 물을 한가득 떠 이안을 향해 뿌리며 외쳤다.

"긴장하지 마. 숨을 못 쉬어서 익사하는 일은 없을 테니."

이안이 아직은 어리둥절한 표정으로 소현을 바라보더니 이내 파하하 하고 편안한 웃음을 터트렸다. 이안이 차오르는 강물을 헤치며 소현 옆에 바짝 다가갔다. 귓가를 울리는 물소리가 온몸을 간질였다. 새파란 강물이 햇빛에 반사된 것처럼 빛나며 그 색을 두 사람의 몸에 입혀갔다. 잉어들이 매끄러운 비늘을 스치며 이리저리 헤엄쳐 다녔다. 강물. 현실과는 동떨어진 이곳에는 이안과 소현 두 사람만이 존재하고 있었다.

"소현아. 지금까지 이런 경험을 매일 밤마다 하고 있었던 거야?"
"너에게 알려주고 싶었어. 너에게 이 풍경을 보여주고 싶었어."

소현이 이안의 몸에 기대며 속삭였다. 이곳이라면 무엇이든 터놓을 수 있을 것 같았다. 지금까지 말하지 못했던 모든 감정들을 털어놓을 수 있을 것 같았다. 물이 더 차올라서 입을 막아버리기 전에 말하고 싶었다. 쌓여 있던, 파묻혔던 모든 이야기들을.

"이안. 나는 네가 날 믿지 않는다고 생각했어. 네가 내 기억이 온전할 때도 어딘가 모르게 내 말을 의심하는 듯한 느낌을 받았어. 날 소현이 아닌 병자로만 보는 거 같았어."

"소현아."

"나 또한 너를 믿지 못했어. 너에게 의지하면서도 모든 걸 털어놓지 못했어. 우리 사이에는 불신이 있었던 거야. 네가 나에게 사실을 숨기고 날 만난 그 순간부터."

이안이 소현을 애처롭게 바라봤다. 속마음을 털어놓는다는 것. 지금까지의 모든 불안감이나 불신들을 상대에게 건네어 속삭이는 것이 얼마나 힘든 건지. 그러나 또한 얼마나 이 시간을 기다려왔는지 소현은 모를 것이었다. 그런데 이제 다 털어놓을 수 있게 되었다니. 이안은 이 모든 것이 그저 꿈만 같았다. 이안이 소현을 간절한 눈빛으로 바라보며 말을 이었다.

"어쩔 수 없었어. 넌 내 목숨을 구했지만 내 부모님은 네 부모님을 죽게 만들었으니까. 나로서는 네게 보답하는 유일한 방법은 모른 척 곁에서 너를 보살피는 것밖에는 없었어. 너한테 진실을 알리는 순간 내가 은혜를 갚을 방법이 사라진다고 생각했거든. 네가 사실을 알게 되면 날 더 이상 보려고 하지 않을 거라고, 그렇게 생각했어."

"왜 내가 널 보지 않을 거라 무작정 단정 지은 거야. 난 널 원망하지 않아."

"무서웠어. 혹시라도 네가 모든 걸 알게 되었을 때 날 원망할까 봐. 내가 너에게 진 큰 빚과 잘못을 갚을 길이 사라질까 봐. 아니, 그 무엇보다 네가 날 떠날까 봐 두려웠어…… 난 겁쟁이였어."

"넌 겁쟁이야."

소현이 허리까지 차오른 강물을 헤치며 이안을 향해 다가갔다. 서로의 거리가 가까워졌다. 불신이 사라지고 그 사이 공백이 완벽하게 사라져갔다. 애틋한 온기가 입술에 맞닿으면서 한쪽에서 한쪽으로 따스하게 전해졌다. 소현이 이안의 입술에 입을 맞추며 그를 껴안았다.

"그래도 내 곁에 남아 있어줘서 고마워."

"소현아."

"우리 둘은 다른 사람들과 살아갈 수 없어. 그 사람들과는 너무나도 다르거든. 부모님의 죽음 이후로 난 다른 사람들과는 교류를 할 수가 없었어. 너 또한 그랬듯이."

소현이 이안의 두 손을 부여잡은 채로 천천히 눈을 감았다. 푸른 물결들이 입가에서 굽이쳤다. 강물이 두 사람을 집어 삼켜갔다. 부그르르르 수많은 기포들이 입을 통해 천장으로 떠올랐다. 방 안은 온통 푸른색의 향연으로 가득 찼다. 어디가 하늘이고 어디가 물인지. 아니, 어느 파란색이 하늘인지 물인지 분간이 가지 않았다.

'잉어들이 몰려온다.'

은색의 비늘들이 꼭 껴안은 이안과 소현을 감싸면서 여유롭게 헤엄치기 시작했다. 아름답던 푸른빛이 사그라지며 잉어의 새하얀 비늘들이 눈앞을 가득 채웠다. 방 안이 무너지기 시작한다는 신호였다. 이안이 무언가에 홀린 듯 소현과 함께 천천히 눈을 감았다. 왠지 그래야만 할 것 같았다.

"눈 떠. 이안. 왜 그렇게 죽을 듯이 눈을 감고 있어."

그렇게 한참을 껴안고 있던 이안을 흔들며 소현이 장난스레 웃음을 터트렸다. 딱히 방이 무너진다는 느낌도 나지 않았는데 이안이 눈을 떴을 때는 거대한 바다가 눈앞에 펼쳐져 있었다. 이안이 어안이 벙벙한 얼굴로 소현을 바라봤다. 조속한 설명을 바라는 눈빛이었다.

"여기가 최종 정류장이야. 수면 위 세상. 우린 지금 바다 위에 서 있지만 이곳 하늘은 현실의 하늘과는 달리 물로 가득해. 바다 위에 또 다른 바다가 있다고나 할까. 숨 쉬는 데는 지장이 없지만 이렇게 숨을 내쉬면."

소현이 후우 하고 바람을 불자 입에서 뽀글뽀글 조그마한 기포들이 뿜어져 나와 떠오르기 시작했다. 소현이 깜짝 놀라 두 눈이 휘둥그레진 이안을 바라보며 다시 한번 가벼운 웃음을 터트렸다. 이 남자, 자신이 처음 이 공간에 발을 들였을 때보다도 더 놀라고 있었다.

"잠깐만. 우리가 바다 위에 서 있다고? 그러면 저기 물고기들은 어떻게 새처럼 우리 주변을 떠다니고 있는 건데? 물고기는 수면 아래에 사는 거 아니었어?"

이안이 자신의 주변을 헤엄치는 물고기들을 가리키며 당황한 얼굴로 물었다. 그가 뒷걸음질을 치며 생긴 물의 파장이 잔잔한 수면 위에 끝도 없이 퍼져나갔다.

"말했잖아 이곳의 하늘은 우리가 아는 하늘과 다르다고. 우리가 서 있는 공간도 물이고 우리의 발밑도 온통 물이야. 하지만 이 수면 아래는 아무리 접촉하고 싶어도 할 수가 없어."
"왜?"
"뚫리지 않거든. 이곳 주인에 의해서가 아니면."

"주인?"

이안의 말이 끝나기도 전에 이안의 뒤에서 거대한 물기둥이 폭포가 거꾸로 치솟듯 솟아올랐다. 차가운 물방울들이 흩뿌려지면서 다이아몬드처럼 반짝반짝 빛났다. 수많은 물줄기가 수면 위에 맞닿는 순간 거대한 파도가 일었다. 일렁이는 물살이 잔잔했던 바다를 다시 깨웠다. 소현이 물살에 휩쓸리지 않도록 몸을 수면에 가깝게 낮추며 외쳤다.

"고래! 저 물기둥은 고래가 만든 거야. 이곳의 주인인 고래가."
"고래가 어디 있다는 거야?"

이안이 파도에 반쯤 휩쓸린 채 허우적거리며 주위를 돌아봤다. 아까의 물기둥이 사라진 자리에는 넘실대는 파도를 제외하고는 그 어떤 것도 존재하고 있지 않았다. 소현이 이안을 일으키며 조용히 말했다.

"이곳 방대한 수면 밑 공간에 숨어 있어."
"뭐?"
"언제 솟아오를지 몰라. 조심해."

삐이이이이익! 귀를 찢는 소리가 머리를 뒤흔들었다. 이안이 미간을 찌푸리며 수면 밑을 두려운 얼굴로 응시했다. 거대한 물기둥이 또다시 저 멀리서 솟아오르며 고래의 한쪽 지느러미가 수면 위로 드러났다. 나타났다. 이 공간의 주인이.

"거기 서!"

소현이 물기둥이 솟아오른 곳으로 뛰어갔다. 넘실거리는 물살 따위에 흔들릴 그녀가 아니었다. 탁탁탁탁 소현의 발걸음이 점점 더 빨라졌다. 차가운 물살을 두 손으로 거세게 헤치며 소현이 소리쳤다.

"넌 뭐야? 너는 대체 왜 날 이곳으로 끌고 들어오는 거야? 네가 의미하는 게 뭐야!"

고래의 울음소리가 마치 그녀의 대답에 화답하듯이 가까운 곳에서 들려왔다. 고래가 다시 수면 밑으로 몸을 숨기면서 수면 위는 아까처럼 아무 일도 없었다는 듯이 잔잔해졌다. 소현이 수면 밑을 살피며 다시 외쳤다.

"네가 내 기억을 자꾸 뒤로 돌리는 거지? 네가 내 병을 만든 거지?"

소현이 고래로 인해 회오리치는 수면 속 물결을 따라가며 계속 해서 고래에게 말을 걸었다. 고래의 물기둥이 또다시 멀지 않은 곳에서 뿜어져 올라왔다. 촤아아아아. 수많은 물방울들이 소나기처럼 이안과 소현 위로 쏟아져 내렸다. 이안이 손 위에 떨어지는 물방울들을 지그시 바라보다가 살짝 맛보며 말했다.

"짜."

"어?"

"물방울이 짜."

"당연하지. 바닷물인데."

"아니 그런데 뭔가 바닷물이랑 다른 거 같아."

소현이 이건 무슨 뚱딴지같은 소리냐, 라는 표정으로 이안을 쳐다보았으나 이안은 연달아 물방울을 맛보며 담담하게 소현을 응시했다. 물방울에 온기가 느껴져. 이상해. 따뜻해. 바닷물이 아닌 것 같아. 이안이 더듬더듬 말을 이어갔다. 고래. 그날의 마지막 기억. 고래의 의미.

고래. 따스한 물방울.

"이거. 바닷물이 아니야."

"뭐?"
"이거 눈물 같아."

이안이 소현을 향해 다가가며 손 위에 남아 있는 물방울들을 보면서 말을 이었다.

"맛봐봐. 바닷물이 이렇게 따스할 수는 없어."

소현이 의심쩍은 얼굴로 이안을 바라보다가 이내 이안의 손 위에 남아 있는 물방울을 손가락에 찍어 혀에 댔다. 따스한 온기가 입안에 확 퍼지며 짭짤한 느낌이 온몸을 마비시킬 것처럼 입안을 훅 훑었다. 바람이 불듯 생생한 기억이 소현의 머릿속으로 흘러 들어왔다. 눈앞이 서서히 흐려지며 거대한 고래, 자신이 아쿠아리움의 가장 커다란 수족관 안에서 본 고래의 헤엄치는 모습이 필름이 재생되듯 생생하게 펼쳐졌다. 삐이이이이이. 고래의 울음소리. 그 울음소리를 소현은 분명 아쿠아리움에서도 들은 적이 있었다. 고래의 울음소리와 가족의 웃음소리가 동시에 귓가에서 울렸다.

"아!"

물밀듯이 흘러 들어오는 기억에 소현이 머리를 감싸 쥐며 그 자리에 그대로 고꾸라졌다. 그날 할머니의 생신날, 축하 식사를 끝내고 아쿠아리움으로 향하는 자신의 모습이 마치 다른 사람의 일처럼 눈앞에서 전개되었다. 기억 속 자신은 웃고 있었다. 고래를 보면서 다시 오겠노라고 인사하던 손이 익숙하게 느껴졌다. 그리고 할머니와 작별 인사를 하며 자신이 편안하게 차 등받이에 몸을 기대는 모습이 곧이어 눈앞에 펼쳐졌다. 지옥의 시작이었다.

"아냐. 보여주지 마. 보여주지 마!"

난데없이 넘어져 비명 지르는 소현을 바라보며 이안이 당황하여 소현에게 다가갔다. 이안에게는 지금 소현이 보는 광경들이 보이지 않는 것 같았다. 이안이 소현을 붙잡으며 그녀를 흔들어보지만 소현에게 이안은 보이지 않는지, 비명만 지를 뿐이었다.

기억이 또다시 흘러갔다. 소현은 차 안에서 조용히 창밖을 응시하고 있었다. 사고가 나기 5분 전이었다. 그저 모든 게 평화로웠고 순조로웠다. 부모님과 하는 소소한 말들이 너무나도 편안해 마치 꿈결 같다고 그녀는 생각하고 있었다.

그 순간이었다. 거대한 진동이 그녀를 덮치며 온 세상을 뒤흔드는, 소름 끼치는 굉음이 그녀의 세상을 뭉개버렸다. 자동차의 클랙슨이 멈추지 않고 귀를 찢을 듯이 울렸다. 살갗이 갈기갈기 찢기는 광경이 눈앞에서 생생하게 펼쳐졌다. 피가 솟구쳤고 비명소리가 머릿속을 가득 채웠다. 온몸이 쑤셔왔고 머리에서는 끈적한 피가 철철 흘러 넘쳐 시야를 붉게 물들였다. 그리고 붉은 시야 사이로 피투성이가 된 부모님의 모습이 들어왔다. 저 멀리서 차에 들이받혀 죽은 두 사람이 마치 영원히 사라지지 않을 것처럼 눈에 각인되었다. 아빠가 사람을 들이받았어. 아빠, 저 두 사람 죽은 거 같아. 아빠가 그런 거 아니지? 거짓말이야. 이건 거짓말이야. 그렇지? 대답 없는 질문을 이미 이 세상 사람이 아닌 부모님에게 하염없이 묻는 자신의 모습이 이미 정상이 아니라고 소현은 생각했다. 정신이 혼미해졌고 눈물만 하염없이 흐르며 핏물과 함께 무릎 위로 뚝뚝 떨어졌다. 누군가가 자신을 차에서 끌어냈으나 그때의 감각은 남아 있지 않았다. 단지 부모님이 어떤 사람들을 죽였다는 것과 그걸 탓할 시간도 없이 두 사람마저 자신을 남겨두고 사라졌다는 사실만 머릿속을 떠다니고 있었을 뿐.

그 후 친척들 손에 맡겨지고 부모님의 장례식을 할 때도 그때의 기억에서 벗어나지 못한 채 소현은 두 개의 관 앞에서 계속 같은 질문만을 해대고 있었다.

그리고 지금까지도 그녀는 그 질문에 대한 답을 얻지 못하고 있었다.

이안이 사실을 말해주기 전까지는.

고래. 고래의 울음소리가 다시 소현의 귓가에 울려 퍼졌다. 고래의 울음소리. 물기둥. 돌아가는 기억. 눈물. 그날의 광경들.

그 순간 정신이 번쩍 들며 소현의 머릿속에 흘러 들어오던 풍경들이 한순간에 사라졌다. 일렁이는 수면이 다시 눈앞에 펼쳐졌다.

"이안, 이안! 고래. 고래는 어디에 있어?"

자리에서 힘겹게 일어나는 소현을 보고 이안이 안도의 한숨을 내쉬었다. 그녀의 정신이 돌아온 듯했다. 소현이 이안의 한쪽 어깨를 누르며 소리쳤다.

"고래가 의미하는 걸 알 것 같아."
"고래가 의미하는 거?"
"고래가 내뿜는 물기둥이 눈물이 맞는 거 같아. 물방울을 맛보는 순간 그때의 기억이 펼쳐졌거든."
"그래서 그렇게 비명을 질렀던 거야?"

이안의 말에 소현이 고개를 끄덕이더니 가까이에서 솟아오르는 물기둥을 빤히 바라봤다. 지금이라면. 지금이라면 수면 밑의 고래를 바라볼 수 있을 거 같았다. 고래를 더 이상 무서워하지 않을 것 같았다.

"이안, 수면 밑으로 내려가보자."

"뭐?"

"지금까지는 내가 고래를 무서워한다고 생각했는데 알고 보니 고래가 날 무서워하는 것 같아."

"고래가 널 무서워한다고?"

"내가 자신의 존재를 알게 될까 봐 무서워하는 것 같아. 그래서 내가 고래의 존재를 눈치챌 것 같을 때엔 항상 나를 향해 물기둥을 뿜어내 현실로 돌아가게 한 거고."

"그런데 수면 밑으로는 어떻게 내려가?"

"고래를 낚아야지."

소현이 씨익 웃었다. 말라붙은 눈물 자국 위로 당당한 미소가 나선을 그리며 그녀의 입 위로 그려졌다. 트라우마를 극복한 표정이 한가득 스민 소현의 얼굴이 한층 편안해 보였다. 그녀는 고래가 무엇인지 이미 알고 있었다. 이 세계에 발을 들인 그 순간부터. 어렴풋이 눈치채고 있었던 사실들이 굳어지며 확신이 마음속에서 피어올랐다. 더 이상 두려울 것이 없었다. 피할 것이 없어졌다. 이안이 말해준 모든 사실들이 이제야 실감이 나기 시작했다. 고래를 만날 시간이 되었다.

"낚싯대도 없는데?"

"우리 스스로가 낚시 바늘이 되어야지. 고래는 내가 하는 말에 동요해. 말로 고래를 꾀어, 수면 위로 부르는 순간 고래를 낚을 거야."

소현이 수면 위에 손을 올리며 싱긋 웃었다. 저 멀리서 헤엄치고 있는 고래의 꼬리지느러미가 눈에 들어왔다. 그녀가 이안을 슬쩍 바라보며 말을 이었다.

"고래의 지느러미를 잡고 있어야 해. 고래가 다시 수면 밑으로 내려가는 순간 우리도 지느러미를 잡고 끌려 들어가는 거야."

"뭐?"

이안이 황당한 얼굴로 소현을 바라봤다. 이안이 말도 안 된다는 표정을 지으며 소현을 말렸다.

"고래가 뭔지 알 거 같다며. 그런데 왜 굳이 수면 밑으로 내려가려 하는 건데?"

"알 거 같다고 했지 안다고는 안 했어. 아까 솟아오른 물기둥이 눈물이라면 이 수면 밑의 모든 물은 결국 눈물이라는 이야기잖아. 아까의 그 눈물 한 방울 가지고 고래의 정체를 알게 됐잖아. 그렇다면 그 물방울들이 모인 저 거대한 수면 밑 세계에 들어가면 고래가 왜 내 기억을 돌리는지 알 수 있지 않을까?"

고래는 눈물 속에서 살고 있어. 소현이 속삭였다. 소현이 수면 위에 얼굴을 가까이 대며 이안의 한 손을 자신의 볼 옆에다가 갖다 댔다. 그녀가 이안을 바라보며 말했다.

"이제부터 고래를 불러볼게. 내가 생각한 고래의 의미를 외치면 아마 고래는 이쪽으로 다가올 거야. 그리고 솟구쳐 오르겠지. 그 순간 네가 고래가 수면 위로 올라오는 방향을 잘 보고 있다가 날 그쪽으로 던져줘."

이안이 소현을 불안한 듯이 바라봤다. 던지라고? 저 무시무시하게 거대한 생명체한테? 소현을 쳐다보는 이안의 눈동자가 떨려왔다.

"부탁할게 이안. 우리 끝을 내자."

끝을 내자, 라는 말에 전에 없이 힘이 들어가 있었다. 어딘가 모르게 비장한 그녀의 음색에 이안이 결국 고개를 끄덕이며 소현의 한 손을 강하게 붙들었다. 소현이 수면 밑을 향해 소리쳤다.

"넌 나 혼자 살아남았다는 죄책감이야. 넌 그날에 터져 나온 모든 슬픔 모든 아픔, 모든 분노 그리고 홀로 남겨진 외로움이야. 그게 너의 실체인 거지?"

"삐이이이이익!"

아까와는 다르게 뭔가 불편하게 들리는 고래의 울음소리가 수면 아래에서 울려왔다. 수면 아래의 물결들이 불협화음을 만들어내며 요동치기 시작했다. 고래가 소현의 말을 듣고 있다는 증거였다.

"네가 왜 고래의 모습일까 생각해봤어. 난 그날 수족관의 고래에게 다시 오겠다고 약속했었어. 하지만 그 약속은 더 이상 이룰 수 없는 약속이 되고 말았지. 행복의 마지막 기억. 다신 돌아올 수 없는 순간들. 그리고 그것들로부터 오는 뒤섞인 슬픈 감정들. 그게 바로 너인 거잖아! 그래서 넌 고래의 모습을 하고 있는 거지? 고래는 내게 있어서 마지막으로 행복했던 기억을 만들어준 존재였으니까."

소현이 말을 끝마치기도 전에 거대한 물줄기가 소현의 발밑으로부터 뿜어져 올랐다. 물기둥에 닿으면 또다시 현실로 돌아가버릴 걸 알기에 이안이 그녀를 확 낚아채 옆으로 끌어당겼다. 아슬아슬한 차이로 거대한 물기둥이 그녀 옆에서 솟아올랐다. 고래가 자신을 드러내길 두려워하고 있었다.

"넌 왜 날 무서워할까? 넌 왜 눈물 속에서 살고 있을까. 생각해봤어. 넌 내가 거부했던 기억들이야. 내가 거부했던 감정들이고 슬픔에 빠져 살기를 바라지 않아 숨겨왔던 감정들이야. 그리고 그런 나로 인해 거부당한 너는 나를 무서워하게 됐겠지."

"콰아아아아아."

고래의 거대한 몸뚱이가 수면 위로 솟아오르며 거대한 파도를 일으켰다. 거센 물살이 두 사람을 덮칠 듯이 몰려오며 수많은 물방울을 뿌려댔다. 이안이 소현의 한쪽 팔을 꽉 잡으며 소리쳤다.

"던진다!"

휘잉 하는 소리와 함께 이안이 소현을 그대로 고래를 향해 빠르게 날렸다. 정신이 아찔해지는 느낌과 함께 붕 뜨는 듯한 기분이 온몸에 전율을 일게 만들었다. 소현이 공중에 뜬 채로 외마디 비명을 지르며 고래를 향해 떨어지기 시작했다.

"이렇게까지 세게 던지라는 말이 아니었다고오오오오!"

고공낙하하는 소현을 바라보며 머리를 긁적이는 이안의 얼굴이 눈 속에 들어왔다. 소현이 한쪽 손을 뻗어 고래의 지느러미에 턱 하고 손을 올렸다. 온몸의 무게가 한 손에 실리면서 어깨가 끊어질 듯이 고통스러웠다. 그러나 놓칠 수는 없었다. 여기서 놓치면 모든 것이 틀어질 것 같았다. 소현이 남은 한쪽 팔을 고래의 지느러미 위에 올리는 동시에 고래와 함께 수면 밑으로 빨려 들어갔다. 파란 하늘이 수면 위로 잠시 보이는 듯하더니 차가운 물살이 그녀를 집어삼켰다.

"콜록! 고래……."

눈앞이 파란색으로 가득했다. 몸을 짓누르던 중력이 사라졌다. 수면 밑으로 끌려들어온 것이 확실했다. 소현이 고래의 지느러미를 움켜쥐던 한쪽 손을 들어 눈앞을 가리는 머리카락을 풀어냈다. 그 순간이었다.

"어?"

고래의 갈색 눈이 자신을 바라보고 있었다. 고래의 두 눈이 눈물로 가득 찬 것처럼 맑고도 애틋해 보였다. 그날. 자신이 수족관에서 마주한 고래와 같은 눈을 가지고 있었다. 모든 게 확실해졌다. 고래는 그날의 행복한 기억에서 배어 나온 자신이 거부해온 모든 감정들이라는 사실이.

"이곳에 오니까 알 것 같다. 네가 왜 내 기억을 돌리려 했는지."

소현이 고래의 눈과 눈 사이를 가만히 손으로 쓸며 말했다. 매끄러운 표면 위로 슬픔이 스며들어 있었다. 외로움이 스며들어 있었고 아픔이 스며들어 있었다.

"넌 날 무서워했지만 그 무엇보다도 너 자신이 내게 잊힐까 봐 무서워했던 거구나. 난 우리 부모님이 사람을 죽였다는 것을 계속 부인해왔으니까. 덩달아 그날의 감정들도 모두 부인하게 됐겠지. 넌 그게 무서웠던 거야. 그래서 내 기억을 자꾸만 돌려 그날의 기억에 가까워지게 했던 거고."

소현이 거대한 고래의 얼굴을 감싸 안았다. 따스한 온기가 전달되기를 바라면서, 진심이 전달되기를 바라면서. 지금까지 이어져 온 이 외로움이 사라지길 바라면서.

"이안에게 들었잖아. 부모님은 사람을 죽인 게 아니었어. 그냥 모두가 운이 없었을 뿐이었어. 난 홀로 남겨졌지만 이젠 옆에 이안이 있어. 난 널 더는 거부하지 않을 거야. 지금까지 믿어온, 아니 거부했던 사실이 진실이 아니라는 걸 알았으니까."

고래의 지느러미가 천천히 헤엄치던 것을 멈춰갔다. 고래의 몸이 떨리고 있었다. 고래의 입에서 애절한 울음소리가 흘러 나왔다. 모질게 내버려진 외로움이 드디어 그 존재를 드러내는 순간이었다.

"널 지금까지 모른 척해서 미안해. 그날의 감정들을 숨겨와서 미안해. 널, 그리고 날 아프게 해서 미안해."

소현이 고래를 바라보며 말을 마쳤다. 고래에게 말을 끝내는 순간 이유 없는 눈물이 줄줄 흘렀다. 모든 게 비로소 실감이 났다. 그날의 일도 이안의 말도 지금 자신의 눈앞에 있는 고래도.

"이젠 내 기억을 뒤로 돌리지 않아도 돼. 난 이미 널 인정하고 있어. 네가 사라지지 않길 바라. 넌 고래와의 지킬 수 없는 약속을 대신하고 있으니까. 널 만남으로써 난 그 약속을 조금이나마 지켰다고 믿고 싶어."

고래의 꼬리지느러미가 소현의 말에 서서히 요동치기 시작했다. 고래가 갑자기 거대한 입을 벌리며 삐이이이익 하고 커다란 울음소리를 토해냈다. 그리고 소현을 그대로 집어삼킨 뒤 수면을 향해 빠르게 헤엄쳐 올라갔다.

"좌아아아아아아!"

수면이 뚫리며 고래가 또다시 솟아올랐다. 이안이 고래를 얼빠진 듯이 바라보다가 이내 고래를 향해 뛰어가기 시작했다. 소현. 소현이 보이질 않았다. 고래의 입 속에 소현이 있다는 것은 꿈에도 모른 채 이안이 고래를 향해 버럭 소리를 질렀다.

"소현이 내놔! 이 자식아!"

거대한 물살 사이를 가르며 고래의 지느러미 하나가 이안을 그대로 들어올렸다. 이안이 얼떨결에 고래의 지느러미의 일부를 잡아 그 위에 올라타게 된 순간 고래의 입에서 소현이 떨어져 나오며 소리쳤다.

"이안! 나 잡아줘!"

머리 위로부터 들리는 소현의 목소리에 아무 생각 없이 고개를 든 이안을 덮친 것은 다름 아닌 소현의 무릎이었다. 아니 그 많고 많은 부위 중 왜 하필 무릎인 건지. 소현의 무릎을 그대로 얼굴로 받으며 이안이 소현을 붙들었다. 코에서 뭔가 뜨뜻한 게 흐르는 것 같지만. 기분 탓이겠지.

"이안. 어떻게 된 거야?"

"그건 내가 할 말이다 이것아! 대체 왜 고래의 입에서 떨어지는 건데? 네가 낚는다매! 먹히면 어쩌자는 거야!"

"이안! 너 코피 나!"

"너 때문이잖아!"

놀란 얼굴로 쳐다보는 소현에게 이안이 쏘아붙이며 미끄러지려 하는 한 손을 고래의 지느러미에 더욱 단단히 고정했다. 쏟아지는 물줄기에 금방이라도 손이 미끄러질 것만 같았다. 고래가 또다시 수면 밑으로 내려가는가 싶더니 갑자기 방향을 틀어 옆구리를 팍 하고 튕겨냈다. 빼억 하는 소리와 함께 고래를 잡고 있던 손이 그대로 고래의 지느러미로부터 떨어졌다. 무시무시한 반동에 이안이 그대로 중심을 잃고 고래의 몸에서 튕겨져 나갔다.

그 순간이었다.

"삐이이이이익!"

고래의 커다란 울음소리와 함께 지금까지 본 적 없는 거대한 물기둥이 소현과 이안의 밑에서부터 솟아오르기 시작했다. 이안의 비명에도 아랑곳하지 않고 수많은 물줄기들이 소현과 이안을 감싸 올렸다. 물줄기에 삼켜진 채 두 사람은 물기둥과 함께 솟아오르기 시작했다. 물방울들이 물기둥 주위로 쏟아져 내리며 마치 아름다운 여우비처럼 온 수면 위에 떨어졌다. 수면 위에 셀 수 없이 많은 원들이 그려지며 빛을 반사시키고 은하수 물결처럼 빛이 났다. 흐릿한 물줄기 사이로 고래의 웃는 눈이 선명하게 소현의 눈에 들어왔다. 고래가 웃고 있었다. 환하게 환하게 웃고 있었다. 소현이 한쪽 손을 들어 크게 흔들며 소리쳤다.

"나중에 또다시 만나자! 널 잊지 않을게!"

솟아오르는 물기둥 안에서 소현은 이안의 한쪽 손을 꼬옥 잡은 채로 고래에게 소리친 후 이안을 향해 고개를 돌렸다. 이제는 돌아갈 시간이었다. 원래 그들이 속해 있던 시간으로.

"어때? 이 정도면 해피엔딩인 것 같지?"
"완벽한 결말이었어."

이안이 미소를 지으며 소현을 바라봤다. 맞잡은 두 손이 따스했다. 손에 새겨진 수많은 주름들을 보면서 소현이 푸근하게 웃었다. 두 사람의 머리는 새하얗게 새어 있었고 허리는 언덕처럼 곡선을 그린 채 굽어 있었다. 얼굴에는 검버섯이 피어올랐고 눈가에는 자글자글한 주름들이 웃음과 동시에 깊이 패였다. 두 노인이 서로를 향해 물기둥 속에서 웃고 있었다.

원래 그들이 속해 있던 시간으로 그들은 돌아가고 있었다.

"저기 현 씨. 아까 온 노부부 어떤 거 같아?"

"자신들이 스물넷인 줄 아는 부부요? 엄청 로맨틱하다고 생각해요."

"참 묘한 일이야. 70세 노인 두 사람의 기억이 동시에 24세까지 돌아가다니."

현 씨가 상담실 밖을 슬쩍 쳐다보더니 어깨를 으쓱했다. 그의 두 눈동자가 오래된 숙제를 해결한 듯 생기 있게 빛나며 상담사를 응시했다.

"남자분께서는 부인만 기억이 돌아갔다 착각하고 있었잖아요."

"할아버지의 경우 기억이 24세까지 돌아가다가 딱 거기서 멈추는 바람에 자신이 24세라고 믿게 되었지만 할머니의 경우는 할아버지와 같이 24세에서 기억이 멈추지 않고 계속해서 뒤로 돌아가는 바람에 할아버지는 할머니가 병이 있다고 생각했던 거지."

"두 분은 지금쯤 깨달았을까요?"

"그렇지 않을까? 고래와 대화를 했다면 말이야."

"고래요?"

"노인 두 분께서 말씀하셨던 사건에 대한 이야기야. 이미 50년도 더 된 이야기지. 교통사고였는데 알 만한 사람은 다 아는 이야기야. 지금은 기억하는 사람도 거의 없어. 나같이 나이든 사람들을 제외하고는."

"근데 두 사람의 기억은 대체 왜 돌아간 걸까요?"

"치매라고 하기엔 너무 환상적인 이야기야. 세상을 떠나기 전에 사건의 전말을 알리기 위해 기억이 돌아간 것이 아닐까 싶어. 그 할아버지…… 사건의 진실을 결혼하기 전부터 숨겨오다가 할머니의 병이 너무 심각해지니까 이제 말하게 된 것이 아닐까. 할머니의 병을 고치기 위해 어쩔 수 없이 밝힌 거겠지. 얼마나 괴로웠을까, 그동안."

"와, 그렇다면 거의 50년 가까이나 숨겨온 거네요."

"그래도 할머니를 워낙 사랑하시다 보니 이번에 큰 결심을 하신 거지."

상담사가 웃으면서 커피 잔을 현 씨에게 내밀었다. Mr. A라는 로고가 컵 안쪽에 선명하게 박힌 커피 잔이었다. 현 씨가 컵을 받아 들며 말을 이어갔다.

"두 분은 행복할까요?"

"그런 인연도 없어. 동화 같은 삶. 행복할 테지. 내가 아는 동화는 모두 행복한 결말이거든."

"슬픈 동화는 보시질 않잖아요."

"그럼. 그 두 분도 내가 본 사람들이니 행복한 결말을 맞이할 테지."

상담사가 환하게 웃으며 메모지와 펜을 꺼내 들었다. 노란색 종이 위에 까만 잉크가 흐르며 글자들을 나열해갔다. 은은한 커피 향이 가득 배어 있는 종이를 상담원이 그대로 자신의 책상 위에 붙이더니 자리에서 일어섰다. 의아하게 쳐다보는 현 씨의 팔을 당기며 상담사가 말했다.

"청구서 올려놨으니까 내일 찾아와서 지불할 동안 우린 잠시 자리를 피하자구."

"뭐라고 쓰셨는데요?"

"비밀이야."

현 씨를 밖으로 이끌면서 상담사가 자신의 입에 쉿 하며 손가락을 갖다 댔다. 그런 그녀의 짓궂은 표정에 잠시 움찔하더니 현 씨 역시 이내 어쩔 수 없다는 듯이 가벼운 한숨을 내쉬며 상담실 문을 조용히 닫았다.

오늘도 그녀가 청구한 청구서에는 어떠한 금액도 어떠한 요구 조건도 나와 있지 않았다. 단 한 문구를 제외하고는.

'영화의 해피엔딩을 축하하며. Mr. A'

그렇게 또다시 이 거리에는 휘영청 푸른 달이 떠올랐다. 그 푸른 달은 아무 일도 없었던 것처럼 서로를 꼬옥 껴안은 채 달을 바라보고 있는 노부부를 비추고, 길 위의 사람들을 비추며, 거리로 나온 A씨를 비췄다.

두 번째 이야기는 이렇게 끝을 맺는다. 노부부의 이야기.

그들의 거짓말 같은, 가슴 저리는, 너무나도 아름다운 사랑이야기. 그리고 A씨.

아직 한 사람의 이야기가 더 남아 있다.

이제 그의 이야기를 마저 들어보자.

chapter 3

Train Ticket

내가 눈을 떴을 때는 세상이 바뀌어 있었다. 처음엔 나 자신이 정상이 아니라고만 생각했다. 하지만 몇 번이고 눈을 껌뻑여봐도 변하지 않는 현실에 난 그만 알아버리고야 말았다. 이상한 건 내가 아니라 이 공간이라는 것을.

방 안에 쓰러진 듯이 잠들어 있다가 깨는 바람에 내 정신은 몽롱하기 그지없었고 손발은 약에 취한 듯 제멋대로 흔들렸다. 내가 몸을 일으켜 창문을 통해 밖을 쳐다봤을 때 차마 눈앞에 펼쳐진 광경을 믿지 못한 것도 그러한 이유 때문이었으리라.

"이건 대체 무슨 상황인 거지."

눈을 수차례 비벼봐도 변하지 않는 것은 마찬가지였다. 내 눈앞에 드러난 풍경은 날 당혹스럽게 만들기에 충분했고 나로 하여금 비명을 지르게 만들었다.

"뭐지. 대체 무슨 일이 일어난 거야."

마치 나 자신을 뺀 나머지 사람들이 모두 짜고 친 듯한 이 상황은 도저히 납득을 할래야 할 수가 없었다. 창문 밖 사정은 도시 한복판에서는 절대 일어날 수가 없는 일이었다.

"어떻게 이 복잡한 곳에 차량이 단 한 대도 없을 수가 있냐고."

평소라면 귀를 고문하듯 사정없이 클랙슨을 울려대던 차들이 단 한 대도 남기지 않고 도로 위에서 모습을 감춰버렸다. 거리에는 차의 덜덜거리는 엔진 소리도 들리지 않았고 도시는 침묵에 휩싸여 있었다. 도로 위는 사람 한 명, 아니 개미 새끼 한 마리도 없이 텅 비어 있었고 항상 불을 밝히고 있던 신호등은 전기가 나간 지 오래인 듯 작동을 멈춘 채 캄캄하게 꺼져 있었다. 지금 내가 본 상황에 의하면 도시는 완전하게 비어 있었다, 나를 남겨두고.

"도대체 이게 무슨 상황인거야?"

물이 반 이상 남아 있는 생수병을 열어 벌컥벌컥 들이켜며 다시 한 번 현재의 상황을 머릿속에서 정리해보았지만 도저히 납득이 가질 않았다. 그저 당황스러움과 황당함만이 온몸을 감싸고 돌 뿐이었다.

"말도 안 돼."

고개를 내밀어 다시 창문 밖을 살피는 내 눈 안에 들어온 것은 아까 미처 발견하지 못한, 정체를 알 수 없는 철로들이었다. 차로 위에 가지런히 깔려 있는 철로들은 끝없이 도로를 따라 이어져 있었고 버스 정류장을 대신해 세워져 있는 기차 정류장들은 띄엄띄엄 간격을 두고 규칙적으로 나열해 있었다.

"철로가 왜 있는 거지?"

분명 차들이 달리고 있어야 할 도로 위에 난데없이 생겨난 철로들을 보며 어질어질한 머리를 감쌌다. 알 수 없는 이런 상황에 놓였다는 사실이 아직 실감이 나질 않았다. 사라진 사람들. 사라진 자동차들. 꺼져버린 전기. 그리고 홀로 남겨진 자신.

"핸드폰. 핸드폰이 어디 갔지?"

퍼뜩 떠오른 핸드폰 생각에 주머니에 다급하게 손을 집어넣었다. 있어야 할 휴대폰은 간데없고 빳빳한 종이의 질감이 손에 느껴졌다. 영수증을 주머니에 넣은 적도 없는데 이상한 일이었다. 손을 빼서 주머니 안에 있던 종이를 확인하는 내 두 눈동자가 화들짝 놀라, 확장하며 떨리기 시작했다. 기차표. 산 적도 없는 기차표가 내 손 위에 구겨진 채로 접혀 있었다. 순간 아까 창밖으로 보았던 철로가 떠오르며 난 그만 그 자리에 주저앉고 말았다. 산 적이 없는 기차표. 그리고 갑자기 나타난 철로.

"왜, 왜 이런 일이."

밖으로 나갈 엄두가 나질 않았다. 방 안에서 서성이는 것 외에는 아무것도 할 수가 없었다. 전기가 모두 나간 탓에 어떠한 연락을 취할 수도 없었고, 뉴스를 확인할 길도 없었다. 아직은 낮이라 해가 떠 있었지만 밤이 되면 모든 것이 암흑 속에 잠겨버릴 것이기에 함부로 나갈 수도 없는 노릇이었다.

"철로와 기차표가 있다는 말인즉슨 기차 또한 있다는 뜻인데…… 왜 이렇게 조용하지?"

기차표를 빤히 바라보다가 눈을 돌려 철로를 쳐다봤다. 얼음이 꽝꽝 얼어 서리가 덮인 철로 위를 보니 딱히 기차가 들어올 것 같지 않았다.

어느새 흩날리기 시작한 눈송이들이 끝도 없이 거리에 쏟아졌다. 해가 구름에 가려지기 시작하면서 점점 더 추워지고 있었다. 하늘에서 내리는 눈꽃들이 텅 빈 거리를 채우며 칙칙한 아스팔트 위를 말없이 덮어갔다. 하아 하고 한숨을 내쉬는 입에서 뭉게뭉게 새하얀 입김이 피어올랐다.

세상이 변해도 절대로 이 겨울은 변하지 않을 것처럼 우울한 겨울 기운이 온 대지에 내려 앉아 있었다. 창문을 열어 차가운 겨울 바람을 만끽했다. 눈을 감으니 귓가에 간질간질 눈송이가 내려앉는 소리가 들려왔다. 그때였다.

"빠아아아아아앙!"

정신을 번쩍 들게 하는 경적 소리가 멀리서 들려왔다. 감았던 눈을 황급하게 뜨며 창밖을 내다봤다. 거리의 끝에서부터 이어진 철로를 따라 거대한 기차가 들어오는 광경이 시야에 들어왔다. 기차의 선두에 위치한 굴뚝으로부터 하얀 연기가 품어져 나오며 낮은 구름들을 만들어냈다. 수십 개에 달하는 검정색 기차 바퀴들은 꽁

꽁 언 얼음들을 무지막지하게 부수며 들어오고 있었다.

"기차를 잡아타야 해."

현관문을 다급히 열고 엘리베이터를 향해 빛의 속도로 달려가는 내가 깨닫지 못한 사실이 하나 있었다. 바로 엘리베이터 역시 전기를 이용해 돌아가는 기계이며, 내가 살고 있는 이 집은 30층 아득한 높이에 위치해 있다는 것이었다. 기차를 잡으려면 비상계단을 통해 내려가야만 했다.

"젠장!"

비상계단 문을 열어젖히며 끝없이 이어진 계단을 맨발로 뛰어 내려가기 시작했다. 숨이 턱까지 차오르는데도 멈출 수가 없었다. 기차를 놓치는 순간 모든 것이 끝나버릴 것만 같았다.

한 층 한 층 내려갈 때마다 점점 날씨가 따뜻해진다는 느낌이 들었다. 몇 층 정도 내려온 나를 경악하게 만든 것은 녹고 있는 얼음들이었다. 착각이 아니란 말인가. 비상계단의 창문들에 서린 서리들이 서서히 녹아내리고 있었다. 마치 겨울이 가는 것처럼 흘러내린 물들이 뚝뚝 빗물처럼 계단 위로 떨어지고 있었다. 녹아내린 물들로 다리를 잡아채는 계단 위를 미끄러지듯 내려갔다. 몇 번이고 발을 헛디디며 넘어질 뻔했지만 속도를 늦출 수가 없었다. 일곱 층 쯤 뛰어 내려갔을까, 믿을 수 없는 소리가 귓가에서 들려오기 시작했다.

"찌르르르르. 꾸르륵!"

갑작스런 새소리가 나를 정신 나간 사람처럼 그 자리에 탁 멈춰 세웠다. 겨울에는 결코 들을 수 없는 소리가 지금 내 귓가에 들리고 있었다. 놀란 나머지 고개를 돌려 비상계단의 창문을 바라보는 눈앞에서는 내 예상을 완벽하게 뒤집는, 상상을 초월하는 일들이 일어나고 있었다. 얼음이 녹은 자리에 새싹들이 빠르게 돋아나고 있었다. 마치 고속 카메라로 촬영한 것처럼 새하얀 아스팔트 바닥을 뚫고 파아란, 새파란 싹들이 솟아오르고 있었다. 흩날리던 눈송이 사이로 따스한 온기가 창문 안으로 불어왔다. 계절이 바뀌고 있었다.

"어떻게 이 짧은 시간에 계절이 바뀌는 거지? 여긴 정상이 아니야."

계단 사이로 자라나는 새싹들을 애써 무시하며 계속해서 계단을 내려갔다. 슬쩍슬쩍 보이는 창살 사이로 화려한 꽃들이 만개하고 있는 모습이 눈 안에 들어왔다. 새소리가 더욱더 높아지면서 풀벌레 소리가 귓가를 간질였다. 계단 손잡이 위에 피어난 싹들에서 수십 개의 꽃봉오리가 달리기 시작했다. 새싹이 돋아난 지 1분도 채 안 된 시간 안에 일어난 일들이었다. 코끝에서 맴도는 수만 가지 꽃향기 사이로 아지랑이가 피어오르는 듯했다. 꽃들이 만개하면서 창밖은 이미 꽃의 향연으로 화려한 정원을 만들고 있었다. 비상계단 위로 자라나는 식물들 또한 꽃을 피우기 시작하면 밖과 똑같이 온통 붉고 노랗고 푸르를 것이었다. 그 전에 이곳을 빠져 나가야만 했다. 숨이 턱턱 차오르는 것을 억지로 내리누르며 꽃봉오리가 가득한 비상계단 손잡이를 쓸며 밑으로 밑으로 계속해서 뛰어 내려갔다.

"이제, 이제 겨우 20층이네. 언제 다 내려가지."

줄줄 흐르는 땀을 스윽 닦아내며 잠시 그 자리에 멈춰 서서 창밖을 바라봤다. 아까의 급격한 계절 변화가 잠시 멈춘 듯 세상은 온통 꽃밭으로 뒤덮여 있었다. 아까 계단 난간에서 피어오른 꽃봉오리들은 완벽하게 만개해 있었고 분홍빛 꽃잎들을 드레스 자락처럼 나부끼며 따스한 봄바람에 살랑살랑 흔들리고 있었다. 완벽한 봄이었다.

"인간의 흔적이라곤 눈 씻고 찾아봐도 안 보이고, 식물들이 온갖 곳에서 돋아날뿐더러 자라는 속도도 말도 안 되게 빨라. 여긴 대체 어디지?"

자리에 풀썩 나앉으며 다시 창밖 주위를 둘러봤다. 꽃들…… 꽃들에 파묻힌 듯 아스팔트의 검은 색깔은 거의 보이지 않았고 기운차게 돋아난 식물들에 의해 군데군데 금이 가 있었다. 그럼에도 불구하고 철로만은 온전하다는 사실이 무척이나 이상하게 여겨졌지만 뭐라 설명할 길이 없었다. 갑자기 녹기 시작한 얼음, 그 틈을 뚫고 올라온 새싹. 그리고 그 뒤 순식간에 꽃을 피우는 이 기묘한 상황에 그저 헛웃음만 터졌다. 주위를 가득 메운 수많은 봄꽃들 사이로 키 큰 벚나무가 창문 밑에서 바람에 휘날리며 백색 꽃잎들을 비상계단 안까지 날려 보냈다. 흩날리는 꽃잎들 사이로 어렴풋이 기차가 보였다. 기차가 정류장에서 나를 기다리는 것 같았다.

"이제 열아홉 층만 더 내려가면!"

이미 지친 몸을 애써 일으켜 계단을 다시 내려가기 시작했다.

'헉헉헉. 어째 더 더워지는 것 같은데?'

17층쯤 도달했을 무렵 점점 올라가는 기온에 땀이 비 오듯 쏟아지며 시야를 가렸다. 이미 입고 있던 옷은 땀으로 푹 젖어 마치 오랜 시간 동안 수영이라도 한 것처럼 번들거렸다. 그리고 또다시 기묘한 현상이 뛰어가는 내 앞을 가로막았다.

"매앰! 매애애애앰! 스피오오 스피오!"

매미 울음소리였다. 내 지난 20여 년간의 기억이 맞다면 이것은 분명 매미 울음소리였다. 눈을 휘둥그레 뜬 채 다시 창밖을 바라보자, 내 눈앞으로 거대한 나뭇가지 하나가 창문을 뚫고 그대로 비상계단 안으로 불쑥 솟아났다. 거대한 이파리들이 빠르게 자라나기 시작하더니 비상계단을 뒤덮기 시작했다. 아아, 여름이 오고 있었다. 녹음이 우거지며 푸른빛이 도시를 덮어가기 시작했다. 아까의 꽃봉오리들은 어디 갔는지 모두 자취를 감춘 채 사라졌고 그 자리에는 수많은 잎사귀들이 대신 돋아나고 있었다. 쏴아아아아. 쾌청한 여름 바람이 불면서 나뭇가지들이 소리 지르는 시원한 비명이 온몸에 전율을 일으켰다. 숲…… 거대한 숲이 비상계단 창문 밖에 그대로 펼쳐졌다. 그리고 그 사이로 또다시 기차의 새하얀 연기가 조금씩 피어올랐다.

"조금만! 조금만 기다려줘, 제발."

당장이라도 눈을 찌를 듯이 우거지는 나뭇가지들을 두 손으로 마구 쳐내며 아래로, 아래로 다시 내려갔다. 귀를 찢을 듯이 울리는 매미 울음소리, 계속해서 들리는 바람소리, 초록빛으로 무장한 나무들의 진군이 쉼 없이 내 다리를 붙들었다. 16층 15층 14층 층수를 내려갈 때마다 숲은 더욱 울창해졌고 그 울창함에 기차의 모습이 서서히 시야에서 가려져갔다. 시간이 이젠 얼마 남지 않았다. 뻗어오는 나무뿌리들과 나뭇가지를 넘어가며 난 뛰고, 또 뛰었다. 정신이 나갈 때까지 모든 것을 잊어버릴 때까지 그렇게 난 아래로 뛰었다.

그리고 어느 순간 여름이 사라지기 시작했다. 울창했던 나뭇가지들에 달려 있던 푸르름이 사그라지고 있었다. 갈색, 주황빛을 띠며 움츠러드는 나뭇잎에 난 또다시 걸음을 멈출 수밖에 없었다. 담쟁이덩굴에 덮인 숫자가 어렴풋이 내가 서 있는 곳이 9층이라는 것을 알려주고 있었다. 아아, 가을이 이곳에 당도한 모양이었다. 계단 손잡이의 작은 식물들이 붉게 그 몸을 물들이며 단풍을 빚고는 아까의 녹색을 눈 깜짝할 사이 숨겨버렸다.

"기차, 기차는 아직 그 자리에 있을까?"

잎들이 모두 땅바닥으로 흐트러지며 아까 더는 볼 수 없으리라 생각했던 기차가 서서히 모습을 드러냈다. 기차는 아직도 아까 그 자리에서 시간이 멈춘 듯 서 있었다. 연기를 내뿜으며 삐이이익 하고 기계 목소리를 가다듬으며.

"계단 내려가기는 한층 수월해졌네."

아까 자라나던 나뭇가지들이 서서히 바닥을 향해 수그러든 덕에 앞을 가로막던 장애물은 더 이상 존재하지 않았다. 물론 바닥은 알록달록하게 깔린 낙엽으로 인해 훨씬 미끄러워졌지만 말이다. 낙엽 위를 조심스럽게 밟아가며 계단을 내려가는 순간순간이 마치 영원과도 같이 길게 느껴졌다. 그러나 그럴수록 발걸음을 더욱 서두르며 아래층을 향해 미친 듯이 내려갔다. 기차. 이곳에서 벗어날 수 있는 유일한 수단인 기차가 눈앞에 어른거렸다.

"이제, 이제 곧 세 층만 더 내려가면."

비상계단 창문 안으로 점점 쌀쌀한 바람이 휘몰아치며 흐르던 땀을 모두 말리고는 내 몸을 화악 하고 휘감았다. 아까와 같은 상황에 또다시 온몸이 움츠러들었다. 계절이 바뀌고 있었다. 눈앞으로 또다시 진눈깨비들이 날리기 시작했다. 겨울이 돌아온 것이었다.

"서둘러야 해!"

얼음이 얼기 전에 최소한 이 비상계단을 빠져나가야 했다. 그렇지 않으면 이곳에서 옴짝달싹도 하지 못하고 기차가 떠나는 모습을 하염없이 바라봐야 하는 절망적 상황이 초래될 것이 너무나 빤했기에. 이미 자신의 몸이 아닌 것처럼 감각을 상실해버린 다리를 움직여 남은 층수를 온 힘을 다하여 내려갔다. 차가운 바람이 얼굴을 할퀴며 근육을 수축시켰다. 이를 악물어 덜덜 떨리는 입을 단속했다.

어느새 비상계단에는 증발하지 못하고 남아 있던 물웅덩이들에 살얼음이 끼기 시작하면서 겨울이 왔음을 조용히 알리었고 진눈깨비는 함박눈이 되어 또다시 한때 푸르렀던 세상을 백색으로 물들였다. 나무들은 마치 잠에 빠진 것처럼 축 늘어진 채 앙상한 가지들만을 바람 사이로 흔들고 있었다. 한겨울의 추위가 서슴없이 성큼 다가온 것만 같았다. 그리고 그 순간 끝도 없이 빙빙 이어진 비상계단의 끝이 드디어 눈 안에 들어왔다.

"드디어!"

살얼음에 맨발이 그대로 베어 피가 철철 흘러내렸으나 비상계단에서 뛰쳐나온 기분은 그저 날아갈 것처럼 후련했다. 통쾌한 마음에 내지른 탄성이 메아리가 되어 텅 빈 도시에 울려 퍼졌다.

"나왔다!"

그리고 내 탄성과 함께 기차의 경적소리가 뿌우우우우 하고 내 귀를 울리면서 나로 하여금 그대로 입을 다물게 만들었다. 맞다. 기차를 잊고 있었다. 내가 여기까지 목숨 걸고 내려온 이유인데. 그걸 까먹었다니…… 소중한 머리지만 지금은 정말 무게만 차지하는 고철덩어리일 뿐이라고 생각하며 저 멀리서 출발하려는 기차를 향해 정신없이 달려갔다. 아파트 단지에서 도로까지는 불과 100미터도 안 되는 거리였지만 그 거리가 마치 1킬로미터는 되는 듯 까마득하게 보였다.

"안 돼! 아직 떠나면 안 돼! 내가 여기 있잖아! 기다려!"

내 목소리가 들릴 리 만무한데 목청 터져라 외치며 미친 사람처럼 달려갔다. 폭신한 눈 위에 핏자국이 연달아 새겨졌다. 도로. 도로까지 불과 10미터쯤 남겨두고 기차는 서서히 철로 위를 달리기 시작했다. 치익 하는 소리와 함께 서서히 움직이기 시작하는 바퀴가 바닥에 낀 얼음들을 산산조각 내면서 달려갔다. 기차. 굴뚝 위에 하얀 연기를 뒤로 한 채 기차는 그대로 떠나가고 있었다. 칙칙폭폭. 바퀴와 몸체의 이음새가 계속해서 움직이며 기차는 앞으로 앞으로 나아갔다. 그리고 그 뒤에는 홀로 남겨진 내 절망한 몸뚱이만이 떠나간 기차를 하염없이 바라보고 있었다.

"어쩌지. 이제 어떡해야 하지."

기차표를 다시 꺼내 반쯤 정신이 나간 채로 흘낏 들여다봤다. 어차피 떠나버린 기차의 표를 봐서 뭐하겠냐고 생각했지만 왠지 꼭 봐야만 할 것 같은 기분이었다.

"어? 뭐야 이 표."

아까 무심하게 건성으로 봤던 이 기차표는 일반 기차표와는 조금 다른 점이 있었다. 아니, 엄청나게 달랐다.

"왜 날짜가 없는 거지? 도착지도 없고 출발지도 없고. 근데 왜 내 이름이 적혀 있는 거야."

표를 뒤로 넘겨 확인해봐도 달라질 것은 없었다. 이 묘한 기차표에는 자신의 이름과 기차표를 뜻하는 'TRAIN TICKET'이라는 문구를 제외하고는 그 어떤 것도 기재되어 있지 않았다. 무언가를 건져보고자 표를 꼼꼼히 살펴보지만 나는 이내 푸욱 고개를 숙이며 땅이 꺼질듯이 한숨을 내쉬었다.

"어쩌겠어. 기차를 놓쳐버렸는데."

온몸에 힘이 쪼옥 빠지며 기를 빨려버린 것처럼 정신도 노곤해졌다. 발에 감각이 돌아오며 아까 한창 계단을 내려올 때 베인 상처들이 그제야 아파오기 시작했다. 따끔따끔한 느낌에 그 자리에 그대로 주저앉아 아직도 피가 나고 있는 발바닥을 어루만졌다. 허탈했다. 그리고 외로웠다. 이 커다란 도시에 홀로 남겨졌다는 데, 그 누구도 찾으러올 수 없다는 데, 그저 모든 것에 외로웠고 슬펐다.

"에라, 눕자. 누가 볼 사람도 없는데."

털썩 하고 그 자리에 누워버린 내 등을 반긴 것은 아까와 같은 푹신한 눈 침대가 아닌 단단한 콘크리트 바닥이었다. 아, 기차가 떠나는 새 계절이 또다시 바뀐 모양이었다. 겨울에서 봄으로, 다시 새싹이 자라나는 몽환적인 계절로 또 바뀌어버린 듯했다. 누운 얼굴 옆으로 파아란 생명들이 또다시 올라오기 시작했다. 눈가가 파랬다. 백색 도화지에 녹색 잉크를 부은 것처럼 녹색은 다시 도시에 퍼져갔다. 녹색은 눈을 뚫고 아스팔트를 뚫고 외로움을 뚫고 그렇게 돋아나기 시작했다. 정신이 몽롱해졌다. 꽃향기 때문인지 아니면 허탈함 때문인지는 모르겠다.

그저 아무 생각 없이 잠들고 싶었다. 기차를 놓쳤다는 사실도 이곳에 남아 있는 게 나 혼자라는 사실도 모두 잊어버린 채로.

그렇게 난 조용히 잠에 빠져들었다.

꿈을 꾸었다. 놓쳐버린 기차가 다시 돌아오는 꿈을. 그리고 또다시 계절이 바뀌는 꿈을. 그러나 너무나도 달콤한 꿈이어서 그런지 몸도 뻐근한 곳 하나 없이 가뿐했고 정신도 말짱했다. 그냥 그 상태로 조금만 더 있고 싶다고 생각했다. 그리고 그 순간 두 눈이 번쩍 떠졌다.

"쿨럭! 여긴 어디야."

낯익은 천장이 희미하게 시야에 들어왔다. 베이지색 벽지가 눈앞에서 흔들리고 있었다. 분명 자신이 잠든 곳은 철로 앞의 아스팔트 위였는데 어느새 다시 방 안으로 돌아와 있었다. 누가 옷을 갈아입힌 것처럼 어제 갈기갈기 찢겨졌던 셔츠는 막 다린 것처럼 깔끔했고 땀으로 범벅이 되었던 머리도 단정하게 빗겨져 있었다. 컴퓨터가 리셋된 것과 같이 모든 것이 원래대로 돌아와 있었다.

"맞아, 기차표는?"

주머니에 손을 넣어 이리저리 휘저으며 기차표를 찾았다. 부스럭 하는 소리와 함께 투박한 종이재질의 느낌이 손에 확 와 닿았다. 기차표는 사라지지 않고 주머니에 얌전히 있었다. 안도의 한숨을 내쉬며 창밖을 바라보는 두 눈에 어제와 같이 꿋꿋하게 자리를 지키고 있는 철로가 들어왔다. 기차가 다시 돌아올 수도 있다는 생각이 들면서 어제 절망 속에 가둬버린 기분이 조금은 나아지는 듯했다.

"오늘은 기차가 오기 전에 내려가야겠어. 어제처럼 놓치지 않으려면."

방 안에서 깨어난 시간대는 어제와 같았다. 오후 2시. 시계가 어제부터 멈춰버린 것인지 아니면 지금 이곳에 시간이 흐르고 있지 않은 것인지는 모르겠다. 하지만 지금 내게 있어서 가장 중요한 것은 기차를 잡는 일이었기에 시간이 흐르든, 멈추든, 그것은 그렇게 중요한 일이 아니었다. 현관문을 조심스레 닫으며 비상계단 문을 천천히 열어젖혔다.

"어라? 어제 그 많던 나무들은 다 어디 간 거지?"

분명 어제 기차를 놓치지 직전까지도 철로 근처를 메우고 있던 나무들이 모두 다 사라져버렸다. 아스팔트는 갈라진 틈 없이 복구

되어 있었고 비상계단의 손잡이를 뒤덮고 있던 수많은 식물들 또한 사라져버렸다. 그저 자신이 어제 기차를 잡기 위해 처음 출발했던 때와 다를 바 없는 풍경이 눈앞에 펼쳐져 있었다.

"어제 같은 일이 발생하기 전에 빨리 내려가야지."

조금씩 날리고 있는 눈송이들을 바라보며 나는 비상계단을 내려가기 시작했다. 아직 날씨는 겨울에 머물러 있었다. 지금 이대로만 있어준다면 어제처럼 피똥 싸면서 내려가진 않아도 될 것이었다. 발걸음이 가벼웠다. 차오르는 숨에도 정신은 말짱했다. 기차를 놓치지 않으리라는 자신감이 가슴속에서 피어올랐다.

"25층인데도 기차가 아직 안 들어왔네. 덥다."

점점 흘러내리기 시작하는 땀을 닦아내며 계단 손잡이를 잡는 순간 이상한 이물감이 손에서 느껴졌다. 초록빛의 줄기가 손가락 사이로 솟아오르기 시작하는 것이 눈에 들어왔다. 얼음이 녹으며 따스한 바람이 창문을 통해 불어왔다. 계절이 또다시 변하고 있었다. 또다시 모든 생명이 깨어나며 눈송이는 그대로 자취를 감추어버리는 계절이 돌아온 것이었다.

"벌써? 어제보다도 일찍 출발했는데."

숨을 고를 시간이 없었다. 거대한 숲이 또다시 형성되기 전에 이곳을 빠져나가야 했다. 기차를 또 놓칠 수는 없었다. 탁탁탁탁 발걸음이 점점 빨라졌다. 층계를 내려가면 내려갈수록 돋아난 새싹들에서 꽃봉오리가 열리기 시작했다. 저 멀리 창문 밖으로 보이는 아스팔트가 또 다시 갈라지면서 그 사이로 수많은 꽃들이 자라나고 있었다. 꽃향기가 코끝을 간질였다. 계단 손잡이의 봉오리들이 만개하면서 파랗고 노랗고 붉은 꽃잎들이 터져 나왔다. 봄이 세상에 내려앉았다.

"헉헉. 아직도 20층이라니."

흩날리는 꽃잎들이 정신을 아득하게 만들었다. 향에 취하고 색에 취하여 계단을 내려가기가 점점 힘들어졌다. 벚꽃 잎이 눈송이처럼 자꾸만 비상계단 안으로 날아 들어왔다. 그대로 이 자리에 쓰러져 자고만 싶었다.

"안 돼. 가야 해. 가야 한다고."

새소리가 자장가처럼 귓가에 울렸다. 지지배배. 어릴 적 봄을 만끽하며 가족들과 들었던 그리운 소리에 눈물이 차올랐다. 점점 더 피어오르는 꽃송이들을 바라보며 잠시 발걸음을 멈췄다. 봄에 감싸여 있는 신비로운 기운에 자꾸 정신이 혼미해졌다. 그 순간이었다.

"빠아아아아앙!"

기차 경적소리가 새들의 지저귐을 모두 덮어버리며 잃어가던 정신을 붙들었다. 자동적으로 창밖을 바라보는 내 두 눈에 기차의 새하얀 연기가 들어왔다. 철로가 바퀴와 만나며 내지르는 비명이 온몸의 피를 솟구치게 만들었다. 아아, 기차가 들어오고 있었다.

"기다려. 오늘은 죽어도 타야 하니까."

꽃들을 짓밟게 되어도 어쩔 수 없었다. 그저 아무 생각 없이 움직이는 두 발에 속도가 붙기 시작했다.

꽃들이 만개하고 지기를 반복하는 풍경도 지금 내게 있어서 중요한 일이 아니었다. 기차가 돌아왔다는 사실. 그 하나만이 지금 내 머릿속을 가득 채우고 있었다.

"어젠 기차가 들어온 후에 출발했지만 지금 이미 19층이니까 시간은 충분히 여유가 있어."

서서히 흐트러지는 꽃잎들을 헤치며 밑으로 밑으로 내려갔다. 어느새 뜨거워진 바람이 후욱 하고 창문 틈새로 불어왔다. 해는 더욱 이글이글 타올랐고 아스팔트 지면 사이로 거대한 줄기들이 자라기 시작했다.

"매애앰! 맴맴! 쓰피오오오오!"

주변에 있던 나무들 중 하나에서 매미 소리가 들려오기 시작하더니 곧이어 모든 곳에서 매미 울음소리가 터져 나왔다. 귀가 떨어질 듯이 울어대는 매미 소리와 함께 나무들이 자라기 시작했다. 계단 손잡이 위의 작은 식물들이 무시무시하게 빠른 속도로 자라나며 이내 손잡이를 덮어버렸다. 창문을 뚫고 자라나는 나뭇가지들이 앞을 막으며 수많은 이파리들을 뿜어냈다.

여름이 다가온 것이었다.

이상했다. 어제보다 분명 일찍 출발했는데도 불구하고 계절은 어제와 비슷한 층에서 바뀌고 있었다.

"애초부터 계절이 바뀌는 것은 시간의 문제가 아니라 층수의 문제였나?"

분명 꼭대기 층에서 출발할 때는 겨울이다가도 20층대에 가까워지는 순간 계절이 바뀌며 봄이 찾아왔었다. 그리고 또다시 15층쯤이 되자 봄에서 여름으로 계절이 바뀌고 있었다. 시간의 문제가 아니라 층수에 따라 계절이 변하는 것이었다.

"젠장! 이놈의 나뭇가지들."

나뭇가지를 후려치자 수많은 잎들이 우수수 떨어졌다. 쉼 없이 자라나는 나무들이 점점 비상계단 안마저 숲처럼 만들고 있었다. 나무에 가려져 이젠 거의 보이지 않는 창문 사이로 기차를 확인하며 내려가는 온몸에 생채기가 생겨났다. 나뭇가지에 긁히고 쓸려 피가 흘렀다.

"조금만, 조금만 더 내려가면 이제 가을이 오겠지."

무성한 가지들을 헤치며 죽기 살기로 내려가는 자신을 가로막는 뿌리들을 껑충껑충 뛰어넘으며 내려가고 또 내려갔다. 장마가 시작됐는지 거센 빗줄기가 창문을 툭툭 두드렸다. 쏴아아아아 빗소리가 매미 소리마저도 삼켜버리며 귓가에 진동했다. 나뭇가지 위로 물들이 뚝뚝 흐르며 계단 위로 흘러갔다. 계단 위에 강이 흐르는 것 같았다.

가을이 돌아오기를 간절히 기도하면서 터질 듯한 가슴을 토닥이며 아래층을 향해 내려갔다.

"하아. 이제 11층."

어느 순간부터 자라나던 나뭇가지들이 서서히 성장을 멈추는 싶더니 나뭇잎들이 말라비틀어지기 시작했다. 붉게 물들어가는 나뭇잎들 사이로 우수수 각종 열매들과 낙엽들이 쏟아졌다. 선선한 바람이 땀을 말리며 축축하던 습기를 모두 말려갔다. 다시 먹구름을 몰아내고 쨍하고 뜬 햇살이 웅덩이 위로 비쳤다. 이제 여덟 층 정도만 내려가면 기차를 잡을 수 있었다.

"오늘은 제발 좀 기다려줘."

들리지 않을 부탁을 입으로 계속 쏟아내며 가을 낙엽 위를 미끄러지듯이 내려갔다. 단풍들 위로 발자국이 생기면서 색색의 길이 계단 위로 새겨졌다. 떨어지는 은행잎이 머리를 덮으면서 온몸을 노랗게 물들였다.

"이제 곧 겨울이 올 때가 됐는데."

턱턱 막히는 숨을 고른 후 5층이라고 적힌 표시를 확인하며 중얼거리는 내 말에, 알았다는 듯 차가운 바람이 창문으로 불어왔다. 그리고 곧이어 새하얀 눈송이가 바람을 타고 흘러 들어오기 시작했다. 겨울이 걸어 들어와 다시 물웅덩이 위에 살얼음을 만들고 온 세상을 하얗게 백지로 뒤덮어갔다.

얼기 시작하는 계단 위로 미끄러지듯 얼마 남지 않은 층계를 거침없이 돌파해갔다. 곧, 정말 곧이라는 말이 너무나도 어울리는 순간이었다. 살갗 안으로 파고드는 겨울바람도, 내 손등을 찢어버릴 날카로운 얼음들도 더 이상 두렵지가 않았다. 그저 기차를 잡을 수 있다는 사실에 심장이 터질 듯이 기뻐서 다른 어떤 것도 눈에 들어오지 않았다.

"됐어! 빠져 나왔다!"

그리고 비상계단이 아닌 평지를 밟는 순간 그 쾌감은 배가 되어 온몸을 뒤흔들었다. 통쾌함으로 머리가 펴엉 터져버릴 것만 같았다. 뭉친 근육이 한순간에 풀리는 것 같았다.

"지금 여기서 또 시간을 낭비해서는 안 돼."

마음을 추스르며 나는 기차를 향해 뛰어가기 시작했다. 초조한 마음과 달리 어디선가 피어오르는 기대감이 먼저 앞서며 발걸음을 더욱 가볍게 만들었다. 기차. 기차가 시야에 들어오며 거대한 연기를 폴폴 내뿜고 있었다.

"다 왔어. 됐다고!"

기차가 눈앞에 있었다. 어제처럼 떠나지 않고 기차는 얌전히 마지막 승객을 기다리고 있었다. 기차 정류장 바로 앞에서야 겨우 발걸음을 멈추고 꾸깃꾸깃 주머니에 넣어둔 표를 꺼내며 외쳤다.

"여기 표가 있으니 탈 수 있는 것 맞죠?"

아무런 대꾸가 없었다. 헉헉거리며 표를 직접 내밀어보았지만 어떠한 관심조차 없는 듯 그 누구도 자신을 바라보지 않았다. 이상한 일이었다.

"저, 표 확인하시는 분 없나요?"

이번에도 어떠한 대답도 없이 승객들은 묵묵히 앞만을 바라볼 뿐이었다. 아니? 들리지 않는 건가? 분명 기차 출입문은 열려 있다. 하지만 안에 타고 있는 사람들은 모두 귀머거리가 된 것처럼 앞만 주시하고 있었다. 기차 안을 슬쩍 들여다보자 순간 낯익은 얼굴이 시야에 들어왔다.

"이태야!"

자신의 눈이 맛이 간 것이 아니라면 분명 기차 끝줄에 앉아 있는 얼굴은 이태임에 확실했다. 자신이 혼자 이 도시에 남겨지기 전 마지막으로 만났던 사람. 실존하는 기억에 마지막으로 등장하는 인물이었다.

"이이태! 너 나랑 술 먹고 나 필름 끊기기 직전에 네가 집에 데려다 준다고 했잖아. 어떻게 된 거야! 말 좀 해봐!"

열린 기차 창문 안으로 고래고래 소리 질러봤지만 이태는 이쪽으로는 눈조차 돌리지 않은 채 그저 앞만 바라보고 있었다. 답답했다. 기차 안으로 들어가서 그에게 말을 걸어야 했다. 대체 왜 자신만 이곳에 남겨졌는지. 그리고 왜 그는 이 기차에 먼저 타고 있는지. 이태를 향해 외치려던 찰나 또 다른 낯익은 얼굴이 눈에 들어왔다.

"왜 당신이 이곳에?"

실종신고가 접수되고도 끝끝내 찾지 못해 미결로 남은 한 유명 연예인의 얼굴이 거기 있었다. 분명 실종된 지 2년이 넘어 모두 포기하고 있던 사람이었다. 그런 그녀가 왜 이 기차를 타고 있는 거지?

"잠깐만. 그럼 어떤 사람들이 이 기차를 탄 거야?"

기차 안에는 수많은 사람들이 타고 있음에도 탑승자를 정하는 명확한 기준을 알 수가 없었다. 어린아이, 자신과 마지막으로 함께 있었던 친구, 실종된 연예인, 그리고 이름 모를 수많은 사람들…… 어떠한 공통점도 찾을 수 없는 기차 안은 그저 침묵에 휩싸여 있었다.

"이봐요."

얼빠진 채 기차를 바라보고 있는 내게 누군가 말을 걸어왔다. 반가운 마음에 황급히 고개를 돌려 상대를 바라보는 내 두 눈에 모자를 내리쓴 신사의 모습이 들어왔다.

"저 혹시 이 기차에 대하여 아세요? 제가 아무리 말을 걸어도 대꾸하는 사람이 없네요."
"기차를 타지 마세요."
"네?"

신사의 단호한 한마디에 당황하는 내게 신사가 씨익 웃으며 말했다.

"환상 속에서 살고 싶다면 이 기차를 타고 현실에서 살고 싶다면 타지 마세요."

"그게 무슨 말씀이신지……."

그 순간 기차 굴뚝에서 화악 하고 무시무시한 양의 수증기가 뿜어져 나오더니 기차 바퀴들이 서서히 움직이기 시작했다. 기차가 또다시 떠나려 하고 있었다. 이번에는 절대 놓쳐서는 안 된다. 기차 창문 안으로 계속하여 소리를 질러대며 문을 쾅쾅 두드리면서도 이상하게 나는 기차에 오르지 못했다. 누군가가 나를 잡아당기는 듯한 착각에 나는 비명만 지르고 있었다. 그리곤 외치고 또 외쳤다. 태워달라고…… 난 표가 있다고…… 그리고 그런 나를 남겨둔 채 기차는 떠나고야 말았다.

"대체 왜! 왜 방해한 겁니까."

신사가 서 있던 방향으로 고개를 돌리며 원망을 퍼부었다. 신사가 말만 걸지 않았어도 기차를 탈 수 있었을 텐데…… 화가 잔뜩 오른 두 눈에 눈물이 가득 고였다.

"어라?"

돌아오지 않는 대답에 다시 신사 쪽을 제대로 바라보았을 때는 이미 신사는 사라지고 없었다. 아까까지만 해도 분명 옆에 있었는데. 아무리 빨리 뛰어간다 해도 이렇게 순식간에 사라질 수는 없었다.

"이상해."

다시 주위를 둘러봤지만 신사는 애초에 그 자리에 없었던 것처럼 홀연히 사라져버리고 없었다. 기가 막힐 일이었다.

다시 봄이 돌아오면서 철로 주변에 싹들이 자라기 시작했다. 꽃내음이 진동하며 정신이 아득해져만 갔다. 이렇게 쓰러지면 안 되는데…… 그 신사를 만나 물어봐야 하는데…… 난 어떻게 해야 하는지 물어봐야 하는데…… 몽롱한 정신 속에서 맴도는 꽃향기만을 기억한 채 난 또다시 그 자리에 털썩 쓰러진 채 잠들고야 말았다.

신사의 말이 자꾸 머릿속을 맴돌았다.

'환상 속에서 살고 싶다면 이 기차를 타고 현실에서 살고 싶다면 타지 마세요.'

대체 무슨 말일까. 도저히 이해할 수가 없는 말이었다. 지금으로서는 알 수가 없는 말이었다.

"허억!"

잠에서 깨어난 탓에 흐릿한 눈동자 사이로 베이지색 벽지가 들어왔다. 돌아왔다. 내 방 안으로, 어제와 같이. 모든 것들이 기차를 쫓아 내려가기 전의 상황으로.

어제와 똑같은 방 안의 구조가 서서히, 그러나 분명하게 눈 안에 들어오면서 차츰 몽롱했던 정신이 맑아져왔다. 본능적으로 주머니를 향하는 손에 표가 만져지자 후우 하고 가볍게 안도의 한숨을 내쉬며 자리에서 일어났다.

창밖으로는 눈송이가 평화롭게 휘날리고 있었다. 아스팔트 위는 온통 눈으로 새하얀 도화지 같았고 철로는 쓸쓸하게 기차를 기다리고 있었다. 오늘도 기차가 떠나기 전에 타려면 지금 당장 내려가도 시원찮을 판이었지만 왠지 그러고 싶지가 않았다. 어제 모자를 눌러쓴 신사의 말이 자꾸 머릿속에서 맴돌았다.

표를 다시 펼치며 안의 내용물을 꼼꼼히 읽어 내려갔다. 출발지도 도착지도 없는, 자신의 이름과 그리고 표를 의미하는 문구만 덜렁 적혀있는 이 이해 불가능한 기차표.

"에이, 모르겠다."

그건 정말 단순한 충동이었다.

"환상 속에서 살고 싶으면 기차를 타고 현실에서 살고 싶다면 기차를 타지 말라고 했죠? 그렇다면 전 현실에서 살렵니다."

기차표를 들어 그대로 부욱 하고 찢어버렸다. 내 충동을 믿어야만 할 것 같았다. 그냥 그 신사를 믿어보고 싶었다.

그 순간 쾅 하고 무언가가 머리를 내려친 것처럼, 온몸이 마비되며 그대로 굳어버렸다. 찢긴 기차표가 바닥에 떨어지면서 서서히 재가 되어갔다. 심장이 불타오르는 것처럼 아려오면서 머리가 깨질 듯이 아팠다. 견딜 수 없는 고통에 그대로 자리에 쓰러지고 말았다. 입에서 터져 나오는 비명 사이로 삑삑 규칙적인 기계음이 들려왔다. 눈앞이 흐려졌다. 정신을 잃어가고 있었다. 점점 감겨오는 눈꺼풀 사이로 거의 다 사라져버린 기차표가 마지막으로 들어오고는 이내 눈앞이 캄캄한 암흑 속에 뒤덮였다.

"환자분! 환자분! 제 말이 들리십니까?"

삐익삐익. 아까 아득해졌던 정신 속에서 들었던 기계음이 귓가에 들려왔다. 강한 알코올 냄새가 진동하며 코를 자극했고 누군가가 내 팔을 강하게 부여잡고 있었다. 서서히 떠지는 시야에 새하얀 벽지와 커튼이 들어왔다.

"여긴."
"선생님! 깨어났어요!"
"환자분. 제 말 들리세요? 환자분!"
"여긴 어디죠?"

하얀 가운을 입은 사람이 놀란 얼굴로 나를 바라보고 있었다.
어라. 이상하다. 난 분명 기차표를 찢고 나서 그대로 방 안에서 쓰러졌는데 어째서.

"병원입니다. 환자분 2년 만에 깨어나셨어요."

의사가 나를 의미심장한 표정으로 내려다보며 조용히 속삭였다. 병원이 발칵 뒤집힌 듯 수많은 사람들이 날 에워쌌다. 기적이야! 웅성거리는 사람들 속에서 누군가 나를 향해 외쳤다. 온몸이 오랫동안 굳어 있었던 듯 돌덩이처럼 무거웠다. 의사의 말에 화들짝 놀라 쳐다보는 나를 그가 숙연하게 바라보며 다시 말을 이었다.

"같은 차에 탔던 친구분은 사고 때 바로 현장에서 즉사하셨고 환자분만 살아남았지만 보시다시피 2년 동안 혼수상태에 빠져 계셨던 터라."

"사고요?"

"같이 계셨던 분은 음주 상태로 운전하시다 본인은 즉사하고, 환자분은 코마에 빠지시게 됐습니다."

"그 친구가 죽었다고요?"

"예. 말씀드리기 죄송하지만."

"죽을 리가 없는데? 그 친구는 기차를 타고 있었다구요."

"기차요?"

기차란 말에 의사가 고개를 갸웃거리며 근심 어린 눈길로 나를 보았다. 무슨 말인지 이해할 수 없었다. 나는 다시 물었다.

"그러면 제게 말을 건 그 사람은 누구죠?"

"말을 건 사람이요?"

"그 환상 속에서 살고 싶다면. 이렇게 말한 사람이요."

내 말을 가만히 듣고 있던 간호사가 호주머니에서 무언가를 꺼냈다. 간호사의 손에는 명함이 한 장 들려 있었다.

"이분이 환자분을 계속 돌봐왔고 환자분 입원비를 비롯한 비용 일체를 지금까지 모두 부담하셨어요. 2년 동안 거의 매일이다시피 찾아오셔서 깨어나지도 않는 환자분에게 말을 거셨죠. 그런데 조금 전에 떠나셨어요."

"Mr. A? 이 사람이 누구죠?"

"신원은 따로 밝히지 말라고 신신당부하셨어요. 아까 환자분 깨어나시기 직전에 황급히 떠나셨는데. 아직 여기 계시려나?"

간호사가 고개를 돌려 주위를 두리번거리더니 이내 못 찾겠다는 듯이 나를 향해 말을 이었다.

"일단 깨어나신 지 얼마 되지 않았으니 안정부터."

"2년…… 2년이 흘렀다고 했죠?"

"네, 그렇습니다만."

지끈거리는 머리를 감싸 안으며 기억을 정리해보았다. 믿을 수 없었다. 기차를 타려고 헤맸던 그 짧은 날이 현실에서는 2년이라는 길고도 긴 시간들이었다니. 그 말은 계단을 내려가면서 순식간에 바뀌던 계절들이 현실에서 실제로 흐르던 시간이었다는 뜻이다.

"계단 층계를 따라 찾아온 봄여름가을겨울이 실제로 현실에서 지나가던 계절이었단 말이야?"

"무슨 말씀이신지."

"저에게 남은 가족은 치매가 심하여 시설에 들어가 계신 어머님밖에 없어요. 그 A씨라는 사람은 대체 왜 절 도운 거죠?"

간호사의 한쪽 팔을 필사적으로 붙잡고 일어나며 묻는 나를, 간호사가 곤란하다는 듯 다시 제자리에 눕히며 입을 열었다.

"그분이 누구인지는 저희도 잘 몰라요. 환자분처럼 돌볼 가족이 마땅치 않은 경우 매번 이렇게 병원비를 대신 내시고는 홀연히 사라지시는 분이세요. 저희가 신원을 알게 되면 더 이상 돕지 않겠다고 하셔서 저희도 알려고 하지 않습니다."

"그분이 지금 어디 있다고요?"

"저희도 잘 모르겠네요. 좀 전에 나간 걸로 봐서는 이 근처에 계실 듯하지만."

A씨. 그가 분명 내게 기차를 타지 말라고 했던 그 사람임에 틀림없어. 그 사람을 만나야 해. 그렇다면 지금 이 병실에서 시간을 낭비하고 있을 때가 아니야. 팔에 꽂혀 있던 링거들을 무작정 뽑았다. 피가 솟구쳤다. 날 제지하는 손들을 모두 뿌리쳤다. 사람들의

비명과 탄성이 귓가에 울렸다. 난 살아났다. 죽음으로부터, 환상으로부터. 그리고 지금 이곳으로 돌아왔다.

"놔요! 놓으라고!"
"이러시면 안 됩니다! 안정제, 안정제 안 가져오고 뭐해!"

의사의 팔을 우악스럽게 뿌리치며 침대에서 벌떡 일어섰다. 살아 있음이 느껴졌다. 피가 순환하고 그에 따라 심장이 가슴속에서 터질 듯 요동치는 것이 느껴졌다. 아아, 내가 살아 돌아왔구나.

"A씨. A씨를 찾아야 해."

난 기차를 쫓았던 것처럼 밖으로 달리고 또 달렸다. 그를 찾아야만 했다. 2년 동안 몸을 움직이지 않았던 탓에 온 근육이 찢겨나갈 것처럼 고통스러웠지만 뛰는 것을 멈출 수가 없었다. 살아 있다는 느낌을 잃고 싶지 않았다.

"A씨! 누가 A씨인가요!"

무작정 병실 밖으로 나와 고래고래 소리 지르는 나를 보고 사람들은 공포스러운 얼굴을 보이며 피했다. 난 계속하여 A씨라는 이름을 불러댔다. 그가 나타날 때 까지…… 자신이 날 살린 사람이라고 말할 때까지…….

왜 그랬는지는 모르겠다. 2년 만에 겨우 깨어나서 어찌될지도 모르는 몸 상태로 왜 그렇게 미친 듯이 그를 찾으려 했는지…….

"저기! 잡아, 얼른 잡아!"

수많은 사람들이 병실에서 나와 날 향해 뛰어왔다. 수많은 팔들이 날 움켜잡았고 연이어 기다란 주삿바늘이 살갗을 뚫고 들어왔다. 주사기 안의 액체가 서서히 흘러 들어오며 정신을 몽롱하게 만들었다. 몸에서 힘이 빠져나갔다.

"난 아직 A씨를 찾지 못했는데…… 아직 그가 누구인지 알지 못하는데…… 이대로 다시 잠들 수는 없는데……."
"옮겨! 빨리!"

건장한 남자들이 다시 병실로 끌고 가기 위해 나를 둘러 멨다. 감겨가는 눈꺼풀 사이로 정체 모를 사람들이 시야에 들어왔다. 누군가는 박수를 보내고 있었고 누군가는 눈물을 훔치고 있었다. 그리고 그 순간 어떤 남성의 입 모양이 잃어가던 정신을 그대로 붙잡았다.

"환."

"상."

"속."

"에."

"서."

"돌."

"아."

"왔."

"군."

"요."

남자는 말을 마치고는 씨익 하고 묘한 웃음을 지으며 몸을 돌려 뚜벅뚜벅 앞을 향해 걸어가기 시작했다. 아아. 그가 바로 A씨였다. 나를 살린 환상에서 깨운 장본인. 내가 기차를 타지 못하도록 막은 단 한 사람.

"저. 저 사람이."

입을 열어 그를 불러 세우려 했지만 마치 꿀 먹은 벙어리가 된 듯 입이 말을 듣지 않았다. 점점 멀어져가는 그의 뒷모습이 한 편의 슬로비디오처럼 서서히 눈앞에서 흘러갔다. 그리고 그대로 정신을 잃었다.

몇 시간이나 흘렀을까. 의사는 내게 호통을 쳤고 간호사는 내게 새로운 링거를 꽂았다.

며칠 후 내 몸은 정말 기적처럼 금방 회복이 되어 곧 퇴원을 하고 싶었으나 엄청난 기사거리가 된 나는 퇴원도 마음대로 할 수가 없었다.

병원은 본의 아니게 나를 살린 명의가 있는 대단한 곳이 되었고, 나 역시 기적의 사나이가 되어 많은 기자들과 언론사들, 그리고 현재도 그러한 코마에 빠져 있는 가족을 둔 많은 사람들이 가장 만나고 싶어 하는 대상이 되었다. 또한 나는 그러한 그들을 만나주어야 했다.

솔직히 난 내가 겪은 일들을 그대로 털어놓으면 그만이었지만 왠지 그러고 싶지가 않았다. 그 일은 그와 나만의 비밀이기도 했고 그 기묘한 느낌은 입으로 내뱉는 순간 모두 사라져버릴 것 같아서였다.

"기차를 쫓으며 보았던 사계절이, 그 두 번의 사계절이 2년이란 시간이 흘렀다는 것을 의미하는 것이었을 줄이야."

먼지가 쌓일 데로 쌓여 거의 화석이 된 가구들을 뒤적거리며 간호사가 내게 건넸던 명함을 다시 한번 살펴봤다.

"아니 이게 무슨 명함이야? Mr. A란 문구 외에 아무것도 없잖아."

A씨. 본명도 모르는 기이한 남성. 그를 찾고 싶다. 꼭 만나보고 싶다. 그와 이야기를 하고 싶다. 그를 찾아야 한다.

창문 밖으로 사계절과 사투를 벌이던 혼수상태 속의 그 겨울이 아닌 현실의 따뜻한 겨울이, 눈이 나를 보고 있었다.

그를 찾아야 한다.

마지막 세 번째 이야기는 이것으로 막을 내리게 된다.

환상 속에서 깨어난 한 남성의 이야기. 그리고 A씨.

epilogue

A씨를 만나다

여섯 존재들이 보이던 한 소녀, 고래를 만난 노부부, 혼수상태에 빠져 있던 남자, 각각의 무대에 등장했던 배우들이 어느 날, A씨를 찾아 한 곳에 모이게 됨은 이미 예견됐던 사실이었다.

12월 29일. 한 해의 마지막 날을 이틀 앞둔 눈이 펄펄 내리던 어느 저녁, 이상한 전단지 뭉치가 거리에 날아다니기 시작했다. 인물의 이름이나 몽타주조차 없는 이 해괴한 전단지에는 Mr. A라는 인물을 찾는다는 문구와 찾는 사람의 프로필만 적혀 있었다.

"이거 분명 손수건에 적혀 있는 Mr. A랑 같은 사람을 찾는 거 같은데?"

길거리 곳곳에 아무렇게나 널려 있는 전단지 하나를 한이 들어 올리면서 나직이 중얼거렸다. 자신과 비슷한 도움을 받은 듯한 의뢰인의 프로필과 설명들을 훑어보며 한이 천천히 고개를 끄덕이기 시작했다.

"A씨 덕분에 혼수상태에서 깨어난 그 유명한 기적의 사나이입니다. 저는 김서진이라고 하고 보다시피 A씨에게 큰 은혜를 입어…… 어? 전화번호랑 메일 주소가 있네."

한이 오른쪽 주머니에서 핸드폰을 꺼내 메일 주소와 전화번호를 옮겨 적으며 전단지를 계속 읽어 나갔다. 자신의 사정이 빽빽하게 적힌 전단지에서는 의뢰인이 얼마나 A씨를 찾고 싶어 하는지 그대로 전해질 만큼 절박한 심경이 그대로 드러나 있었다.

"일단 연락부터 해봐야겠다."

연말이라 북적거리는 거리의 사람들 사이로 전단지를 보물처럼 꼭 쥔 채 한이 카페로 방향을 돌려 걸어가기 시작했다.

당장 연락해야겠다는 생각만이 머릿속을 가득 채우며 배시시 입가에서 웃음이 흘러나왔다. A씨를 찾는 사람이 자신 외에도 또 있었다니. 기뻤다.

원단 가게 할아버지의 유품에서 흘러나온 A씨의 이니셜이 새겨진 손수건을 보관하게 된 이후로 한은 A씨의 존재를 잊어버린 적이 단 한순간도 없었다. 항상 그의 존재에 대해 궁금해했고 직접 찾아다녀보기도 했다. 하지만 돌아오는 대답은 항상 A씨는 도시전설에 불과할 뿐이라는 내용이었다.

“하지만 이 전단지를 발견한 이상 A씨는 실제로 존재한다는 뜻이지.”

한이 조용히 혼잣말을 하며 미소 지었다. 그를 만나면 무슨 말을 할까, 어떻게 고마움을 표시해야 할까. 이런저런 생각들이 꼬리에 꼬리를 물고 퐁퐁퐁 하늘로 떠오르는 것 같았다. 새카만 어둠 속에서 피어나는 눈송이들이 바람에 이리저리 휘날리며 지면 위에 내려앉았다. 사람들의 입에서 흘러나오는 각종 소리들은 하나의 실처럼 엮이고 엮여 거대한 그물망을 만들었고, 휘황찬란하게 빛나고 있는 전등들은 거리를 마치 낮처럼 환하게 밝히고 있었다. 세상은 한 해의 마지막 날을 기다리며 들떠 있었다.

“확실히 연말이 되니 더 추워지는 것 같아. 한 해가 가기 싫어서일까? 지나갈 이 해를 기억해달라는 걸까?”

꽁꽁 언 손을 연신 비비며 한이 카페 문을 조심스럽게 열었다. 따스한 온기가 추위에 붉게 물든 두 볼을 찬찬히 감싸며 녹였다. 흐아. 한이 행복한 비명을 지르며 컴퓨터 전원 버튼을 꾸욱 눌렀다.

"딸, 집에 간 거 아니었어?"

엄마가 한을 바라보며 의아한 듯이 고개를 갸웃거렸다.

"아, 이걸 발견하는 바람에."
"전단지?"
"A씨를 찾고 있대. A씨를 알고 있거나 만난 적이 있다면 연락해 달라고 적혀 있어. 그래서 메일을 일단 써보려고. 그 여섯 존재 이야기랑 A씨로 추정되는 사람에 대해 말하면 될 것 같아."

엄마에게 전단지를 건네며 한이 싱긋 편안한 미소를 지었다. 따따따따 컴퓨터 자판기 두드리는 소리가 귓가를 간질거렸다. 내 이야기를, A씨를 찾는 이유들을 타인에게 말할 기회가 올 줄은 꿈에도 생각 못 했는데 이렇게 기회가 느닷없이 다가올 줄 누가 알았겠는가. 한이 자신의 이야기들을 메일에 풀어내면서 엄마를 보며 물었다.

"엄마, 지금 전단지에 적힌 메일 주소로 내 이름이랑 지금까지 있었던 일들을 적고 있는데, 내가 생각한 A씨는 누구라고 말해야 할까? 솔직히 나는 원단 가게 할아버지라고 생각하지만 원단 가게 할아버지가 A씨라는 건 왠지 믿기 힘들거든. 그래서 왜 유품에 A씨 얘기가 써 있었는지 정말 궁금했어, 지금까지도…… 현 씨도 내게 아무 말도 해주지 않고 말이야."

"네가 생각하는 대로 적어. 지금 내게 하는 말 그대로."

"역시 그렇지? 근데 여기 전단지를 돌린 사람은 A씨가 어떤 남자인지 확실하게 안다고 적어놨더라고. 이 사람은 A씨를 확실히 본 적이 있나 봐."

"그 사람 전화번호는 있어?"

"있어. 일단 메일부터 넣어놓고 연락하려구."

"줘봐. 네가 메일 넣는 동안 엄마가 먼저 통화해볼게. 믿을 수 있는 사람인지 엄마가 보호자로서 체크를 해봐야지."

엄마가 전화번호를 꾹꾹 누르며 한을 향해 엄지손가락을 치켜세웠다. 아닌 척해도 엄마도 꽤나 기대되는 모양이었다. 몇 번의 신호음이 가고 상대방이 전화를 받는 순간 엄마는 찡긋 하며 밖으로 나갔다. 아마도 따로 그 사람과 할 말이 있는 것이리라.

밖으로 휑하니 사라진 엄마를 바라보며 한이 후우 하고 가벼운

숨소리를 냈다. 메일을 보내기 전에 마지막으로 오타나 맞지 않는 문장들이 있나 확인해보았다.

전송버튼을 누른 후 한은 기쁨의 탄성을 터트렸다. 지금까지 있었던 모든 일들을 담은 메일이 지금 자신의 손을 떠나 상대방에게 보내졌다는 사실 자체가 들뜨게 만들었다. 아직 아무것도 변하지 않았지만 왠지 A씨라는 존재에 한층 다가간 기분이 들었다. 왠지 A씨라는 존재가 굉장히 친숙하게 느껴졌다.

엄마는 정확히 한이 심심함으로 쓰러지기 일보 직전에 상기된 표정으로 핸드폰을 휘리릭 돌리면서 카페 안으로 들어왔다. 엄마가 의기양양한 표정으로 한에게 말했다.

"김서진 씨, 괜찮은 사람인 것 같아. 듣기로는 너 외에도 어떤 노부부가 도움을 받은 적이 있어서 벌써 연락이 왔대. 우리 카페에서 모여도 되냐고 해서 오케이 했지."

"언제 모이기로 한 건데?"

"내일 3시쯤, 여기서 모이기로 했어. 이따 노부부가 겪었던 일들이랑 A씨에 관한 정보들은 따로 메일로 보내준다고 했으니까 확인해봐."

한이 엄마를 향해 고개를 끄덕였다. 손수건을 발견하고 지금까지 한을 고쳐준 사람이 정말 원단 가게 할아버지였는지, 그가 A씨였는지, 아니면 누군가 할아버지를 코치해준 것인지…… 온갖 상상과 예측을 하며 지금껏 지내왔지만 막상 A씨를 정말로 찾게 된다고 생각하니 기대감과 벅찬 마음 한편으로 머릿속이 혼란스러웠다.

"그런데 원단 가게 할아버지가 A씨가 아닌 건 틀림없어. 엄마."
"왜?"
"할아버진 돌아가셨잖아."

엄마가 한의 말에 그러게 하는 표정으로 고개를 갸웃하셨다.

"일단은 그 사람들을 만나봐야 뭐라도 좀 알 것 같다. 그지?"
"그래. 엄마. 하루만 기다리면 되니까. 메일 왔나 봐. 알림이 뜨네."

메일에는 A씨에게 또 다른 방법으로 도움 받은 사람들의 이야기가 담겨 있었다. 이안 부부의 고래를 찾는 여정들. 그리고 알게 된 고래의 정체와 그들이 본 A씨의 모습.

"이안, 유소현 씨 부부도 나랑 비슷한 면이 있는 거 같아. 김서진 씨도 그렇고. 병원이나 의학적 상식으로는 도움 받을 수 없는 사람들을 A씨가 도와주는 모양이야."
"어때. 읽어보고 나니 그 사람들을 만나볼 마음이 생겼어?"

"응. 그리고 A씨를 찾고 싶다는 마음도 더 커진 거 같아. 엄마, 왠지 이 사람들이 남이 아닌 것 같은 느낌이 들어. 또 다른 나를 만난다는 기분이랄까?"

"그 정도야?"

평화로움 속에서 알 수 없는 미래에 대한 떨림이 톡톡톡 빗방울처럼 온몸을 두들겼다.

고소한 커피콩 냄새 사이로 부풀어 오른 기대감이 둥둥 떠다니던 오후, 그렇게 A씨를 찾기 위한 만남이 시작되었다.

"저, 김한 씨 계신가요?"

약속 당일, 제일 먼저 카페 문을 열고 들어온 사람은 다름 아닌 전단지의 주인공인 김서진이었다. 어깨에 내려앉은 눈송이를 털어내며 한을 찾는 그를 향해 한이 손을 흔들며 외쳤다.

"이쪽이에요."

"다른 분들은?"

"아직 안 오셨어요. 시간 맞춰 오신다고 연락이 오긴 했는데."

서진이 자리에 앉으며 한에게 A4 용지 한 장을 내밀었다. 이게 뭐죠? 하는 듯이 고개를 갸웃거리는 한을 향해 서진이 입을 열었다.

"일단 우리 네 사람이 지목한 A씨를 간추려봤습니다. 이렇게 해 놔야 한눈에 알아보기 편할 것 같아서요."

깔끔하게 정리된 표를 보면서 한이 고개를 끄덕였다.

얼마나 A씨를 찾고 싶은 마음이 간절한지 그 A4 용지는 말하고 있는 것 같았다.

A씨로 지목된 인물은 서너 명이었다. 원단 가게 할아버지 또는 아예 자신이 모르는 제3자. 클리닉의 나이가 지긋한 상담사. 그리고 키 180센티미터 정도 되는 남성. 공통점이라고는 하나도 없는 후보자들에 한이 아리송한 표정을 지으며 서진을 쳐다봤다.

"저. 이 인물들 사이에 A씨가 정말로 있을까요?"

"처음에 제가 전단지를 돌리고 나서 김한 씨와 이안 부부로부터 연락을 받았을 때는 목격한 A씨의 모습이 모두 같을 거라 생각했습니다. 하지만 각자 지목한 A씨의 외관을 살펴봤을 때 제가 목격한 A씨와는 전혀 다른 인물들이더라고요. 그래서 말인데, 생각보다 A씨를 찾는 일이 쉽지 않을 것 같습니다."

서진이 머리가 아프다는 듯 한쪽 손으로 머리를 감싸 쥐며 끙 소리를 냈다. 하긴 그도 그럴 것이, 전단지까지 돌리면서 사람을 겨우 모아놨더니 하는 소리가 어 우리가 본 A씨는 다 다른걸요? 이니. 머리가 아플 수밖에.

“하지만 한 가지 다행인 것은 김한 씨와 이안 부부가 만난 인물들 중 같은 인물이 있다는 겁니다.”

“같은 인물이요?”

“박현이란 분, 아시죠? 그분이 이안 부부가 방문한 클리닉의 알바생이더라구요. 아마 그분을 찾아가서 A씨가 누군지 물어봐야 할 것 같아요.”

“현 씨가 클리닉에서 알바를 한다고요?”

책상을 박차고 벌떡 일어서는 한의 돌발행동에 서진이 당황하여 눈을 똥그랗게 뜨며 넌지시 물었다.

“모르셨나요?”

“몰랐죠. 저한테는 그런 말 안 했는걸요. 어제 보내주신 메일에는 현 씨에 관련된 말들이 없었잖아요.”

“박현 씨에 관한 내용은 제가 김한 씨에게 메일을 보낸 뒤에 따로 이안 씨와의 전화를 통해 알게 됐어요. 그래서 그냥 오늘 만나뵈면서 말씀드리려고 했어요.”

"어쨌든 이안 씨랑 유소현 씨가 도착하자마자 그 클리닉에 가봐야 할 거 같네요. 현 씨는 분명 A씨를 알고 있을 테니까요."

한이 말을 마치자마자 카페로 들어서는 이안 부부를 향해 서진이 소리쳤다.

"이안 부부 맞으시죠?"
"맞소만. 그쪽이 통화한 분이구만."
"지금 바로 그 클리닉에 가봐야 할 것 같습니다, 어르신."
"왜 무슨 급한 일이라도 생겼소?"
"어르신이 말씀하신 그 아르바이트생이 A씨를 알고 있는 듯합니다."
"박현이란 사람? 아이구 어제 전화 통화로 말해주길 잘했네. 별로 중요한 사람이 아닌 거 같아서 말해야 하나 고민 했었는데."
"정말 말씀 잘해주셨어요. 그 사람이 없으면 A씨를 못 찾을 수도 있어요."

서진이 이안 부부에게 고개를 숙이며 다급하게 말했다. 모든 일들이 급박하게만 느껴졌다. 서진이 이안 부부에게 클리닉의 위치를 물어본 후 아까 한에게 그랬듯이 두 사람에게 자신이 만든 표를 건넸다. 두 사람의 눈이 동그래졌다.

"이게 뭔가?"

"저희가 추정한 A씨의 모습들입니다. 다 공통점이 없죠. 하지만 유일하게 김한 씨와 두 분이 언급한 이름 중에 일치하는 이름이 하나 있었습니다. 바로 박현이라는 사람이죠."

"그래서 지금 그를 찾으려고 이렇게 빨리빨리 움직이자는 거로군."

"예. 여기서 가깝긴 해도 뭉그적거리다 보면 클리닉이 문을 닫을지도 몰라서요."

"그렇긴 하네."

이안이 고개를 끄덕이며 앞장섰다. 구불구불 골목길 사이를 미로 통과하듯 줄지어 걸어가는 네 명의 모습이 마치 동화 속에 나오는 브레멘 음악대 같았다. 작은 골목 사이사이를 이리저리 걷고 있는 그들의 모습을 길 건너 클리닉 안에서 박현이 바라보고 있다는 사실은 꿈에도 모른 채 그들은 유쾌한 행진을 한참 동안 이어갔다.

"여기예요?"

"아. 여기 맞소이다."

심리상담 클리닉이라는 간판이 붙어있는 것으로 보아 제대로 찾아온 듯 했다. 드디어 A씨에 대한 단서를 손에 넣을 수 있는 순간이었다.

"일단 들어가보죠."

서진이 이안을 부축하며 안으로 성큼성큼 들어갔다. 올라가는 계단에 울려 퍼지는 발소리들이 초침이 째깍째깍 돌아가는 소리처럼 이상하게도 규칙적이었다.

네 명의 시간들이 A씨란 존재로 인해 이제야 맞물려 돌아가는 것 같았다.

그 네 명의 분침이 모여 결국 A씨라는 거대한 시침을 바라보는 날이 도래할 줄 누가 알았겠는가. 아아. 한은 벅찬 마음에 혼자 크게 심호흡을 했다.

"계십니까?"

서진이 클리닉 문을 두드리며 말했다. 이상하리 만치 조용한 병원은 그러나 왠지 꼭 네 사람의 방문을 미리 알고 기다리고 있는 것 같았다.

침묵만이 맴돌았다.

서진이 문을 서서히 열며 다시 한번 외쳤다.

"아무도 안 계세요?"

"여기 알바생은 있습니다."

목소리가 창문 쪽에서 불쑥 들려왔다. 깜짝 놀라 흠칫 하며 두세 발짝 물러서는 서진을 향해 현이 고개를 돌리며 손을 흔들었다.

한은 상담실 안에서 천천히 걸어 나오는 현의 얼굴이 처음 보는 사람처럼 낯설었다.

카페에서 만난 현과는 전혀 다른 느낌이었다.

의사 가운을 입고 안경을 쓴 그는 한이 지금까지 보아 왔던 현이 아니었다.

"A씨 때문에 오신 거죠?"

현이 서진을 보고 말했다.

"어떻게 아셨어요?"

"이 멤버들이 모두 모인 이유라면 그것 말고는 없죠."

현이 모든 걸 안다는 듯 말했다.

놀라 입을 다물지 못하는 한을 보고도 현은 모른 척 시선을 피하며 네 사람을 클리닉 안으로 이끌었다.

'아아, 이상하네. 같은 사람인데 장소가 다르다고 어찌 이리 달라 보일 수 있지?'

현은 꼭 인생 다 산 사람 같은, 인생을 다 살아 모든 것을 아는 것 같은 얼굴을 하고 있었다.

"한아, 넌 A씨가 누구라고 생각해?"
"네?"
"네가 생각하는 A씨는 누구지?"
"원단 가게 할아버지. 아니면 내가 모르는 또 다른 누군가."
"근접했어."

예전의 장난기 어린 모습은 찾아볼 수 없는 말투로 현이 한을 향해 대견스럽다는 듯 미소 지었다. 그가 창문을 휘익 열어젖히며 네 사람에게 질문했다.

"여러분들은 A씨를 다 알고 있으면서 왜 저에게 A씨가 누군지 물어보시는 거죠?"
"무슨 말이에요?"

“전 여러분들에게 알려드릴 게 없답니다. 정답을 알고 있는 건 여러분이거든요.”

아리송한 그의 말에 네 사람이 모두 적잖이 당황한 듯 얼굴을 붉혔다.

가장 답답해하는 서진이 화난 표정으로 반문을 토해냈다.

“그게 무슨 말이에요. 각자가 만난 A씨가 모두 다른데 A씨가 누군지 어떻게 안단 말입니까.”

“그래요. 여러분이 접한 A씨의 모습은 모두 달랐죠. 하지만 그건 A씨가 누군지 찾아내는 데 큰 문제가 되지 않아요.”

“현 씨, 그럼 한 가지 물어 볼게요. 예전에 나한테 해줬던 말, 기억나요? A씨는 어디에나 있다고 그랬잖아요. 그건 무슨 의미예요?”

“말 그대로야, 한아. A씨는 어디에나 있어. 항상 같은 사람이진 않아. 어디에나 존재하기 때문이야.”

최고의 힌트를 줬으니 더 이상은 말 않겠다는 듯 현이 입에 지퍼를 잠그는 시늉을 했다. 마냥 어리둥절했하는 네 사람을 보고 현이 다시 싱긋 웃으며 입을 열었다.

“자, 여러분. 돌아가세요. 제게 더 이상 알아낼 수 있는 건 없답니다. 곰곰이 생각해보세요. 여러분은 답을 알고 있어요. 그리고 언젠가 A씨의 의미를 알게 되는 순간 특별한 일이 일어날 겁니다. 자, 수다쟁이는 그만 입을 다물도록 하겠습니다."

"잠깐만요. 당신은 A씨에 대해 말해주고 싶지 않아서 이러는 건가요?"

"그럴 리가요. 단지 전 제가 A씨가 누구인지 여러분들에게 말하는 순간 여러분들이 겪을 기묘한 경험의 기회가 사라지기 때문에 말씀드리지 않는 겁니다. 그게 원칙이기도 하고요."

"그 원칙은 누가 정한 겁니까?"

"당연히 A씨죠."

이제 만족하냐는 표정으로 현이 서진을 보며 또 한번 싱긋 웃었다. 그의 웃는 얼굴은 답답해하는 네 사람과 달리, 왠지 어려운 시험 문제를 잘 풀어내고 있는 학생을 보는 선생님 같은 뿌듯한 얼굴이었다.

현이 천천히 말을 이어갔다.

"자, 이제 정말로 돌아가주세요. 생각해보고 또 생각해보세요. 그게 제가 여러분들에게 드릴 수 있는 유일한 말입니다."

현이 네 사람을 위해 클리닉 문을 열어주며 공손히 이안 부부에게 머리를 숙여 인사했다.

"일단 돌아가죠. 저 사람은 A씨에 관해 우리에게 말해줄 의사가 없는 것 같습니다."

실망한 표정으로 서진이 이안을 부축해 나가며 다시 한번 현을 바라봤다. 어쩌면 가장 A씨를 찾고 싶어 했던 서진으로서는 현의 이런 태도에 참을 수 없는 배신감을 느꼈을지도 모르겠다.

그러나 상황 판단도 역시 서진이 가장 빨라, 서진은 조용히 방을 나갔다.

그를 선봉으로 천천히 그를 따라 나가는 소현의 표정 역시 썩 좋아 보이지는 않았다. 어딘가 아쉬움이 많이 남아 있는 그런 표정이었다.

"안녕히 계세요."
"조심히 들어가세요. 유소현 씨."

깍듯하게 인사하는 현을 향해 소현이 덩달아 고개를 숙이고는 자리를 뜨자 현이 서서히 허리를 피며 마지막으로 남은 한을 바라봤다.

순간 여러 감정이 뒤섞인 듯한 한의 표정에서 현은 어딘가 모르게 낯익은 얼굴을 본 것 같았다.

현이 한을 다시 한번 바라보며 중얼거렸다.

"너 그 표정, 그 여섯의 존재가 누구인지 깨달았을 때 지은 표정인 거 알아?"

"무슨 뜻인데요?"

"A씨가 누구인지 알게 된 거야?"

"그럴지도 몰라요."

"말해봐, 네가 생각하는 모든 것들을."

"A씨는 한 사람이 아니에요."

"한 사람이 아니라고?"

현 씨가 놀란 얼굴로 한을 바라보며 질문했다. 한이 그를 향해 천천히 말을 이어갔다.

"영생을 산다는 도시 전설 때문에 사람들은 A씨를 한 명이라고만 생각해왔어요. 우리 네 사람이 모여서 A씨 이야기를 할 때 각자가 목격한 A씨가 모두 다르다는 것을 알게 된 후 혼란스러워했던 이유도 A씨가 한 명이라고 생각했기 때문이죠. 하지만 A씨가 한 사람이 아니라면? 그렇다면 모든 게 납득이 돼요."

"한 사람이 아니라면 또 누가 A씨라는 거지?"

현 씨가 흥미롭다는 듯이 한을 쳐다보며 나지막이 말했다.

비밀스런 불빛에 어울리는 대화들이 방 안을 통통 떠 다녔다. 흩날리는 눈송이들이 소리를 먹어 치우며 한의 목소리를 제외한 모든 소리들을 침묵에 잠재웠고 조용한 생각들만이 그 사이를 둥둥 흘러 다니고 있었다. 한이 천천히 입을 열었다.

"어디에나 있어요. 현 씨도 모를 만큼 많은 사람들이 있어요."

"무슨 의미야?"

"현 씨가 아까 한 말에서 감이 왔어요. 다른 분들은 이해하지 못한 것 같지만. A씨는 항상 같은 사람이 아니며 어디에나 있다. 그 말은 A씨가 여러 명이라면 말이 되죠. 사실 현 씨조차 몇 명이나 있는지 모르고 있을 정도로 많은 사람들이 A씨인 것 같아요. 맞죠?"

"그래, 맞아. 어떻게 알았어?"

"현 씨, 당신도 A씨 맞죠? 원단 가게 할아버지도 A씨구요. 그리고 저와 함께 이곳에 온 이안 부부와 김서진 씨를 도운 사람들 역시 A씨란 이름을 내건 다른 사람일 것이고요."

"한아, 넌 역시 대단해. 맞아. A씨는 한 사람이 아니야. 이 거리에 A씨가 몇 명이나 있는지는 나도 몰라. 내가 A씨임에도 불구하고 말이지."

"A씨가 그렇게 많아진 데 이유가 있나요?"

현은 한의 물음에 고개를 끄덕이며 한을 바라봤다. 이 정도를 스스로 알아낸 그녀에게는 말해줘도 괜찮을 것 같다는 기분이 들었다. 자신이 알고 있는 A씨에 관한 모든 것을. 자신이 겪어온 A씨들을.

"A씨도 처음에는 한 명으로 시작했어. 나이 지긋한 어떤 아저씨. 그분이 처음 A씨를 만들었어. 그분이 익명으로 사람을 도우려다 보니까 본명 대신 A씨라는 가명을 사용하게 된 거지. 덕분에 A씨의 명성은 점점 커져갔지. 어떤 조건 없이 돕는다, 그것도 익명으로. 괜찮지?"

"그분, 아시는 분이세요?"

"우리 아버지야."

"네?"

"내가 엄청 늦둥이였거든. 쉰이 넘은 나이에 나를 보셨지. 아버진 늦게 태어난 나를 보며 세상을 다르게 보기 시작하셨어. 세상을 위해 자신이 무언가를 하셔야 한다고 생각하셨대…… 그리고 아버지가 이미 세상을 떠난 뒤로도 A씨에게 도움을 받은 사람들은 A씨가 거리에서 사라지길 바라지 않았어. 그 사람들은 어느 순간부터 자신들이 A씨가 되어 일을 이어가기 시작했어. A씨는 점점 늘어났지. 그리고 지금의 상태가 된 거야."

"잠시만, 그럼 현 씨는 왜 A씨가 된 거예요?"

“나? 나 또한 아버지라는 A씨에게 도움을 받은 사람이니까. 아버지가 했던 일들을 돕고 싶었어. 항상 동경해왔던 아버지의 철학을 실천하고 싶었어. 그래서 시작했지. 그리고 어느새 난 A씨가 되어 있었어.”

“현 씨.”

“내가 처음에 네 사람에게 했던 말 기억해? A씨가 누구인지 말해주면 아마 어떤 중요한 기회를 놓쳐버릴 거라고 했잖아. 거기서 말한 기회는 A씨가 될 수 있는 기회를 의미한 거였어.”

현이 짝! 하고 한의 눈앞에서 박수를 치며 환하게 웃었다. 늘 가볍게만 보였던 현에게 이런 반전 같은 깊은 생각이 숨어 있을 줄이야. 한이 현을 존경스런 표정으로 바라보며 입을 열었다.

“현 씨, 아니 A씨. 지금 나 무슨 말을 해야 할까요?”

“글쎄. 무슨 말을 하고 싶은데?”

“하고 싶은 말들이 너무 많았는데 지금은 머릿속이 그냥 하얘요.”

한이 고개를 숙인 채 중얼거렸다. 고맙다는 말을 해야 하는데, 입이 떨어지질 않았다. 얼굴이 확 달아오르며 이유 없이 목소리가 떨려왔다. 그 순간 현이 한의 손에 들린 손수건을 쳐다보며 말했다.

"이거, 작별 선물이야? 나 떠나는 거 알고 있었어?"
"네?"
"모르고 있었구나."
"무슨 소리예요?"
"나 사실 내일 이 거리를 떠나."
"아니 대체 왜요!"

황당한 얼굴로 쳐다보는 한을 향해 현이 사람 좋은 웃음을 지었다. 아아. 한은 당황한 게 그대로 드러나는 친구구나…… 현이 미안하다는 듯 손을 모으며 말을 이었다.

"A씨를 필요로 하는 곳으로 떠나기로 마음먹었거든. 이곳은 내가 없어도 도움을 줄 다른 A씨들이 많으니까."
"언제 돌아오는데요?"
"잘 모르겠어. 하지만 10년 내에는 돌아오지 않을까?"
"그 말은 아예 안 돌아 올 수도 있다는 말이잖아요!"
"한아, 걱정하지 마. 돌아올 거야. 언젠가는. 어쩌면 빨리 돌아올지도 몰라."
"이런 일방적 통보가 어딨어요! 내가 감사할 시간은 주고 가야되는 거잖아요."

느닷없이 뒤통수를 맞은 기분이었다. 한이 손수건을 현에게 팽개치며 그렁그렁한 눈망울로 현을 노려봤다. 현이 한의 머리를 쓰다듬으며 말을 이었다.

"그러니까. 그때까지 하고 싶었던 말들을 잘 정리해놔. 내가 돌아왔을 때 바로 들을 수 있게. 알았지?"

"말 안 할 거예요."

"치사하게 이러기야?"

"그래요. 차라리 치사할게요."

"손수건에 담겨 있는 의미 알고 있지?"

"작별 인사 아니에요?"

"맞아. 하지만 다른 의미가 하나 더 있어."

"뭔데요?"

"다시 만날 거라는 약속."

현이 손수건으로 한의 흐르는 눈물을 닦아주며 그녀를 달랬다. 정든 이 거리를 떠난다는 것은 현에게도 마음 아픈 일인 듯 했다. A씨가 마지막 인사를 하기 시작했다.

"한아, 너에게 줄 숙제가 하나 있어."

"숙제요?"

"내가 이곳에 다시 돌아왔을 때 너에게 질문을 하나 하도록 할게."

"어떤 질문이요?"

"A씨에 관하여."

"네?"

"너에 관하여."

"……."

"그리고 사람들에 관하여."

현의 근사한 웃음이 마음을 울렸다. 한 구절 한 구절 들려오는 목소리가 마치 영원과도 같이 느껴졌다. 그의 말을 잘 알아들을 수 없음에도 불구하고 그의 말이 마음속으로 스며들었다. 한이 고개를 끄덕이며 현을 바라봤다. 정말 마지막이라는 느낌이 코끝을 찡하게 만들었다. 현이 입을 열었다.

"잘 있어. 내 어린 친구야."

토닥거리는 손의 감촉이 좋았다. 그의 목소리가 좋았다. 그의 말투가 좋았고 A씨가 좋았다. 그리고 이젠 그 모든 것에 작별 인사를 해야 할 시간이었다.

"잘 가요, A씨."

그렇게 둘은 파아란 달빛 아래서 마지막 인사를 나눴다. 그는 울지 않았다. 그저 무언가 할 일을 잘 마쳤다는 표정으로 한을 바라볼 뿐이었다. 그는 진정한 A씨였다.

많이 보고 싶을 거야. 가슴 사무치는 말을 끝으로 현은, 아니 나의 A씨는 이 거리를 떠났다.

긴긴 겨울이 지나가고 아무렇지 않은 듯 봄이 찾아오고, 그렇게 사계절이 다시 한번 훌쩍 지나갔다.

시간은 때론 강물처럼, 때로는 구름처럼 흘러갔고 그 시간들이 모이고 모여 거리 위에 사뿐히 내려앉았을 때, 나는 어느새 대학생이 되어 있었다.

그 여섯 존재들의 일들은 내게 있어서 까마득하게 오래된 일처럼 느껴졌을 뿐 아니라 오히려 그들의 존재를 그리워하고 있었다.

나는 때때로 그들 얘기를 했다. 사람들에게, 친구들에게. 그들과의 일상을, 그들과의 대화를.

유쾌하게, 신비롭게…… 그것도 모자라 연기력까지 보태서…….

현 씨가 떠난 후 나는 그가 하던 A씨의 일을 돕기 시작했다.

현재로는 거리에 있는 다른 A씨들의 심부름을 하는 정도였다. 간단해 보여도 시간이 필요한 일들이었기에 요즘은 아예 별도로 시간을 정해서 도와주고 있다.

아. 그리고 그날 A씨를 밝혀내기 위해 만났던 다른 세 사람은 현 씨가 예언했듯 이 일에 참여하기 시작하면서 우리 카페에 모여서 회의를 열고는 한다. 가장 A씨를 절실히 찾고 싶어 했던 서진씨가 가장 열심히 적극적으로 모임을 주선함은 물론이고.

에구. 이걸 현 씨가 봐야 하는데.

"아이스모카 두 잔이요. 네, 8000원입니다."

지금 나는 무엇을 하고 있냐고? 보다시피 카페 알바 중이다. 대학생이 되면서 예전처럼은 많이 못 돕고 있지만 휴일만은 시간을 투자해 엄마를 돕고 있다. 물론 그것은 이곳에서 꼭 다시 만나고 싶은 사람이 있기 때문이기도 하지만…….

"어서 오세요."

봄바람을 잔뜩 휘감고 한 남자가 카페 안으로 들어왔다. 잔잔히 흘러가는 구름 아래, 카페 지붕 아래, 지난날의 수많은 기억 아래로 뚜벅뚜벅 정겨운 발소리가 울려 퍼졌다. 기쁨을 가득 안은 표정으로 남자가 나를 향해 입을 열었다.

"안녕?"

아아. 짓궂은 그 눈빛을 난 단 한 번도 잊은 적이 없었다. 장난스런 그 말투조차 난 단 한 번도 잊어본 적 없었다. 돌아왔다. 나의 그리고 우리의 A씨가.

"현 씨!"

그날의 날씨는 더할 나위 없이 완벽했고 하늘은 맑다 못해 투명했다. 현 씨가 날 부드럽게 바라보며 조용히 속삭였다.

"오랜만이야, A씨."

아아. 이 거리에는 영생을 사는 기이한 인물이 있다고 한다. 그 인물은 이곳에서 살아가는 모든 사람들의 비밀을 알고 있으며 사람들의 말할 수 없는 고통을 조용히 해결해 준다고 한다.

사람들은 그를 A씨라고 불렀다.

interview

《A씨에 관하여》에 관하여 궁금한 몇 가지

편집자가 작가에게 묻는다

편집자 일반적인 독자들이라면, 이 작품이 진정 16세 여고생이 쓴 소설일까 하는 의구심과 당혹감, 혹은 어떤 성장 환경과 스키마가 있었기에 이런 글을 쓸 수 있었을까 하는 궁금증을 가지실 수 있으리라 봅니다. 저 역시 그런 생각이 들 수밖에 없었습니다. 우선 독자들에게 간단한 본인 소개와 함께 소설 쓰기에 대해 관심을 갖게 된 계기에 대해 여쭙고 싶습니다.

안현서 누군가 제게 그랬습니다. 넌 눈이 많다고. 다른 각도로 사람을, 상황을, 사물을 바라볼 줄 안다고 말했습니다.

하루 종일 다섯 시간 이상 하늘만 바라보고 있던 적도 있었습니다. 지루하지 않냐고요? 지루할 틈이 있을 리가요. 쪽빛에 묻힌 채 내 몸이, 내 마음이 투명해지는 느낌은 식상해질래야 식상해질 수가 없습니다. 한 걸음 물러나 사람들을 바라보다 보면 저 스스로가 그대로 풍경에 동화되는 것과 같은 느낌과 동시에 끝없이 넓은 스크린으로 영화를 보는 듯한 기분이 듭니다. 그 기분을 잊고 싶지 않았습니다. 제가 지금까지 보아온 독특하고 통통 튀는 사람들의 모습을 잊고 싶지가 않았습니다. 그 사람들의 모습이 영원히 제 머릿속에서 살아 있으면 좋겠다, 라고 생각하던 찰나 아주 기막힌 아이디어가 제 머릿속의 전구를 켜다 못해 폭발시켰죠. 그 인물들을 가지고 이야기를 만드는 것이었습니다. 단편적인 사람들의 모습은 언젠가 기억 속에서도 안개가 낀 것처럼 흐려지고야 맙니다. 하지만 그 사람들의 모습을 장편의 이야기로 바꿔 책을 쓴다면 어떨까요? 아마 죽기 직전 주마등처럼 스칠 때마저 나타날 정도로 강렬한 이미지로 남을 겁니다. 네, 저는 제가 지금까지 봐온 사람들의 모습을 간직하기 위해 소설을 쓰기 시작했습니다. 제가 아는 사람들의 성격들을 토대로, 그 중에서도 정말 특이한 인물들만을 추려서 말이죠.

편집자　현재 고등학생이란 신분으로 글을 쓰기가 여간 쉽지 않았으리라 짐작해봅니다. 부모님도 쉽사리 허락하지 않으셨을 테고요. 그럼에도 이 작품을 꼭 써야겠다고 마음먹게 된 계기는 무엇인지요. 그리고 실제 집필 장소와 집필 기간은 어땠는지 궁금합니다.

안현서　제가 미리 만들어놓은 가상의 인물이 현실의 생활까지 방해할 정도가 되면 어떡하시겠습니까? 이런 사람이 실제로 존재한다면 좋을 텐데, 라고 생각한 것이 어느 순간 머릿속에서 너무 완벽한 형상을 갖추게 되어 이젠 현실에서까지 어른거리자 저는 정말 이 인물을 가지고 이야기를 쓰지 않으면 미쳐버리겠다는 생각이 절실해졌습니다. 부모님이 아시면 반대하실 것 같아 처음에는 몰래 소설을 쓰기 시작했습니다. 하지만 비밀이란 것은 사람 마음처럼 잘 지켜지는 것이 아니죠. 어느 날 제가 소설을 쓴다는 사실을 알게 되신 어머니는 많은 걱정을 하기 시작 하셨어요.

그리고 방학이 되자 조용한 섬에 저를 데려다주셨습니다. 눈을 뜬 순간부터 잠에 삼켜져 눈을 감는 그 순간까지 제 손은 쉴 새 없이 키보드만을 두드렸습니다. 바다 위에 떠 있는 간이 낚시터 위에서도, 소나무가 우거져 있던 비밀스러운 산책로에서도, 심지어 소형 낚싯배 위에서도 노트북을 내려놓지 않았습니다. 신들린 것처럼 소설을 써나갔습니다. 머릿속은 이미 거대한 소설의 세세한 설정들로 가득했기 때문에 도저히 다른 생각을 할래야 할 수가 없었습니다. 그 설정들을 하나하나 풀어놓으며 주변의 경관을 제 세계 안에 들여놓는 게 섬에서의 제 일과였습니다. 그 1주일 동안에 전 매일매일 제가 만들어놓은 가상의 세계에 홀려 있었고 몽롱한 그 기분을 전 사랑했습니다. 익애했습니다.

그렇게 8일째가 되는 날 이 소설이 완성되었고, 서울로 돌아왔습니다.

편집자

처음 원고를 읽고 이야기를 이끌어가는 힘이나 여러 편의 이야기를 결집시키는 구성력에도 감탄을 했습니다만, 무엇보다 각각의 인물들을 거리감 없이 형성해낸 캐릭터 구현력에 놀랐습니다. "엄마 얼굴에는 수많은 길들이 생겼다. 엄마가 흐느낄 때, 환하게 웃을 때, 찡그릴 때마다 그 길들은 비탈길이 되어, 오르막길 내리막길이 되어, 시골 한적한 곳의 추억을 담은 그리운 길들이 되어 엄마의 얼굴 위에 수많은 흔적들을 남겼다"와 같은, 정서와 분위기를 빚어내는 빼어난 문장력 또한 놀라왔습니다. 이런 능력은 사람들을 주의 깊게 관찰하고 그 관찰한 내용을 문장을 통해 기록하는 습관이 없으면 불가능하지 않을까 생각됩니다. 또한 그간 읽은 독서량이나 폭 또한 보통이 아니리라 짐작됩니다. 소설 속 캐릭터들을 조형하기 위해 평소 어떤 식으로 훈련하고 기록하는지요. 그리고 즐겨 읽거나 영향을 받은 작가나 작품은 무엇인지 궁금합니다.

안현서

이름 없는 산이 있었습니다. 그 산의 중턱에는 본명을 모르는 삼촌이 지어놓은 판잣집이 있었습니다. 그 집 또한 이름이 없었고 집 주변에 있는 두 기의 묘 또한 이름이 없었습니다. 그들에겐 이름이 없었기에 그 산에 있던 모든 것들에게 전 이름을 붙이기 시작했습니다. 그리고 그에 어울리는 이름을 붙이기 위해서 관찰하고 또 관찰했습니다. 이름은 누군가의 존재를 뜻하는 것이니까요. 개개인에게 걸맞은 이름을 붙여주기 위해서는 전 상대의 본래 성격과 분위기를 알 필요가 있었습니다. 저를 의식하면 본래의 모습을 드러내지 않을까 봐 전 자연에 스며든 채 관찰하는 법을 배웠습니다. 전 토요일 밤마다 그 판잣집에서 하늘 보기를 좋아했습니다. 현실과 너무나도 거리가 먼 그곳은 어떤 사람도 침범하지 않은 우리

세 가족의 경이로운 아지트였고 죽음과 삶이 공존하는 공간이었습니다. 고립되어 있었으나 어떠한 장소보다도 외롭지 않았습니다. 세상 밖에 있었으나 역설적으로 세상 가장 깊숙한 공간에 있었던 것 같았다고 말씀드린다면 이해하시려나요. 전 그곳에서 세상 밖에서 세상 안을 보는 법을 배운 것 같습니다. 인물을 만들 때면 전 그 인물을 위해 수많은 것들을 관찰하고 또 관찰합니다. 그 인물은 살아 있어야 하니까요. 마치 그 인물이 원래 존재했던 것처럼 전 갖가지 상황에 그 인물의 성격을 대입해봅니다. 그리고 인물의 세세한 설정들이 만들어지면 맨 나중에 이름을 붙이죠. 그러면 어느 순간 그 인물이 정말 살아 있는 것 같아 애착이 가게 됩니다. '제 사람'이 된 거죠.

아직까지는 광적으로 좋아하는 작가가 없습니다. 중학교에 입학하면서 권장도서 읽기에 급급한 나머지 다른 책들을 볼 기회가 많이 없었기 때문이 아닐까라는 생각이 듭니다.

편집자 작품 속으로 들어가 보면, 우선 chapter 1 '개가 있었다'에서 주인공은 실제 본인과 연령적으로 큰 차이도 없고, 어머니와 나누는 대화를 보면 아마도 작가와 어머니 사이의 대화가 소설 속에 녹아 들어가지 않았나 짐작될 정도로 자연스럽고 정겨움이 넘칩니다. 여섯 개의 이질적 존재가 소녀에게 느닷없이 나타나서 일상을 영위할 수 없게 된다는 설정은 어디서 착안했는지요?

안현서 친구가 어느 날 제게 영원한 작별을 고했습니다. 그 친구는 병이 있었지만 아픈 내색을 하지 않았습니다. 이젠 세상 어디에서도 볼 수 없는 그 친구와의 작별은 제 소매를 사흘 내내 물기가 마를 새 없이 축축하게 만들었습니다. 그때 전 처음으로 비명도 나오지 않을 정도의 슬픔을 느끼게 되었습니다. 그리고 딱 4일째 되는 밤에 전 거울 앞으로 의자를 끌어와 가만히 거울 안을 주시했습니다. 그리고 질문을 던지기 시작했습니다. '넌 누구니? 넌 왜 여기 앉아 있지? 넌 왜 그 아이의 장례식에 가지 못했지? 핑계덩어리가 할 말은 있다고 지금 거울을 보며 말을 내뱉는 거야? 난 네가 너무 미워. 너무 답답해. 물러터져서 감정 조절도 하지 못해. 타인에게 피해주기 싫어서 그 아이를 제대로 애도하지도 못하는 주제에 속은 속대로 타들어가고 있어. 그리고 밤마다 그 아이에게 미안하다고 하면 뭐해. 이젠 이 말들을 듣지도 못하는데.' 그런데 어느 순간 정신을 차려보니 전 신기하게도 제가 저 자신에게 던지는 모든 질문에 답을 하고 있었고 그때그때 매순간 전 정말 다른 표정을 짓고 있었습니다. 이상한 기분이 들었습니다. 제 안에 수많은 사람들이 서로 다른 대화를 하고 있는 것 같았거든요. 이질감도 들었고 친근감도 들었으며 안쓰럽기도 했습니다. 저 자신의 모습을 받아들이지 못해 사실 그 친구에게 진심이 담긴 말을 못하고 있었던 것이었습니다. 그 친구의 부재를 직면한 수많은 제 자신들이 3일 동안 허둥지둥하는 바람에 정작 제가 그 아이를 위해 마음을 내어주지 못했던 것이죠. 그 사실을 인정하자 머릿속이 깔끔해졌습니다. 감정에 솔직해지고 처음으로 미안함과 고마움이 깃든 말도 내뱉을 수 있었습니다. 그리고 전 '개가 있었다'를 쓰게 되었습니다.

편집자　chapter 2 '고래를 찾아서'를 읽었을 때 일본 미스터리를 즐겨 보는 독자라면, 마지막 반전에서 자연스레 우타노 쇼고의 《벚꽃 지는 계절에 그대를 그리워하네》를 떠올리시라 생각됩니다. 저는 당연히 그 작품에 영향을 받았으리라 예상했는데 전혀 읽어 보지 않았다고 해서 깜짝 놀랐습니다. 이런 깜짝 놀랄 반전을 갖춘 이야기를 구상하게 된 계기라도 있을까요?

안현서 저는 지난해 오픈워터 자격증을 따기 위해 매주 토요일 스쿠버다이빙을 배우게 되었습니다. 11월 말에 바다에 들어가게 되었는데 그때가 딱 산호철이다 보니 바닷속이 마치 꽃밭처럼 살아 있는 산호로 인해 아름답다 못해 화려의 극치에 이릅니다. 그 색채에 눈을 빼앗긴 채 수심 깊은 곳까지 내려가다 보면 어느 순간 이곳이 수면 밑 세계라는 생각이 사라지고 하늘과 땅의 경계가 사라져버립니다. 넘실거리는 산호는 정신을 혼미하게 만들고 손의 감각을 빼앗아 갑니다. 그리고 어느 순간 멀리서 삐이이익 하는 괴이한 소리가 들려오는데, 알고 보니 그게 고래 울음소리라고 하더군요. 묘한 기분을 마음에 눌러 담고 물 밖으로 나오면 마치 긴긴 꿈을 꾼 것같이 몸이 축 늘어집니다. 갑자기 나이를 먹은 것처럼요. 쭈글쭈글해진 손발은 정말 제가 노인이라도 된 것 같은 기분을 들게 했습니다. 그렇습니다. 이 경험이 바로 이안과 소현의 이야기 배경이 되었지요.

편집자 chapter 3 'Train Ticket'은 《A씨에 관하여》 속에서 분량적으로도 가장 짧지만 곧 떠나려는 기차를 붙잡으려는 주인공의 초조한 심리와 악전고투가 긴박하게 묘사되어 가장 속도감 있게 읽을 수 있는 작품입니다. 제가

'Train Ticket'을 읽으며 감탄한 부분은 주인공이 계단을 타고 내려오면서 순식간에 변화하는 각 계절들의 특징들이 눈앞에서 이미지가 펼쳐지듯 생생하게 묘사되는 대목이었습니다. 이렇게 긴 시간의 흐름을 눈앞에서 사계절의 급속한 변화를 통해 이미지화한다는 아이디어는 어떻게 떠올렸는지 궁금합니다.

안현서 그날의 수업 시간은 지루한 정도를 넘어서 사람을 데친 시금치처럼 흐물흐물하게 만들었습니다. 햇살은 쨍쨍했으나 제가 그날따라 바라던 지구 멸망은 일어날 기미조차 보이지 않았고 수업은 영원히 끝나지 않을 것처럼 계속되고 있었습니다. 그 순간 반 전체의 가슴을 간질간질하게 만들 만한 일이 일어났습니다. 여우비가 쏟아진 것이었지요. 교실은 순간 밝았다가 순식간에 암흑에 덮였어요. 그러고선 다시 해가 쨍하고 났다가 또다시 소나기가 내렸습니다. 그때 나무에서 작은 꽃잎들이 떨어졌는데 매화 향이 교실 안에 은은하게 퍼지기 시작했습니다. 꽃잎들이 마치 눈송이 같아서 한참을 쳐다보았어요. 그 이후로 수업은 정말 언제 지루했냐는 듯이 빠르게 지나갔습니다. 누가 시간을 조종하는 건 아닐까, 라는 생각이 들 정도로요. 수업이 끝나고 계단을 내려가는데 아까의 매화 꽃잎들이 열린 창문 사이로 날아와 계단에 깔려 있었습니다. 2층 계단 창문만 열렸던지라 2층만 매화 꽃잎이 가득했습니다. 그리고 전 'Train Ticket'의 이야기를 떠올리게 되었습니다.

편집자 각 chapter에 등장했던 인물들이 에필로그를 통해 한자리에 모이게 됩니다. 그러면서 소설 속에 계속 등장한 미지의 인물인 'A씨'를 찾아 나서면서 마침내 제목 그대로 'A씨에 관하여' 이야기하게 됩니다. 'A씨에 관하여'란 제목은 어떤 이유에서 지어졌을까요. 그리고 이 소설을 통해 궁극적으로 말하고 싶었던 이야기는 무엇인지요?

안현서 가끔씩은 기대고 싶고 현재 처해 있는 상황에 투정도 부리고 싶은데 그게 참 어렵습니다. 믿을 수 있는 사람이라 하더라도 모든 말을 다 할 수가 없기도 합니다. 사람들이 그렇습니다. 외로움에 허덕이면서도 스스로를 고립시킵니다. 점점 서로가 서로에게 어느 순간 멀어집니다. A씨는 그렇게 외로움에 지친 사람들을, 털어놓길 그만둔 사람들의 이야기를 듣는 사람입니다. 정말 제3자이기 때문에 부담을 느끼지도 않고 비밀을 폭로할까봐 걱정하지 않아도 됩니다. 그 사람은 어디까지나 도시 전설이고 아무도 A씨가 누군지 모르니까요. 정말 자신만을 위한 구세주인 겁니다. A씨는 여러 사람이기에 익명성을 오히려 갖출 수 있고 도시 전설의 분위기를 지속할 수 있습니다. A씨 개개인은 모두 다른 A씨에게 도움을 받은 사람들입니다. 1, 2, 3장에 등장한 모든 인물들은 A씨에게 도움을 받은 사람임과 동시에 미래의 A씨이기도 합니다. 그래서 A씨의 관하여 라는 제목은 한, 소현, 이안, 서진, 현을 비롯한 모든 사람에 관한 이야기입니다. 그들 모두가 현재의, 미래의 A씨이니까요. 이 이야기의 모든 인물들이 A씨이기에 이 소설은 A씨에 관한 소설인 것이지요.

A씨에 관하여는 독자 여러분의 이야기이기도 합니다. 당신 또한 누군가의 A씨이기도 하면서 다른 A씨에게 도움을 받고 있을 수도 있으니까요. 이 책을 읽은 독자분들이 주변의 A씨에 대해 알아주시길 바라며. 그리고 언젠가 그런 A씨에게 도움을 받으셨을 때 또 다른 A씨가 되어주시길 바라는 마음에서 전 이 길고도 긴 이야기를 쓰게 되었습니다. 사람들의 이야기를요.

편집자 현재의 연령을 생각하면 앞으로 쓸 작품이 더욱 궁금하고 기대를 갖게 합니다. 앞으로 쓰고 싶은 작품들은 어떤 내용인지까지 포함해서 향후 계획에 대해 여쭤봅니다.

안현서 다음 작품은 서로 알지 못하나 어떤 이유로 너무나도 질기게 이어져있는 사람들의 이야기입니다. 가장 가까운 사람의 죽음을 보고 충격으로 그 사람의 가면을 쓴 채 거짓 삶을 살아가는 소년, 어릴 적의 연꽃을 찾는 살인자, 새까만 경찰, 속옷 도둑, 그리고 자살 시도를 하는 장님의 이야기입니다. 장님의 죽음을 막는 이야기라고도 볼 수 있겠네요. 장님의 죽음을 막는 이유가 모두 다릅니다. 누가 장님의 자살을 막을까요? 아니 이중 정상인이 있기는 할까요? 멀쩡한 인연은 하나도 없는데 그 어떠한 인연보다도 질기고 긴 그들의 인연. 그 줄 위에서 작가는 또다시 묻고 싶습니다. "지금 당신은 누구의 가면을 쓰고 있습니까? 몇 살 때의 누구를 살고 있습니까?"
향후 계획은 따로 없습니다. 가능하다면 쓰고 싶을 때 쓸 수만 있다면 좋겠다는 바람이 있을 뿐입니다.